随身读经典

观 照 经 典 与 自 我

唐诗赏读

孙琴安 ◎ 编著

上海社会科学院出版社

图书在版编目(CIP)数据

唐诗赏读 / 孙琴安编著. -- 上海 : 上海社会科学院出版社, 2025. -- ISBN 978-7-5520-4471-3

Ⅰ. I207.22

中国国家版本馆 CIP 数据核字第 2024FZ3597 号

唐诗赏读

策　　划:	邱爱园　包纯睿
编　　著:	孙琴安
责任编辑:	邱爱园
封面设计:	周清华
出版发行:	上海社会科学院出版社
	上海顺昌路 622 号　邮编 200025
	电话总机 021-63315947　销售热线 021-53063735
	https://cbs.sass.org.cn　E-mail:sassp@sass.org.cn
照　　排:	南京理工出版信息技术有限公司
印　　刷:	苏州市越洋印刷有限公司
开　　本:	787 毫米×1092 毫米　1/32
印　　张:	11.5
插　　页:	4
字　　数:	238 千
版　　次:	2025 年 6 月第 1 版　2025 年 6 月第 1 次印刷

ISBN 978-7-5520-4471-3/I・543　　　　　　　定价:58.00 元

版权所有　翻印必究

前　言

唐诗是中国诗歌的瑰宝。有唐一代，就有无数诗星飞升太空，熠熠生辉，出现了一派繁星丽天的璀璨景观。而像李白、杜甫、王维、李商隐、岑参、白居易等星辰，则更是光耀千古，格外明亮，至今闪烁。许多名句名篇，代代相传，至今仍传播人口，妇孺皆知。这种现象，不但中国历史上少有，就是在整个人类历史文化中，也是十分罕见、独一无二的。

不过，唐代的历史毕竟长达三百年，在这一历史进程中，唐代的诗歌也有一个发展演变的过程。其间不仅涌现了许多优秀的诗人诗作，而且也产生过许多不同的思潮流派。

早在初唐时期，诗坛士大夫中多仿效上官仪的诗，故"上官体"在朝廷中曾流行一时。稍后，高官中苏味道与李峤的诗名也相当大，少时两人即以文辞齐名而合称"苏李"，同时又与杜审言、崔融并称"文章四友"。如从文学史的意义上来说，王勃、杨炯、卢照邻、骆宾王似乎更为后人所知，他们在五言诗和长篇歌行上所取得的成就，尽管后人有着不同的见解与认识，但随着时间的推移，他们清峻的诗风，及其对唐代诗文风气转变中所起的积极作用，已为越来越多的人所认同。"王杨卢骆当时体"已作为一种初唐的文学现象，永远定格在中国文学史中，而"初唐四杰"的英名，也与唐诗的光辉互为掩映。其实，刘希夷的《代悲白头翁》、张若虚的《春江花月夜》等长篇歌行，几乎与卢照邻的《长安古意》等并驾齐驱,可以视为那一时代的同一诗歌现象,都是初唐长篇歌行的杰作。

然而,初唐诗坛有一个更重要的诗歌现象,便是今体律诗的出现和形成。在唐之前的庾信、江总等诗人的笔下,虽然已出现过一些近体诗意义上的五言绝句,但五七言律诗的形成与成熟,却是在唐初。虽然王勃、骆宾王、杨炯等"初唐四杰"和"苏李"手中已经出现过五言律诗,但七言律诗的出现与成熟,却是在沈佺期、宋之问二人的手中。元稹曾说:"唐兴,官学大振,历世之文,能者互出。而又沈、宋之流,研练精切,稳顺声势,谓之为律诗。"他的意思便是,唐代的律诗应是在沈、宋手中开始创立的。这与冯班所说的"律诗始于沈、宋"的说法完全一致。严羽在《沧浪诗话》中更是明确指出中国当时诗体有四变,他说:"《风》《雅》《颂》既亡,一变而为《离骚》,再变而为西汉五言,三变而为歌行杂体,四变而为沈、宋律诗。"

严羽把沈、宋的律诗提到这样的高度,是有一定道理的。因为在沈、宋之前,虽然沈约已创四声八病之说,并与谢朓、王融等人注重声律,时号"永明体",但毕竟不够成熟,尚未真正进入格律诗的阶段,只能说是"近体律诗"的前身,只有到了"唐初沈、宋诸人,益讲求声病,于是五七言律遂成一定格式,如圆之有规,方之有矩,虽圣贤复起,不能改易矣"(赵翼《瓯北诗话》)。也就是说,从初唐沈佺期、宋之问开始,中国的诗歌经过漫长的发展,才由非格律化的时代走向了格律化的时代。自此,中国的诗歌开始进入了格律化的时代。绝句、律诗、排律均风行一时,愈积愈多,到了晚唐,古意渐浸,律诗、绝句成为最主要也最流行的诗歌体裁。此后所谓长短句的"词"和"曲",均由此派生繁衍出来,全属于格律诗的范畴。

在初唐诗人中,对盛唐诗歌发生较大影响的,恐怕要推陈子昂了。他在五言律诗上虽然与杜审言、沈佺期、宋之问并称为"陈杜沈宋",但他明确提倡"汉魏风骨",对六朝以来的绮丽诗风表示不满,《感遇》诸作成就高,影响大,难怪韩愈曾感慨地说:"国朝文章盛,子昂始高蹈。"而李白的"自从建安来,绮丽不足珍"的诗句,与陈子昂的诗歌主张可以说是完全一脉相承的。当然,我们也应看到,张说、苏颋、贺知章等人的一些诗作,特别是在律诗和绝句方面的一些篇章,对于盛唐诗歌气象的开启,都曾有过各自不同的有益影响和贡献。

盛唐诗歌气象的出现,是以一些卓越诗人的出现为标志的。其中最为杰出的代表,便有李白、杜甫、王维、孟浩然、高适、岑参、李颀、王昌龄、王之涣等,其次则有张九龄、崔颢、王翰、崔曙、祖咏、储光羲、王湾、刘眘虚、常建等。盛唐诗歌是与他们的名字连在一起的。李白以他那高旷的胸怀和丰富的想象,尽情地讴歌和赞美了祖国的壮丽山河,抒写了他的政治抱负、对时政的看法以及与友人间深厚真挚的友谊。他在乐府歌行、五七言绝句、五言律诗等方面都显示出了极为灿烂的才华,尤以乐府与绝句的成就为高。杜甫忧国伤时,关心民生疾苦,有自己的政治理想,除了绝句另辟蹊径,引来后人的不同见解外,他在五七言古诗、五七言律诗、长篇排律等方面所获得的成就,一直为后人所仰视和仿效,他的诗作成为一个难以企及的高峰,他被称为中国诗歌的一位"集大成者"。如果说李白开辟了一种浪漫飘逸诗风的话,那么杜甫则开创了一种沉郁顿挫的诗风。

在盛唐诗人中,王维也是一位出类拔萃的代表。王士祯《唐贤三昧集》专选盛唐之诗,其中选王维诗最多,遥遥领先。王维的诗才比较全面,在五七言古诗、五七言律诗、五七言绝句等方面都取得了举世瞩目的成就。其五言与孟浩然均以清淡闲远为胜,人称"王孟"。其七律以密丽为主,与杜甫以疏气为主的七律对垒立异,恰成两派。其七绝与李白、王昌龄相抗衡,而五绝又与李白并峙千古,无人可及。他的诗善于造境,意境幽深,在张九龄之后,开创了一种以清淡雅秀为主的诗风。

与王、孟的田园诗风判然不同的,则是以高适、岑参、李颀、王昌龄为代表的边塞诗。这些诗或写边塞风光的荒凉奇丽,或写戍边士卒的望乡思归,或写边地将士的征战之苦,都写得慷慨激昂,悲壮苍凉,令人百感交集,低回不已。外加情深意长的送别诗和含蓄婉丽的宫怨诸作,共同构成了盛唐诗歌的宏伟气象。

然而,唐玄宗天宝十四年(755)"安史之乱"的爆发,随着李唐王朝政治、经济、军事的急剧变化,盛唐诗风也发生了重大变化,代之而起的多是一片衰飒哀叹之音,动荡乱世中的离散,一时成为中唐诗歌的主题。无论是大历前期的钱起、刘长卿,还是大历十才子中的卢纶、司空曙、李端、李益、李嘉祐等,甚至包括杜甫的一部分晚年诗作,几乎都是抒写流亡漂泊,离乡背井中的思家望乡之情,盛世时那些建立功名的雄心壮志和豪迈之情,已荡然无存。

直到中唐后期的元和年间,随着藩镇割据势力的逐一削平,失地的重新收复,社会的相对稳定,出现了"元和中兴"的局面,才给诗人们带来了新的信心,诗坛也开始走出"离散"的阴影,出现了创伤之后的新气象。白居易所谓的"诗到元和体变新",恐怕主要也是就区别于中唐前期的大历年间的诗风而言的。此时又涌现出一大批卓有成就或自成风格的诗人,如白居易、元稹、刘禹锡、柳宗元、韩愈、孟郊、张籍、王建、杨巨源、李绅、贾岛、姚合、李贺等,其阵容直欲与盛唐诸公相颉颃。其中白居易、元稹主要是继承与发扬杜甫的现实诗风,关心民生疾苦,倡导新乐府,张籍、王建、李绅等都是这方面的同路人,他们对当时社会的弊端、官僚的腐败进行了无情的揭露与讽刺,而对社会底层的各类弱势群体和民众的痛苦生活则又给予了无限的同情与关怀。他们也因此而分别被并称为"元白"和"张王"。

与"元白"诗风截然不同的另一大流派,便是以韩愈、孟郊为首的"韩孟"诗派。他们志在复古,以写古诗为多,其成就与名篇也多集中在五七言古诗。贾岛、李贺等尽管都以苦吟得名,自成风格,但基本上都由此派生而出。卢仝、刘叉的成就与影响某种意义上不如贾岛、李贺,其诗风也多受韩愈影响。

然在"元白""韩孟"两大诗派之外,仍有一些优秀诗人,如刘禹锡、柳宗元便是其中的杰出代表。他们因共同参加永贞政治革新,又以诗文驰名于当时而被称为"刘柳"。其实两人诗风各异,刘以骨力见长,柳以清淡为主;刘以七言律绝著称,柳似以五言为更工。凡此,都给中唐后期的诗坛带来了新的繁盛景象。

可惜"元和中兴"只是昙花一现,随着唐宪宗被宦官所杀,宦官权势益重局面的形成,唐王朝马上又进入衰微期,内乱外患严重,使得晚唐诗坛又发生了一系列新的变化,与元和、长庆年间的诗风又有了许多新的不同。约略说来,晚唐诗风有着以下几个显著特点。

首先是哀叹之音较多。这无疑与唐王朝风雨飘摇、江河日下的社会现实有关。李商隐、许浑、韦庄、韩偓、高蟾、罗隐等都是这方面的代表诗人。即使像杜牧这样一个性情旷达、豪放不羁的人,也常常要发出一些为唐王朝衰败命运担忧的沉痛感叹。其次是怀古、咏史之作增多。怀古、咏史之作,在初、盛唐时数量甚少,在杜甫笔下也仅有《咏怀古迹五首》等少数篇什,到了刘禹锡手中,数量才有所增多,出现了《西塞山怀古》《金陵五题》《金陵怀古》《蜀先主庙》等一些名篇,但并未形成风气,只有到了晚唐才明显增加,蔚为大观。杜牧、李商隐、温庭筠、许浑、刘沧、薛逢、胡曾、周昙等,都是这方面的杰出代表。这恐怕也与唐王朝大厦将倾、危在旦夕的动荡政局有关。再次是咏物之作大兴。咏物诗虽然在初唐的李峤、王勃、骆宾王笔下出现过一些,而李峤尤多,但在盛唐、中唐并不流行,只有到了晚唐,才大规模地发展起来,风行一时,李商隐、吴融、唐彦谦、罗隐、徐夤等都写有大量的咏物诗。郑谷、崔珏甚至因咏物诗而名重一时,分别因《鹧鸪》诗与《鸳鸯》诗而被人唤为"郑鹧鸪"与"崔鸳鸯"。这种荣耀在此之前几乎是没有的(只有白居易的《赋得古原草送别》赢得过一个动人故事)。这或许与晚唐党争激烈、政局动荡不稳,诗人不便直言,故往往通过托物言志、咏物抒怀的方式来曲折地表达自己的心绪有关。又次是爱情诗增多。在初、盛唐时,尽管名家辈出,高手林立,但爱情诗的数量相当少,只有边愁、闺思、宫怨中透出一些性苦闷或两地相思之情,即使像李白、杜甫、王维、岑参等一些杰出诗人,也很少有两性相慕的爱情诗。只有到了中唐元稹艳情诗的出现,才发生了一些新的变化。至晚唐又出现了杜牧的狎妓诗、李商隐的无题诗和韩偓的香奁诗,才真正改变了唐代缺少爱情诗的局面。此外,像唐彦谦、吴融、张泌等也都写过爱情诗,使唐诗的内容更为丰富,扩大了唐诗的题材,并直接孕育了晚唐五代词的发展与成熟。

毫无疑问,晚唐诗人中成就最高的当数杜牧与李商隐,两人有"小李杜"之称。他们均擅长近体律绝,但杜牧名篇以七绝居多,而李商隐名篇以七律居多。其次则有温庭筠、张祜、许浑、赵嘏、薛逢、刘沧、郑谷、韦庄、韩偓、杜荀鹤、"皮陆"诸名家,都为晚唐诗坛增色不少。

总之,唐诗是一个整体,初、盛、中、晚互相渗透、互相影响,尽管各个时期气象不同,但都有自己的优秀诗人和名句名篇,不仅在中国诗歌发展中占有极为崇高的地位,而且对后世各代诗人产生过无穷无尽的影响。

据清康熙年间所编的《全唐诗》,共存唐诗 48 900 多首,即使加上后人辑佚和补遗的,也不过 5 万多首。其中被大家所广为熟知的名篇,或可称为经典者,大约可在三五百首,即三百首至五百首之间。这个比例已是相当惊人了。如以五百首计,那么在一百首唐诗中,便有一首可列为经典(至少是被大家所熟知的)。这种现象的形成,除了唐诗本身的魅力以外,又与后世各代选家对唐诗的反复收选密切相关。有些选本,如高棅的《唐诗品汇》、沈德潜的《唐诗别裁集》、蘅塘退士孙洙的《唐诗三百首》等,就因为选评唐诗精当而使它们本身也已成为经典。

随着时代的发展和历史的变迁,人们对唐诗的兴趣、选择与认同也在发生着变化。有些诗在有些朝代曾一度盛传,但时过境迁,又寂然无声了。而还有些诗,不管在什么朝代,都受人喜爱,经久不衰,年积月累,便成为一种经典。

这里所选的两百余首唐诗,几乎都是历代传诵的名篇,而且基本上都堪称经典。为了尽可能适应当今读者的需要和兴趣,我在编选时进行了一些新的调整。同样是名篇,我比较侧重于近体律诗和绝句。因为这些诗的形式或四句或八句,短小精悍,易记易背,便于理解,又是在唐代才开始兴盛起来的新体诗,读者容易接受,所以就多选了一些。当然,对于一些著名的五七言古诗或长篇歌行,如李白的《将进酒》、杜甫的《无家别》、高适的《燕歌行》、岑参的《白雪歌送武判官归京》、李颀的《古从军行》、张若虚的《春江花月夜》以及白居易的《长恨歌》《琵琶行》等,仍都加以选评。为了便于读者理解这些诗篇,除了列有诗人小传,每首诗后均有注释和解读。

尽管本人长期研究唐诗,但本书的错误疏漏,在所难免。不当之处,还请各方批评指教。此书在撰写过程中,还曾得到我的两位研究生胡言午与蔡文健的帮助,在此谨向他们表示衷心的感谢!

孙琴安
作于上海社会科学院文学研究所

目 录

骆宾王　于易水送人/1
苏味道　正月十五夜/3
王　勃　送杜少府之任蜀州/5
刘希夷　代悲白头翁/7
宋之问　题大庾岭北驿/9
沈佺期　杂诗/12
　　　　独不见/13
贺知章　咏柳/15
　　　　回乡偶书/16
陈子昂　登幽州台歌/17
张　说　蜀道后期/19
张若虚　春江花月夜/20
张九龄　望月怀远/23
　　　　感遇十二首(其七)/24

王之涣	登鹳雀楼/26	
	凉州词/27	
孟浩然	望洞庭湖赠张丞相/28	
	与诸子登岘山/29	
	过故人庄/30	
	夏日南亭怀辛大/31	
	春晓/32	
	宿建德江/34	
王　湾	次北固山下/35	
常　建	题破山寺后禅院/37	
	三日寻李九庄/38	
崔　颢	黄鹤楼/40	
李　颀	古从军行/42	
	送魏万之京/44	
王　翰	凉州词/45	
王昌龄	出塞二首(其一)/47	
	从军行七首(其一)/48	
	从军行七首(其二)/49	
	从军行七首(其四)/50	
	从军行七首(其五)/50	
	闺怨/51	
	长信秋词/52	

	芙蓉楼送辛渐 / 53
祖　咏	望蓟门 / 55
高　适	燕歌行 / 57
	送李侍御赴安西 / 61
	塞上听吹笛 / 62
	别董大 / 62
王　维	渭川田家 / 64
	观猎 / 65
	使至塞上 / 66
	汉江临泛 / 67
	终南山 / 68
	终南别业 / 69
	积雨辋川庄作 / 70
	九月九日忆山东兄弟 / 71
	送沈子福之江东 / 73
	送元二使安西 / 74
	少年行 / 75
	相思 / 77
	鹿柴 / 77
	竹里馆 / 78
	鸟鸣涧 / 80
	杂诗 / 80

李　白　月下独酌四首(其一)/81

行路难三首(其一)/82

将进酒/84

蜀道难/86

梦游天姥吟留别/90

宣州谢朓楼饯别校书叔云/93

赠孟浩然/94

渡荆门送别/96

送友人/97

送友人入蜀/98

听蜀僧濬弹琴/99

夜泊牛渚怀古/100

登金陵凤凰台/101

朝发白帝城/102

望庐山瀑布/103

黄鹤楼送孟浩然之广陵/103

赠汪伦/105

闻王昌龄左迁龙标遥有此寄/106

山中问答/107

望天门山/108

峨眉山月歌/108

静夜思/110

	秋浦歌/111
	独坐敬亭山/111
	劳劳亭/112
储光羲	江南曲/113
杜 甫	望岳/114
	羌村三首(其一)/116
	石壕吏/117
	无家别/118
	茅屋为秋风所破歌/121
	观公孙大娘弟子舞剑器行/122
	春日怀李白/126
	月夜/127
	春望/128
	月夜忆舍弟/129
	春夜喜雨/130
	旅夜书怀/131
	登岳阳楼/132
	九日蓝田崔氏庄/133
	蜀相/134
	闻官军收河南河北/136
	宿府/137
	登楼/138

	咏怀古迹五首(其一)/139
	咏怀古迹五首(其二)/141
	咏怀古迹五首(其三)/142
	秋兴八首(其一)/144
	阁夜/145
	登高/146
	绝句四首(其三)/147
	江畔独步寻花七绝句(其六)/148
	赠花卿/150
	江南逢李龟年/151
李 华	春行即兴/152
岑 参	白雪歌送武判官归京/154
	走马川行奉送出师西征/156
	轮台歌奉送封大夫出师西征/158
	山房春事/159
	行军九日思长安故园/161
戎 昱	移家别湖上亭/162
张 继	枫桥夜泊/164
韦应物	淮上喜会梁州故人/166
	寄李儋元锡/167
	滁州西涧/168
刘长卿	饯别王十一南游/169

		新年作/170
		长沙过贾谊宅/171
		别严士元/172
		逢雪宿芙蓉山主人/173
		送灵澈上人/175
钱 起	归雁/176
		暮春归故山草堂/177
顾 况	宫词/180
		听角思归/181
李 端	拜新月/182
		听筝/182
		宿淮浦忆司空文明/183
司空曙	云阳馆与韩绅宿别/185
		喜外弟卢纶见宿/186
卢 纶	塞下曲/188
		晚次鄂州/188
戴叔伦	题三闾庙/190
		除夜宿石头驿/191
李 益	夜上受降城闻笛/192
		汴河曲/193
		从军北征/195
		春夜闻笛/196

— 7 —

	喜见外弟又言别 / 196
于 鹄	江南曲 / 198
韩 翃	寒食 / 200
柳中庸	征人怨 / 202
孟 郊	登科后 / 203
	游子吟 / 204
杨巨源	长城闻笛 / 205
韩 愈	左迁至蓝关示侄孙湘 / 207
李 绅	悯农二首 / 209
刘禹锡	游玄都观绝句 / 211
	再游玄都观 / 212
	竹枝词 / 213
	石头城 / 213
	乌衣巷 / 214
	和乐天《春词》/ 215
	蜀先主庙 / 216
	松滋渡望峡中 / 217
	西塞山怀古 / 218
	酬乐天扬州初逢席上见赠 / 220
白居易	赋得古原草送别 / 222
	观刈麦 / 224
	长恨歌 / 225

|||琵琶行 / 235
|||卖炭翁 / 241
|||钱塘湖春行 / 242
|||邯郸至夜思亲 / 243
|||宫词 / 244
柳宗元||登柳州城楼寄漳、汀、封、连四州刺史 / 245
|||别舍弟宗一 / 246
|||江雪 / 248
李　涉||题鹤林寺僧舍 / 249
元　稹||闻乐天授江州司马 / 251
|||遣悲怀三首 / 252
|||行宫 / 255
|||菊花 / 257
崔　护||题都城南庄 / 258
王　建||望夫石 / 259
|||水夫谣 / 260
|||新嫁娘词 / 261
|||十五夜望月 / 262
张　籍||节妇吟 / 265
|||蓟北旅思 / 266
|||秋思 / 267
金昌绪||春怨 / 269

贾　岛	寻隐者不遇/270
	题李凝幽居/271
	忆江上吴处士/271
李　贺	雁门太守行/274
	梦天/275
	致酒行/277
	金铜仙人辞汉歌/278
	老夫采玉歌/280
朱庆馀	闺意献张水部/283
张　祜	宫词/285
杜　牧	过华清宫/286
	清明/288
	山行/289
	江南春绝句/289
	寄扬州韩绰判官/291
	泊秦淮/292
	将赴吴兴登乐游原一绝/293
	秋夕/294
	赤壁/296
	九日齐山登高/297
温庭筠	苏武庙/298
	过陈琳墓/299

	商山早行/300
李商隐	安定城楼/302
	锦瑟/304
	马嵬/305
	无题/307
	无题二首(其一)/308
	无题四首(其一)/309
	无题四首(其二)/310
	隋宫/311
	隋宫/312
	晚晴/314
	贾生/315
	夜雨寄北/316
	嫦娥/317
	乐游原/318
许　浑	秋日赴阙题潼关驿楼/319
	咸阳城东楼/320
马　戴	灞上秋居/323
陈　陶	陇西行/325
罗　隐	蜂/326
韦　庄	河清县河亭/327
	台城/328

韩　偓	已凉/330
高　蟾	金陵晚望/332
杜荀鹤	春宫怨/333
	山中寡妇/334
郑　谷	鹧鸪/336
	淮上与友人别/337
秦韬玉	贫女/339
无名氏	金缕衣/341
	杨柳枝/342

骆宾王

骆宾王(约640—?),婺州义乌(今属浙江)人。早年丧父,家境穷困。曾任武功主簿、侍御史等职。因上书议朝政,被诬入狱,出狱后任临海丞。徐敬业起兵于扬州声讨武则天,他参与其中,兵败后逃逸,不知所终。或说被杀,或说为僧。为"初唐四杰"之一。有《骆临海集》传世。

于易水送人

此地别燕丹,壮士发冲冠。
昔时人已没,今日水犹寒。

注释

〔易水〕在今河北西部,源出易县。 〔此地〕指易水。 〔燕丹〕战国时燕太子丹。 〔壮士〕指荆轲,战国时人。 〔冠〕帽子。

解读

战国时,燕太子丹因秦王不肯归还诸侯之地,便派荆轲去威逼秦王交还,必要时刺杀秦王。荆轲临行时,燕太子丹、高渐离等在易水为其饯行。高渐离击筑,荆轲应声而歌:"风萧萧兮易水寒,壮士一去兮不复还。"歌声悲壮,荆轲的头发竖起,把帽子都冲抬了起来,此诗的首两句就是描写当时的情景。后两句说,荆轲刺秦王未遂而身亡人没,但易水之水至今仍是寒意凛冽。因作者对当时的武则天统治深为不满,很想为匡复李唐王朝干一番事业,所以诗中也有借古人而咏自身之志的意思。

苏味道

苏味道(648—705),赵州栾城(今属河北)人。不满二十岁即考中进士。曾任咸阳尉等职,官至宰相。诗文与李峤齐名,时称"苏李"。《全唐诗》存其诗一卷。

正月十五夜

火树银花合,星桥铁锁开。
暗尘随马去,明月逐人来。
游伎皆秾李,行歌尽落梅。
金吾不禁夜,玉漏莫相催。

注释

〔正月十五夜〕即元宵夜。 〔火树银花〕形容元宵辉煌的灯火。 〔"星桥"句〕意谓城门大开,任人通行。星桥,银河之桥。铁锁,城关用锁。 〔逐〕随。 〔游伎〕歌伎舞女。 〔秾李〕形容服饰姿色的浓丽美艳。 〔落梅〕即《梅花落》,古代乐曲名。 〔"金吾"二句〕意谓平日京城有宵禁,但今夜禁卫军不来管制,任游人尽兴玩赏,时间也不要来催促。金吾,指京城里的禁卫军。玉漏,古代滴水计时器。因用玉制成,故称玉漏。

解 读

　　这是一首描写长安城里闹元宵的五言律诗。据《大唐新语》等史料记载:唐代每逢元宵节,长安城里都要大放花灯,前后三天,京城夜间一律不戒严,让市民尽兴游乐。无论是豪门贵族的马车,或是普通百姓的举家观灯,都涌现在京城的街衢上,真所谓万紫千红,火树银花不夜天。前六句皆写元宵夜的热闹场面,末二句为感慨,是唐人中写元宵诗的名篇。

王 勃

王勃(649—676),字子安,绛州龙门(今山西河津)人。年十四即及第,授朝散郎,为沛王府修撰。因戏作檄英王鸡文,被高宗逐出,客游蜀中。为虢州参军时又犯死罪,遇赦革职。父福畤因受累而谪迁交趾令,勃前往省亲,渡海溺水,惊悸而死。他与杨炯、卢照邻、骆宾王被称为"初唐四杰",才气最高。相传作文先具"腹稿",初不加点。也善为骈文,名作有《滕王阁序》。其诗内容较六朝宫体诗扩大,音调的宛转变化,则又吸取乐府之长。也由于四杰的努力,初唐的诗风已有所改变,于五律的格律逐渐树立,明陆时雍在《诗镜总论》中说他"调入初唐,时带六朝锦色",颇有见地。有《王子安集》。

送杜少府之任蜀州

城阙辅三秦,风烟望五津。
与君离别意,同是宦游人。
海内存知己,天涯若比邻。
无为在歧路,儿女共沾巾。

注释

〔少府〕这里指县尉。杜少府是作者的友人。 〔之任〕赴任。 〔蜀州〕一作蜀川,今四川。蜀州于武则天垂拱时始置之。 〔城阙〕这里指京城长安。阙,宫门前的望楼。 〔辅三秦〕以三秦为辅。辅,畿辅,原指京城附近地方。三秦,项羽灭秦后,曾将秦国旧地分为雍、塞、翟三国,故称。这里泛指今陕西一带。 〔五津〕四川都江堰至犍为之岷江有五个渡口,名白华津、万里津、江首津、涉头津、江南津,皆在蜀中。 〔宦游人〕在外做官的人。别中送别,原极感伤,正为反逼下文。 〔比邻〕近邻。 〔儿女〕指青年男女。 〔沾巾〕眼泪沾湿袖巾,这里指流泪。

解读

这是一首送别友人的五言律诗。此诗起句严整雄阔,三四句则承以散调,即由实转虚。五六名句,实际上后四句都是送别时的勉励劝慰之词。全诗开合顿挫,体气稍厚,却又气脉流通,思致不凡。沈德潜《唐诗别裁集》说:"'城阙辅三秦',己所处;'风烟望五津',蜀地,少府所任。"胡应麟《诗薮》则说:"通篇不着景物而气骨苍然,实首启盛、中妙境。"

刘希夷

刘希夷(651—?),一名庭芝,汝州(今河南临汝)人。少有文才,善弹琵琶,落魄不拘常格。上元二年(675)进士。孙季良编《正声集》,以其诗为最。原有集,已散佚。

代悲白头翁

洛阳城东桃李花,飞来飞去落谁家?
洛阳女儿惜颜色,行逢落花长叹息。
今年落花颜色改,明年花开复谁在?
已见松柏摧为薪,更闻桑田变成海。
古人无复洛城东,今人还对落花风。
年年岁岁花相似,岁岁年年人不同。
寄言全盛红颜子,应怜半死白头翁。
此翁白头真可怜,伊昔红颜美少年。
公子王孙芳树下,清歌妙舞落花前。
光禄池台文锦绣,将军楼阁画神仙。
一朝卧病无相识,三春行乐在谁边?
宛转蛾眉能几时?须臾鹤发乱如丝。
但看古来歌舞地,惟有黄昏鸟雀悲。

注释

〔代悲白头翁〕诗题又作《代白头吟》。《白头吟》是古乐府旧题,属《相和歌·楚调曲》。 〔洛阳〕今河南洛阳,唐时称东都。 〔薪〕柴草。 〔红颜子〕指正处风华茂盛的青年男女。 〔伊〕他,指白头翁。 〔"光禄"二句〕极写生前的文功武略和功名成就。 〔三春〕指春季的三个月。古代称阴历正月为孟春,二月为仲春,三月为季春。 〔须臾(yú)〕片刻。此处指人生短暂,一忽儿就从美貌少女变为白发老人。

解读

这是一首拟古乐府。《白头吟》原写女子与负心男子毅然决裂。刘希夷所写的这首诗则跳出了原来的题材范围,从青春女子写到白发老翁,感叹青春易逝、人生易老、富贵无常的人生现象。因刘希夷二十余岁就去世,不要说老年,就连中年的人生感受都未尝到过,所以诗题加有"代悲"二字,意为自己是代白发老年人而悲,或是代写老年人之悲。

诗以落花起兴,随即转入人。然在写人的同时,每与写花相穿插,时加对照,如"今年落花颜色改,明年花开复谁在""年年岁岁花相似,岁岁年年人不同"。所以诗的开篇实际上是一种比兴手法,以花喻人,贯穿大半。以花朵盛衰有时而喻人之青春不再,并认为人的一切荣华富贵和功名利禄,都不过是须臾之间的过眼烟云,流露出一种人生短暂、及时行乐的消极思想。此诗音调和谐,语言优美流畅,甚得后人喜欢。

宋之问

宋之问(656?—712),字延清,汾州(今山西汾阳)人,一说虢州弘农(今河南灵宝)人,上元进士。曾任左奉宸内供奉,实近弄臣,故得倾附张易之兄弟,受知于武则天,并随从游宴。二张败,谪泷州,忽又逃还。睿宗即位,以之问曾附张易之、武三思,配徙钦州(今属广西)。玄宗先天中,赐死于谪所。其友人武平一将其诗编为一集。其诗以律诗见长。与沈佺期齐名,称"沈宋"。《全唐诗》存其诗三卷。

题大庾岭北驿

阳月南飞雁,传闻至此回。
我行殊未已,何日复归来?
江静潮初落,林昏瘴不开。
明朝望乡处,应见陇头梅。

注释

〔大庾岭〕在今江西大余与广东南雄二县市交界处,为五岭之一。 〔驿〕古代供邮传人和官员旅宿的处所。 〔阳月〕阴历十月。 〔"我行"句〕相传雁至衡阳而止,遇春而回。这里是

江静潮初落，林昏瘴不开。

说,南雁尚不逾此岭,自己却还须远度岭南,行程未止。 〔瘴〕即瘴气,指南方山林间湿热致病之气。 〔望乡处〕遥望家乡的地方。这里指岭之高处,即陇头。 〔陇头梅〕其地气候和暖,故十月即可见梅,旧时红白梅夹道,故有梅岭之称。陇,通"垄",高地,义也可通岭头。

解读

宋之问生前曾两次被贬谪南方,故有不少诗都写其南谪时的心情。《旧唐书》宋之问传记中也说之问再被窜谪,途经江岭,所有篇咏,传布远近。此诗也当为其中之一。前四句将己之南迁与北雁南飞相比,以为人不如雁;后四句写谪途中的情景,江潮初落,林中满是瘴气。结联归到望乡,故此诗亦为望乡之作。其《途中寒食》诗结句为"故园断肠处,日夜柳条新",此诗结句为"明朝望乡处,应见陇头梅",两种落句,各有佳处。

沈佺期

沈佺期(656?—约714),字云卿,相州内黄(今属河南)人。青少年时代曾事漫游,到过巴蜀荆湘。上元进士,曾任考功员外郎,迁通事舍人,转给事中等职。与宋之问齐名,皆擅五七言律诗,世称"沈宋"。唐代七言律体至"沈宋"而定型。《全唐诗》编存其诗三卷,明人辑有《沈佺期集》。

杂　诗

闻道黄龙戍,频年不解兵。
可怜闺里月,长在汉家营。
少妇今春意,良人昨夜情。
谁能将旗鼓,一为取龙城。

注释

〔黄龙戍〕即黄龙冈,在今辽宁开原西北,唐时驻兵于此。〔解兵〕撤兵或休战。　〔"可怜"二句〕意谓闺中之月,本应是团圞之月,现在却久照汉家营中,成为别离之月,故说可怜。汉家,实指唐朝。　〔良人〕古代妻对夫的尊称。　〔昨〕这里是"过去"的意思。　〔将〕持。　〔一为〕一举。　〔龙城〕原址在今蒙古国,匈奴祭天处。此指敌方巢穴。

解读

原诗共四首,都写闺妇对戍卒的思念。此为第三首,也是闺思之作。起写士卒戍边之处,次联写闺中之思,五、六分承三、四而下,写两地相思,末联是愿望。这首五律起结平平,不甚高妙,好在中间二联"可怜闺里月,长在汉家营。少妇今春意,良人昨夜情",真千古不朽之句。

独　不　见

卢家少妇郁金堂,海燕双栖玳瑁梁。
九月寒砧催木叶,十年征戍忆辽阳。
白狼河北音书断,丹凤城南秋夜长。
谁为含愁独不见,更教明月照流黄。

注释

〔独不见〕乐府杂曲歌辞旧题,多写离别相思。诗题又名"古意呈乔补阙知之"。乔知之在武则天时任右补阙。　〔卢家少妇〕无名氏《河中之水歌》:"河中之水向东流,洛阳女儿名莫愁。莫愁十三能织绮,十四采桑南陌头。十五嫁为卢家妇,十六生儿字阿侯。卢家兰室桂为梁,中有郁金苏合香。……"语本此。　〔郁金堂〕以郁金香浸酒和泥涂壁。堂,一作"香"。

〔海燕〕又名越燕。燕的一种,躯体轻小,胸紫色,春季北飞,于室内营巢。　〔玳瑁(dài mào)梁〕以玳瑁为饰的屋梁。玳瑁,水产动物,甲光滑,有纹彩,可制装饰品。　〔寒砧(zhēn)催木叶〕是说在急切的砧声中木叶纷纷下落。砧,捣衣用的工具。唐代妇女,每于秋夜捣衣。这里说"寒砧",意指准备赶制冬服,寄给征人。　〔辽阳〕今辽宁省一带地区,为当时东北边防要地。　〔白狼河北〕即上句所说的辽阳。白狼河,又名大凌河,在今辽宁省南部,流经锦州入海。　〔丹凤城〕指长安。汉武帝于长安造凤阙,故称长安城为凤城。凤,赤色,故曰丹凤。　〔城南〕唐时长安城的建筑,宫廷在城北,住宅在城南。　〔谁为〕是"为谁"的倒文。　〔流黄〕黄紫相间的丝织品。这里指帷帐。

解　读

　　这是我国早期一首著名的七言律诗。描写相思离别,以海燕双栖起兴,从环境气氛的渲染,表现出思妇孤独的心情。中间两联,于笔法纵横、意境阔远中见出思妇愁思之苦长。通篇凄婉,字字圆润。然以"寒砧"对"征戍"、"木叶"对"辽阳",终似欠妥。此诗宋、元人多不选,全是明代人给捧起来的。何大复甚至推此诗为唐人七律压卷。胡应麟也称其"体格丰神,良称独步"。看来明人也没捧错,清代人也齐声赞美。此诗在唐代的确也独一无二,后人只可追慕,不可仿佛。平心而论,此诗可列为初唐七律第一。

贺知章

贺知章(659—744),字季真,越州永兴(今浙江萧山)人。证圣元年(695)进士,曾任太子宾客、秘书监等职。天宝初请度为道士,回到故乡。性放旷,晚年尤纵诞,自号"四明狂客"。《全唐诗》编其诗一卷。数量虽不多,却是初唐到盛唐间一位重要的七绝作家,对唐代七绝的发展有一定作用。

咏　柳

碧玉妆成一树高,万条垂下绿丝绦。
不知细叶谁裁出?二月春风似剪刀。

注释

〔碧玉〕青绿色的美玉。这里用来形容柳树。　〔妆〕妆饰。〔绦(tāo)〕用丝编成的带子,这里用来形容柳枝。　〔细叶〕柳树叶。

解读

这是一首描写春柳的七绝。全诗一连用了三个比喻,首句以碧玉的妆饰来形容柳树,次句以丝编的带子来比喻柳枝,末二句以春风似剪刀般地裁出细叶来描写柳叶,显得既精巧,又生动,十分形象地表现了春柳的盎然生机,给人一种清新悦目之感。

回乡偶书

少小离家老大回,乡音无改鬓毛衰。
儿童相见不相识,笑问客从何处来。

注释

〔偶书〕随意写下来。 〔乡音〕家乡的口音。 〔鬓毛〕头两旁接近耳朵的头发。 〔衰〕疏落。 〔客〕指作者。

解读

作者很早就离开家乡会稽,三十七岁考取进士后,直到八十多岁才重返家园。作者有感于此,写下此诗。首句说少小离家,至老大方回,足见其离家时间之长。因时间太长,故有"鬓毛衰",使得儿童相见又不相识;但家乡的口音未改,却又使儿童引起好奇之心,故有笑问之句。全诗虽然直赋其事,浅显通俗,但在安排上却自有层次,妙趣横生,写出了久离家乡的人在重返时常常遇到的情景,所以历来传诵。《对床夜语》说此诗"语益换而益佳,善脱胎者宜参之"。

陈子昂

陈子昂(661—702),字伯玉,梓州射洪(今属四川)人。世为豪族,少以侠知名。唐睿宗文明元年(684)进士,拜麟台正字,曾随军东征契丹,参谋军事。在京任右拾遗时,直言敢谏,指陈时弊,后解职还乡,被县令诬陷,入狱致死。他为诗力主倡导汉魏风骨,反对齐梁以来的浮靡诗风,所作《感遇》诗等慷慨激昂,风格高峻,尤有影响。后来李白、杜甫、白居易等对他的诗都很推崇。韩愈有诗写道:"国朝文章盛,子昂始高蹈。"正说明了他在唐代诗歌发展中的重要地位。有《陈伯玉集》。

登幽州台歌

前不见古人,后不见来者。
念天地之悠悠,独怆然而涕下。

注释
〔幽州台〕又名蓟北楼或黄金台,故址在今北京市西南。
〔怆(chuàng)然〕伤感的样子。

解读
此诗最早见于唐人卢藏用写的《陈氏别传》,说万岁通天元年(696),武后派建安王武攸宜进兵契丹,陈子昂以右拾遗身份随军参谋。因武攸宜军事失利,陈子昂屡次进谏,都不被采用。无奈之下,心情低落的陈子昂独自登上了幽州台,"感昔乐生(毅)、燕昭之事,赋诗数首,乃泫然流涕而歌曰:'前不见古人……'时人莫之知也"。此诗寥寥数语,却将天、地、人三者全都装下,笼盖古今,包举天地,抚今追昔,有着无限广阔的时空和忧国伤时的情怀在内,成为唐诗的杰作之一。

念天地之悠悠,独怆然而涕下。

张 说

张说(667—730),字道济,一字说之,洛阳(今属河南)人。曾任黄门侍郎、同平章事等职,玄宗时任中书令,封燕国公。诗文并擅。当时朝廷不少重要文件,多出于他的手笔,与苏颋并称"燕许大手笔"。有《张燕公集》行世。

蜀道后期

客心争日月,来往预期程。
秋风不相待,先到洛阳城。

注释

〔争日月〕争取时间。 〔预期程〕预先定下时限。

解读

这是一首描写客心思归的五绝,是张说任校书郎时出任西川期间写的。前两句写其在外办事时的思归心情,并预算好了来回的日程,总能在秋前回到洛阳。没料归期延迟,秋日来临,秋风也不等他,便先到洛阳城了。诗人实际上借此表达了自己热望盼归的急切心情。

张若虚

张若虚，扬州（今属江苏）人。曾任兖州兵曹之职。与贺知章、张旭、包融并称"吴中四士"。《全唐诗》存其诗仅二首。

春江花月夜

春江潮水连海平，海上明月共潮生。
滟滟随波千万里，何处春江无月明。
江流宛转绕芳甸，月照花林皆似霰。
空里流霜不觉飞，汀上白沙看不见。
江天一色无纤尘，皎皎空中孤月轮。
江畔何人初见月？江月何年初照人？
人生代代无穷已，江月年年只相似。
不知江月待何人，但见长江送流水。
白云一片去悠悠，青枫浦上不胜愁。
谁家今夜扁舟子？何处相思明月楼？
可怜楼上月徘徊，应照离人妆镜台。
玉户帘中卷不去，捣衣砧上拂还来。
此时相望不相闻，愿逐月华流照君。
鸿雁长飞光不度，鱼龙潜跃水成文。

昨夜闲潭梦落花,可怜春半不还家。
江水流春去欲尽,江潭落月复西斜。
斜月沉沉藏海雾,碣石潇湘无限路。
不知乘月几人归,落月摇情满江树。

注 释

〔春江花月夜〕是乐府《清商曲·吴声歌》的旧题,属于一种非常艳丽的曲调。据说创自陈后主。 〔滟(yàn)滟〕动荡闪光貌。 〔里〕一作"顷"。 〔芳甸〕春天的原野。郊外之地叫作甸。 〔霰(xiàn)〕雪珠。此处用来形容在洁白月光照映下的花朵。 〔"空里"二句〕言月色笼罩空间,铺满天地。上句以霜拟月,因空中月色朦胧动荡,故曰"流霜"。下句写月沙一色。汀(tīng),水边沙地。 〔"白云"句〕隐喻客子远去。 〔青枫浦〕一名双枫浦,在今湖南浏阳浏水中。这里泛指遥远荒僻的水边之地。 〔扁舟子〕飘荡江湖的客子。 〔明月楼〕指月夜楼中的思妇。 〔徘徊〕谓月影移动。 〔卷不去〕指月色照在思妇闺房的门帘上。 〔拂还来〕指月光照在捣衣砧(zhēn)上的样子。 〔逐〕随,跟从。 〔月华〕月光。 〔"鸿雁"二句〕上句仰望长空,下句俯视江面,都是写夜景寂寞、望月怀人的心情。说"鸿雁",说"鱼",取鱼雁传书之意,"龙"是因"鱼"连类而及。 〔碣石〕山名,在今河北省。 〔潇湘〕本二水名。二水在今湖南零陵合流,称为潇湘,北入洞庭湖。这里以碣石指北,潇湘指南,极言相距之远。 〔"落月"句〕写江树满挂着落月的余晖。

解　读

此诗以春江花月夜为背景,抒写了人间的离愁别绪和相思之情。诗以月升海面开篇,前十句即展现出一幅春江月夜光彩流溢的壮丽场面,江潮连海,月共潮生,光辉闪耀,江天一色。诗人在写尽了这一动人的良辰美景之后,随后以"江畔何人初见月?江月何年初照人?"二句发问,巧妙地把诗意进一步引向深入,转入人世间的离愁别绪和相思之情这一层面,而不只是单纯的写景了。这一转折,使诗的内涵更为丰富。

不过,诗的转折有个过渡,即是从江月的角度来感慨人生的代代相传和往复循环,从"白云一片去悠悠"开始,描写到了春江花月夜中游子与思妇的两地相思,一片白云飘浮,正象征"扁舟子"的漂泊不定,"明月楼"却又正是思妇的象征,也正是凭"明月楼"三字,引出以下八句思妇对离人的怀念,然后又转入游子对家人的思念,以"梦落花""流春""斜月"诸词来烘托他的思归之情。诗最后以"落月"作结,正与开篇的升月遥相呼应,使全诗有一个完美的整体。

此诗写景抒情,情景交融,在诗人出色的描写下,达到了一个极其完美的艺术境界。其中有着诗人对自然美景和自身存在的深切感受,同时也对人自身存在的有限性充满了伤感、惆怅和留恋。不过,这一切又都是永恒的江水和无边的风月给诗人所带来的思考与启示。也正因为此诗意境完美,又充满着人生哲思,韵调优美流畅,所以历来获得人们极高的评价。王闿运认为张若虚此诗"孤篇横绝,竟为大家",闻一多甚至誉为"诗中的诗,顶峰上的顶峰",都足以证明此诗的重要地位。

张九龄

张九龄(678—740),字子寿,韶州曲江(今广东韶关)人。景龙初进士,玄宗时,位至宰相。敢于直言谏上,举贤任能,为一代名相。后为奸臣李林甫所害,被贬为荆州长史。开元末年,告假南归,卒于曲江私第。其诗秀润清丽,淡远闲旷,五言律绝与《感遇》诗的成就尤为后人瞩目,对初唐诗风的转变,起了推动的作用。也善散文。有《张曲江集》。

望 月 怀 远

海上生明月,天涯共此时。
情人怨遥夜,竟夕起相思。
灭烛怜光满,披衣觉露滋。
不堪盈手赠,还寝梦佳期。

注释

〔怨遥夜〕即《古诗》"愁多知夜长"的意思。遥夜,漫长的夜。 〔竟夕〕整夜,终夜。 〔觉露滋〕因夜露滋多而感到阴冷。 〔"不堪"句〕明月有影无形,不可把握手赠,难寄相思之情,故云。 〔还寝〕意指睡觉寻梦。 〔佳期〕会见之期。

解 读

这是一首望月而思念远方亲人的五律。首联写一轮明月从水上升起,远在天涯的亲人与自己一起望月,彼此思念。次联写情人怨秋夜太长,整夜都沉浸在相思之中。三联写把烛光灭了,但月光却洒满了房间,特别可爱;为了望月怀人,接着干脆披上衣服,走出房间,来到屋外,但露水却把衣服沾湿了,极言时间之久。末联写月光如此美丽,却又不能盈手相赠,于是只得回到房间就寝,在梦中来与对方约会相聚吧。此诗越读越有味。李商隐《无题》,人皆喜作情诗看;张九龄此诗,人也皆喜作情语看。其佳处不在骨力,然清空一气,明润如玉,一片秀色,无半点杂质,既得六朝五言隽永之味,又具唐人五律体段,是唐人五律中有数之作。

感遇十二首(其七)

江南有丹橘,经冬犹绿林。
岂伊地气暖,自有岁寒心。
可以荐嘉客,奈何阻重深。
运命唯所遇,循环不可寻。
徒言树桃李,此木岂无阴。

注 释

〔伊〕句中助词。 〔岁寒心〕指耐寒的特性。《论语·子罕》：:"岁寒然后知松柏之后凋也。"后人往往作为砥砺节操的比喻。　〔荐〕进献。　〔"奈何"句〕喻阻力多重,使抱负无从直达。　〔"运命"句〕意谓只能按着命运随遇而安。　〔树〕种植。《韩诗外传》记赵简子语:"春树桃李,夏得阴其下,秋得食其实。"当是用此典。　〔"此木"句〕意谓橘树难道不会成荫。阴,同"荫"。

解读

此原为第七首,全诗歌咏丹橘,以橘喻人。战国屈原写过《橘颂》,赞美橘树"苏世独立,横而不流"等多种美德,用来比喻人的节操。张九龄所贬的荆州,正是当年屈原故国楚之郢都,触发联想,理所当然。又橘产于南方,张九龄也是南方人,了解橘的秉性。桃李媚时,丹橘傲冬,诗人正以此来暗示朝政的紊乱和个人的品性遭遇。故因物寓志,以橘自比,而以桃李影射当权得势的小人。如果说前篇是以兰、桂自比,此篇则以丹橘自比,各有寓意。

王之涣

王之涣(688—742),字季陵,绛州(今山西新绛)人。曾任文安县尉等职。在当时与高适、王昌龄齐名,都是以描写边塞风光而名著一时。《全唐诗》录存其诗仅六首。其中七绝四首,内容多描写边塞和饯行送别。《凉州词》二首写塞外风光和军旅生活,其"黄河远上白云间"一首被王士祯推为唐代七绝的压卷之作,在当时就已广泛流传。其五绝《登鹳雀楼》亦千古流传。是盛唐绝句的代表作家之一。

登鹳雀楼

白日依山尽,黄河入海流。
欲穷千里目,更上一层楼。

注释

〔鹳雀楼〕在今山西永济。 〔穷〕穷尽。 〔更上〕再上。

解读

这是一首登楼望远的五绝。前两句写登鹳雀楼所见之景,白日依山而尽,黄河入海而流,气象雄伟壮丽。后两句则宕开一笔,如欲看得更远,则必须更上层楼。以议论作结,既切合当时作者所想,又可见作者胸襟之开阔。全诗写景抒怀,既壮阔高远,又富有哲理,浑成一气。

凉 州 词

黄河远上白云间,一片孤城万仞山。
羌笛何须怨杨柳,春风不度玉门关。

注 释

〔凉州词〕乐府诗题,古代歌曲的一种。凉州在今甘肃武威。 〔黄河远上〕一作"黄沙直上"。 〔万仞〕几千丈。仞为古代长度单位,周制八尺为一仞。 〔"羌笛"句〕这句说,羌笛何必去吹《折杨柳》那种悲哀的调子呢? 羌笛,古代羌族的一种乐器。杨柳,即《折杨柳》,古代一种哀怨的歌曲。 〔春风〕这里指皇帝的恩泽。 〔玉门关〕在今甘肃敦煌西北小方盘城,是古代通往西域的要道。

解 读

这是一首描写戍夫怨情的七绝。前二句通过"黄河""白云""孤城"和高山等物的描写,极显凉州一带地方苍茫辽阔的荒凉景象,以此来说明戍边士兵的辛苦。然而士兵们日夜戍守边疆,但唐王朝却根本不予关怀。于是作者在后二句感叹道,羌笛不用再去吹那种哀怨的调子了,皇帝的恩泽是不会降临到那些戍夫身上去的。全诗气势雄浑,意境开阔,格调响亮而又慷慨悲凉。末句又以"春风"暗比皇恩,巧妙地抒发了作者对封建朝廷不关心戍边士兵的感慨。胡应麟《诗薮》认为此诗"极工,余见不过数篇"。

孟浩然

孟浩然(689—740),字浩然,襄州襄阳(今湖北襄樊)人。早年隐居鹿门山,四十岁入长安应进士考落第,失意东归,自洛阳东游吴越。张九龄出镇荆州,引为从事,后病疽卒。其诗多写山水田园的幽清境界,却不时流露出一种失意情绪,所以诗虽冲淡而有壮逸之气,为当世诗坛所推崇。与王维齐名,人称"王孟"。有《孟浩然集》。

望洞庭湖赠张丞相

八月湖水平,涵虚混太清。
气蒸云梦泽,波撼岳阳城。
欲济无舟楫,端居耻圣明。
坐观垂钓者,徒有羡鱼情。

注释

〔洞庭湖〕在今湖南北部长江南岸,为湘中众水之汇,有"八百里湖庭"之称。 〔张丞相〕指张九龄,时任中书侍郎同中书门下平章事。 〔涵虚〕指水映天空。虚,太虚,谓天。 〔太清〕天空。 〔云梦〕古泽名。 〔岳阳城〕在洞庭湖东北。

〔欲济〕想要渡水。 〔舟楫〕船与桨,泛指船只。 〔端居〕闲居。 〔耻圣明〕有愧于皇上。

解读

这是一首干谒诗。前四句托兴观湖,极写洞庭湖水的宽阔和浩渺景象,而"气蒸"一联的声势气象尤为壮观,与杜甫《登岳阳楼》"吴楚东南坼,乾坤日夜浮"一联,同为咏洞庭湖的千古名句。后四句转入抒怀,委婉地表达了自己虽为在野之身,却有着积极用世的想法,希望能得到张九龄的赏识和援引。因为孟浩然在当时以隐士而闻名天下,而张九龄身为开元盛世的贤相,素以正直敢言得名,所以孟浩然向其表明出仕心迹,也是完全可以理解的。全诗写景抒情,脉络清晰,为孟浩然五律的代表作之一。

与诸子登岘山

人事有代谢,往来成古今。
江山留胜迹,我辈复登临。
水落鱼梁浅,天寒梦泽深。
羊公碑尚在,读罢泪沾襟。

注释

〔岘山〕又名岘首山,在今湖北襄阳之南。 〔代谢〕指人事变化。　〔胜迹〕名胜古迹。　〔鱼梁〕汉江津渡名,在襄阳城东。古为渔梁洲,在江中。　〔梦泽〕古泽名,在今湖北省境内。〔羊公〕晋羊祜,字叔子,都督荆州诸军事长达十年。

解 读

这是孟浩然与其他几位学子同登岘山有感而写下的一首五律。起语便觉旷放,豁达中又寓感慨,自然浑成。以议论发端,意甚高古,而理在其中,发人深省,非后之以议论为诗者所可比拟也。颔联始切题,然一"复"字,即已扣紧首联,故首联非凭空泛论。然通篇全似议论,却如此耐人吟咏,唱叹有情。"羊公碑"指晋人羊祜的墓碑。据史载,羊祜镇守襄阳时,为政清廉,有德于民。死后,百姓建碑,望者无不下泪,故羊公碑又称"堕泪碑"。末二句正用此意。

过 故 人 庄

故人具鸡黍,邀我至田家。

绿树村边合,青山郭外斜。

开轩面场圃,把酒话桑麻。

待到重阳日,还来就菊花。

注 释

〔过〕访,探望。　〔具〕备办。　〔鸡黍(shǔ)〕指农家待客的丰盛菜饭。黍,黄米。　〔合〕环绕之意。　〔郭〕原指外城,这里泛指城墙。　〔轩〕指窗。　〔场圃〕打谷场和菜园。　〔话桑麻〕闲谈农家生活。　〔重阳日〕指阴历九月九日重阳节。〔就菊花〕乘菊花开时再来探望。唐代重阳节有登高饮菊花酒、头插菊花的习俗。

解读

这是诗人应友人之邀,来农庄做客有感而写下的一首五言律诗。除了三、四两句写景以外,通篇都是叙事,句句口语,写农村风光,又写老朋友的盛情厚意,却如此亲切自在,从容自然,自是绝妙诗篇。与王维《渭川田家》诗体不同,却有异曲同工之妙。此天成之诗,难以模拟。

夏日南亭怀辛大

山光忽西落,池月渐东上。

散发乘夕凉,开轩卧闲敞。

荷风送香气,竹露滴清响。

欲取鸣琴弹,恨无知音赏。

感此怀故人,中宵劳梦想。

注释

〔辛大〕作者的友人。　〔"山光"句〕谓指日影西沉。　〔散发〕打开头发。古人束发加冠。 〔"欲取"二句〕言无知心朋友共谈。《淮南子·修务训》:"是故钟子期死,而伯牙绝弦破琴,知世莫赏也。"这里化用成语,借弹琴以见意。 〔中宵〕即半夜。

解读

这是诗人在夏夕南亭乘凉时有怀友人辛大而写下的一首诗。起二句写黄昏夕暮景象:夕阳西斜将衔山而尽,而池边的月亮却渐渐东升。次二句写诗人散发乘凉的状况。接着又写池中的荷香随风飘来,竹间的露滴仿佛也能听到,鼻之所感,耳之所闻,极写环境的幽雅与宁静。最后四句转入对友人的怀念。诗将夏夜清景和幽居寂寞怀人之情,交递而下,相互渗透,融为一体。景愈清而思愈深,自然宽舒中极清深悠远之趣,能见出孟诗特色。其中"荷风"一联,历来传诵。

春　　晓

春眠不觉晓,处处闻啼鸟。
夜来风雨声,花落知多少。

解读

这是一首描写春眠的五绝。春天夜短,又因夜来风雨所扰,所以作者睡去后,不知不觉天已拂晓,所闻皆鸟啼之声,不禁联想起昨夜风雨,为花木担忧起来。全诗皆用口语写成,意思却相当曲折,耐人吟咏。

春　　晓　　　　　　孟浩然

春眠不觉晓,处处闻啼鸟。
夜来风雨声,花落知多少。

宿 建 德 江

移舟泊烟渚,日暮客愁新。
野旷天低树,江清月近人。

注释

〔建德江〕即新安江,因在建德境内,故称建德江。 〔烟渚〕水雾笼罩中的水中陆地。

解读

作者在开元年间曾到浙江各地游览,在宿建德江时,写下这首五绝。从首句看,作者应是住宿在船上。夜幕降临,面对他乡,作者心中不禁引起了新的客愁。故此诗的主旨仍是抒写羁旅之思。后两句是作者移舟夜泊时所见之景,因原野空旷,极目望去,天空反而低于树木;江水澄清,月映水中,似乎与人更加接近。

王 湾

王湾,洛阳(今属河南)人。先天年间(712—713)进士,或说开元十一年(723)进士。早年游吴,开元初任荥阳主簿,后入丽正院参与《群书四部录》集部编撰,书成后任洛阳尉。其诗多散佚,流传不多,《全唐诗》存录其诗十首。

次北固山下

客路青山外,行舟绿水前。
潮平两岸失,风正一帆悬。
海日生残夜,江春入旧年。
乡书何处达,归雁洛阳边。

注释

〔次〕舟次,停泊之意。此诗又名《江南意》。 〔北固山〕在江苏镇江,位于城西北,北临长江,与金、焦二山并称"京口三山"。 〔两岸失〕一本作"两岸阔"。 〔归雁〕用鸿雁传书事。〔洛阳〕作者家乡,今属河南。

解读

这是诗人舟次北固山下,见景有感而写下的一首五律。首联写自己的行踪和方位。次联写景,言江水高涨,原来很高的两岸要与水面相平,使水面格外宽阔,两岸陆地仿佛消失了一般。三联写景中兼有时空,一轮红日从海面升起,破晓而出;残夜将尽,春江已入旧年。因江上日照早暖,王湾是洛阳人,故在江南的船上感到了春意。尾联转入乡思。通篇完妥,中二联皆为名句。殷璠《河岳英灵集》说:当年宰相张说曾题于政事堂,"每示能文,令为楷式",并说"诗人以来,少有此句"。

常 建

常建,长安(今陕西西安)人。约与王昌龄等同时。曾任盱眙尉,后浪迹山水。他的诗在当时有一定名望。《唐才子传》说他"属思既精,词亦警绝"。有《常建诗》,共五十七首。

题破山寺后禅院

清晨入古寺,初日照高林。
竹径通幽处,禅房花木深。
山光悦鸟性,潭影空人心。
万籁此俱寂,但余钟磬音。

注释

〔破山寺〕即兴福寺,在今江苏常熟。 〔禅房〕僧侣们的住所。 〔"潭影"句〕意谓潭水空明澄澈,临潭照影,使人俗念消除。 〔万籁(lài)〕一切声响。凡能发出声响的孔窍叫籁。〔钟磬〕寺院中诵经、斋供时的信号。

解读

首联写清晨初日照林之状;次联写寺院的竹径和禅房的幽深;三联写山光使野鸟怡然自得,澄净的潭水使人心中的杂念消除净尽;末联写钟磬之声,余音袅袅,使诗的意味也随之悠然。通篇都好,中二联皆为名句,而"竹径"一联,尤为欧阳修所叹赏。

三日寻李九庄

雨歇杨林东渡头,永和三日荡轻舟。
故人家在桃花岸,直到门前溪水流。

注释

〔三日〕指阴历三月三日,是上巳节。依古代风俗,人们在此日来水边祓除不祥,在唐代,几乎已成了一个游春宴饮的节日。 〔李九庄〕应指常建友人李某所居的一个村庄。九,是李某的排行,唐代诗人在诗题中常以排行相称。 〔永和〕似指东晋永和年间的山阴兰亭之会,因王羲之《兰亭集序》中有"永和九年,岁在癸丑,暮春之初"等字样。 〔故人〕指友人李九。

解读

这是诗人在三月三日寻访友人村庄而写下的一首七绝。春雨刚歇,诗人便在杨林掩映下的东渡头坐上小船,去寻访李九庄。"永和三日",正借来暗示这是一个"天朗气清,惠风和畅"的时辰,而轻舟则在雨后的清水里荡漾着,特觉舒畅。因作者此前似未来过"李九庄",也没有详细地址,只知李九家在桃花岸边,只要坐着小船顺着清溪一路飘荡,即到家门前。故此诗的末二句,诗人用诗的语言,道出了李九家的住处。全诗节奏轻快,清新活泼中不乏趣味,写出了寻访友人途中的乐趣和快意。

三日寻李九庄 　　　　　常　建

雨歇杨林东渡头,永和三日荡轻舟。
故人家在桃花岸,直到门前溪水流。

崔 颢

崔颢(?—753),汴州(今河南开封)人。早年好饮酒赌博,后在开元十一年(723)考中进士。曾任尚书司勋员外郎之职。又游历山川,从军东北边塞,诗风转为雄浑。《全唐诗》录存其诗一卷。

黄 鹤 楼

昔人已乘黄鹤去,此地空余黄鹤楼。
黄鹤一去不复返,白云千载空悠悠。
晴川历历汉阳树,芳草萋萋鹦鹉洲。
日暮乡关何处是,烟波江上使人愁。

注释

〔黄鹤楼〕相传建于三国吴黄武二年(223),屡废屡建。故址在今武昌蛇山黄鹄矶。旧传仙人骑黄鹤经此,故名。 〔乘黄鹤〕一本作"乘白云"。 〔汉阳〕唐县名,属沔州。今为武汉三镇之一。 〔芳草〕一作"春草"。 〔鹦鹉洲〕原在黄鹄矶江中,今移至汉阳。三国祢衡作《鹦鹉赋》,洲因此为名。

解读

这是一首题咏黄鹤楼的名篇。相传李白到此,也因"崔颢题诗在上头"而搁笔。诗的前四句都写有关黄鹤楼的传说,至五六两句,方折入在黄鹤楼上所见之景象。末联则复因眼前景象与日暮黄昏,在烟波浩渺的江面上,又顿生思乡之情。此诗因气格高迥,浑然天成,字字劲健,而被历代诗家所推崇,严羽在《沧浪诗话》中甚至明确宣布:"唐人七言律诗,当以崔颢《黄鹤楼》为第一。"纪昀也说:"偶尔得之,自成绝调。"(《瀛奎律髓刊误》)

李 颀

李颀,赵郡(今河北赵县)人,寄籍颍川(今河南许昌)。唐玄宗开元二十三年(735)进士。官新乡尉,长期未得升迁,后弃官归隐。他和王维、王昌龄、高适等人相友善,是盛唐重要诗人之一。其诗内容和体裁都很广泛。边塞诗尤为有名,慷慨激昂。由于仕宦失意,也有消极遁世思想。殷璠说他"发调既清,修辞亦秀;杂歌咸善,玄理最长"(见《河岳英灵集》)。他的七言歌行及七言律诗,在唐代具有很高的地位,尤为后世所推重。有《李颀诗集》。

古 从 军 行

白日登山望烽火,黄昏饮马傍交河。
行人刁斗风沙暗,公主琵琶幽怨多。
野云万里无城郭,雨雪纷纷连大漠。
胡雁哀鸣夜夜飞,胡儿眼泪双双落。
闻道玉门犹被遮,应将性命逐轻车。
年年战骨埋荒外,空见蒲桃入汉家。

注释

〔古从军行〕《从军行》为古乐府诗题,内容多写军旅生活,此诗借汉武帝开边西域的史实以寓今情,故称《古从军行》。 〔望烽火〕瞭望边警。 〔交河〕在今新疆吐鲁番,因河水分流绕城下,故名。 〔刁斗〕军中巡更用的铜器,形似锅,白天作炊具。 〔"公主"句〕言边地荒凉,使人愁惨。汉武帝时,以江都王刘建女细君遣嫁乌孙(西域国名),称乌孙公主。 〔城郭〕城墙。这里指城市。 〔"闻道"句〕汉武帝命李广利攻大宛(西域国名),期至贰师城取良马,号之为贰师将军。作战经年,死伤过多。广利上书请班师回国,徐图再举。武帝大怒,发使遮玉门关,曰:"军有敢入,斩之!"(见《汉书·李广利传》)玉门,即玉门关,在今甘肃敦煌。遮,拦阻。 〔逐轻车〕随着将军作战。轻车,古战车一种,汉武帝时有轻车将军李蔡,此借用。 〔蒲桃〕西域特产,即葡萄。汉武帝时采其种归,遍种于离宫四周。

解读

这是一首以古乐府为题的七言歌行。大约写于天宝年间,旨在讽刺唐玄宗对吐蕃的长期用兵。前八句都以对句的形式,极力描写了边疆的苍凉风光和征戍生活的艰难悲苦。在这样恶劣艰难的环境中,将士们无法班师回营,也别无选择,只得冒着生命危险随着将军的战车迎敌。末联的讽刺意味更为明显:汉朝大力开边,年年都有士兵的战骨埋葬在荒野外,结果换来的只不过是葡萄移植到中国而已。此诗苍凉悲慨,愤懑中又含讽刺,是唐代最著名的边塞诗之一。

送魏万之京

朝闻游子唱离歌,昨夜微霜初渡河。
鸿雁不堪愁里听,云山况是客中过。
关城树色催寒近,御苑砧声向晚多。
莫见长安行乐处,空令岁月易蹉跎。

注释

〔魏万〕后改名颢,居王屋山。作者的友人,仰慕李白,曾千里往访。 〔之京〕往京都长安。 〔游子〕指魏万。 〔客中〕客游途中。 〔关城〕指潼关与长安城。 〔御苑〕皇宫庭苑。〔砧声〕捣衣声。 〔蹉跎〕虚度光阴。

解读

这是一首送友人入京的七律。前二句倒装,实际上是说昨夜微霜,而魏万今天一大早来渡河,唱起了告别之歌,交代了魏万的行踪与去向。次联是设想魏万在赴京途中的情景与感受,鸿雁哀鸣,云山横亘,极言赴京途中的思乡之情与道路艰难。三联是设想魏万渐近长安与到长安后的情景。末联则是劝勉魏万不要以为长安只是行乐之地,在那里虚度时光,而应有所作为。这是李颀晚年所作诗篇,因这段时间他常来往于长安、洛阳之间,此次恰遇魏万,而魏似又初赴长安,故赋诗勉之。全诗声调朗朗,悠扬宛转,自然流利,为唐代七律名篇之一。

王 翰

王翰,字子羽,并州晋阳(今山西太原)人。景云元年(710)进士。曾任通事舍人、驾部员外郎等职。据说他青年时豪放不羁,能写歌词,自歌自舞。因王翰早于李白、王昌龄,与张说同时,所以《唐音癸签》说唐人七绝"至张说巴陵之什(即《送梁六自洞庭山作》)、王翰出塞之吟(即"葡萄美酒夜光杯"),句格成就,渐入盛唐矣"。可见其对促进唐代七绝的发展,是有一定地位的。其"葡萄美酒夜光杯"一首被王世贞推为唐人七绝压卷之作。《全唐诗》存诗一卷。

凉 州 词

葡萄美酒夜光杯,欲饮琵琶马上催。
醉卧沙场君莫笑,古来征战几人回?

注 释

〔凉州词〕乐府诗题,古代歌曲的一种。凉州在今甘肃武威。 〔夜光杯〕夜间可以照光而质料为白玉的一种酒杯。〔"欲饮"句〕意谓刚要举杯饮酒,马上的琵琶声响起,催着我把酒喝下,准备出征。 〔沙场〕平沙旷野,指战场。 〔征战〕从军作战。

解 读

这是一首有名的边塞诗,音调虽然比较悲凉,但整个说来,并不是很感伤和低沉的。作者抓住了士卒在临出战之际依然痛饮狂欢这一特殊行为,反映了边塞士卒那种豪情逸兴,因悲极而成旷达,将生死置之度外的豪放胸怀。施补华《岘佣说诗》说此诗"作悲伤语读便浅,作谐谑语读便妙";王世贞《全唐诗说》以为"葡萄美酒一绝,便是无瑕之璧"。

王昌龄

王昌龄(698?—757?),字少伯,长安(今陕西西安)人,一说是太原(今属山西)人。开元十五年(727)进士,授汜水尉。后又中博学宏词科,任校书郎、江宁令,晚年贬为龙标尉。安史之乱后,弃官居江夏,后被刺史闾丘晓所杀。他以五言古诗和七言绝句的成就为高,尤以七绝的影响为大,有"七绝圣手"之称。原有集,后散佚。《全唐诗》编存其诗四卷,近二百首,其中绝句约占二分之一。

出 塞 二 首(其一)

秦时明月汉时关,万里长征人未还。
但使龙城飞将在,不教胡马度阴山!

注释

〔出塞〕古乐府旧题,古代一种军歌的题目。 〔"秦时"句〕意即月亮还是秦汉时的月亮,边关还是秦汉时的边关。 〔但使〕只要使。 〔龙城〕古城名,旧址在今辽宁朝阳地区。一说龙城即卢城,即唐朝北平郡治下的卢龙县。 〔飞将〕指西汉名将李广,他有"飞将军"之称。这里借指英勇机智的军事统帅。〔胡〕古代汉族人对北方民族的通称。 〔阴山〕现在内蒙古北部。

解读

这是一首有名的边塞诗。前二句从眼前的明月和关塞感念到秦汉以来出现在这里的人和事,表达了作者对守边士卒的深切同情。后二句则希望唐王朝能选用李广那样的良将来带兵杀敌,保卫祖国。全诗格调高昂,音节响亮,气势豪迈而又雄壮,是盛唐七绝的代表作之一。明人杨慎编唐绝,以此诗为第一。

从军行七首(其一)

烽火城西百尺楼,黄昏独坐海风秋。
更吹羌笛关山月,无那金闺万里愁!

注释

〔从军行〕乐府诗题,古代歌曲的一种。行是古代诗歌的一种体裁。 〔烽火〕古代于边防要地筑高土台,有人在台上瞭望,敌至则燃火报警,故叫烽火。 〔百尺楼〕指边塞戍楼之高。〔"黄昏"句〕黄昏时一个人独坐在高高的戍楼上,从青海迎面吹来了一阵阵带着秋意的寒风。 〔更吹〕又吹,再吹。 〔关山月〕一种专写征戍之苦和离别之情的歌曲。 〔无那〕无奈,无可奈何的意思。 〔金闺〕本指华美的闺房,这里指住在闺房里的征人的妻子。

解读

这是一首描写士兵久戍思家的七绝。离家远戍的士兵一个人独坐在高高的城楼上,远望着夕阳西下的黄昏暮景,迎面吹来一阵阵带有凉意的寒风。此情此景,已够孤独寂寞的了,偏偏此时羌笛又吹起一阵阵声调幽怨的《关山月》的曲子,怎不令人心驰万里,想起独守在家的妻子呢? 全诗格调响亮,慷慨悲凉,是作者的边塞名作之一。

从军行七首(其二)

琵琶起舞换新声,总是关山旧别情。
撩乱边愁听不尽,高高秋月照长城。

注释

〔"琵琶"二句〕意谓随着琵琶的弹奏,无论跳起什么新的舞蹈,换上什么新的调子,抒发的总是当年和家人分手,去戍守边塞的离别之情。 〔边愁〕即指琵琶弹奏的音乐。

解读

此首紧承上首,《关山月》曲调幽怨哀伤,固然使人心驰万里,念及家中妻子,但是随着琵琶的弹奏,不论跳起什么新的舞蹈,换上什么新的曲调,抒发的依然还是那种与家人分手,去戍守边塞的离别之情。诗中"以'新''旧'二字相起,意味无穷"(《湘绮楼说诗》)。正因为都是《关山月》之类的旧别之情,所以才有后面的"听不尽",才会撩乱人心。末句以"秋月照长城"作结,在写景中又暗寓着丰富的思念之情。

从军行七首(其四)

青海长云暗雪山,孤城遥望玉门关。
黄沙百战穿金甲,不破楼兰终不还!

注释

〔"青海"句〕青海上空连绵不断的乌云把雪山都遮暗了。〔孤城遥望〕即"遥望孤城"的意思。 〔"黄沙"句〕意谓在满是沙漠的边疆战场上身经百战,连铁衣都磨破了。金甲,铁衣。〔楼兰〕本是汉时西域国名,唐时已叫纳缚波,在今新疆鄯善东南。这里借指敌人。

解读

此篇首二句极写边塞地方的荒凉:青海上空连绵不断的乌云把雪山都遮暗了;从青海向东望去,只有玉门关的城楼孤零零地耸立在那里。尽管环境如此艰苦,景色如此荒凉,但第三句作者笔锋一转,一下子把士兵们守边杀敌的雄心壮志表露无遗。黄沙百战,金甲磨破,但士兵们的报国壮心却不可破。其气概之豪迈,音节之响亮,真可与"秦时明月"一绝相比。

从军行七首(其五)

大漠风尘日色昏,红旗半卷出辕门。

前军夜战洮河北,已报生擒吐谷浑。

注释

〔大漠〕广阔的沙漠。 〔半卷〕被风吹得半卷。 〔辕门〕军营的门。古代行军,以车为阵,车辕相向如门,故称军门为"辕门"。 〔洮(táo)河〕在今甘肃境内。 〔生擒〕活捉。 〔吐谷(tǔ yù)浑〕原是古代居住在今青海一带的一个民族,这里借指敌人的首领。

解读

此首紧承上首"不破楼兰终不还"之句,正面描写了边塞将士英勇作战的情景。大漠里卷起风尘,日色自然昏暗。然而,就在这风沙满天、日色昏黑的时候,却是将士们出击敌人的极好时机。但刚出辕门,便已传来了前军夜战洮河北、生擒吐谷浑的胜利捷报。"已报"二字,不仅说明战事进行之快,给人以神速之感,同时接前句比较紧密,显得十分自然流畅。

闺　　怨

闺中少妇不知愁,春日凝妆上翠楼。
忽见陌头杨柳色,悔教夫婿觅封侯。

注释

〔闺〕女子的内室。 〔凝妆〕严妆,指十分专注地打扮起来。　〔陌(mò)头〕路上，路旁。　〔觅封侯〕指从军。古人多从边疆立下军功以取爵赏。

解读

王昌龄七绝以边塞诸作闻名于世，但写闺怨也同样出色，此首便是。作者明知闺中少妇有愁，偏说她"不知愁"，还用"凝妆""上翠楼"等来说明她的"不知愁"。这种作法，古人称为反起法，为下面的知愁作铺垫。接下"忽见"二字一转，见陌头杨柳之色而触动离情，想起久戍在外的丈夫，于是生悔，愁怀尽露。此诗从不知愁写到知愁，全靠"忽见"二字。全诗委婉，但语言却是比较浅显易懂的。

长 信 秋 词

奉帚平明金殿开，且将团扇共徘徊。
玉颜不及寒鸦色，犹带昭阳日影来。

注释

〔长信秋词〕也作《长信怨》，乐府诗题，古代歌曲的一种。长信是汉宫殿名，是班婕妤失宠后去侍奉太后的地方。　〔奉帚〕捧着扫帚，指拿着扫帚打扫宫殿。　〔平明〕天亮。　〔且〕一作"暂"，暂且的意思。　〔将〕拿起。　〔团扇〕圆扇。相传班婕妤失宠后曾作《团扇诗》，以秋扇的被捐弃，暗喻汉成帝君恩的中断。　〔玉颜〕美玉般的容颜。　〔昭阳〕宫名，汉武帝所建，是汉成帝所宠爱的妃子赵飞燕和赵合德所居之宫,汉成帝常住在那里。后人常把它作为皇帝所居之宫的代称。

解读

西汉时的班婕妤是一个美丽能文的女子,曾为汉成帝所宠,但不久汉成帝又爱上赵飞燕和赵合德。班婕妤感到赵氏姊妹骄妒心狠,于是就主动要求到长信宫去侍奉太后。以后,她就在凄凉寂寞的长信宫里度过了一生。后人有感于此,常以之入诗,借以表达封建帝王对爱情的不专和宫妃生活的苦闷。王昌龄的这首七绝也是如此。首二句写班婕妤在长信宫里的愁苦生活:天色微明,金殿徐开,已在拿着扫帚打扫宫殿,接着又拿起自己心爱的团扇,禁不住在宫里徘徊起来。正当此际,恰有寒鸦从昭阳宫里飞出,身上还仿佛带有皇帝的恩宠,自己虽有玉般颜色,却沦落至此。后二句将玉颜与寒鸦相比,而玉颜竟不如寒鸦,怎不令人悲痛欲绝,感慨万千呢?沈德潜说此诗"优柔婉丽,含蕴无穷,使人一唱而三叹",的确如此。

芙蓉楼送辛渐

寒雨连江夜入吴,平明送客楚山孤。
洛阳亲友如相问,一片冰心在玉壶。

注释

〔芙蓉楼〕故址在今江苏镇江西北角,登临可以俯瞰长江,远望楚地。〔辛渐〕王昌龄的好友。〔连江〕满江。〔夜入吴〕指辛渐夜晚经过镇江。因镇江春秋时属吴地,故云"入吴"。〔平明〕天亮。〔客〕辛渐。〔楚山〕楚地的山。古代吴、楚两国地域相接。〔"洛阳"句〕因辛渐这次是去洛阳,故云"洛阳亲友"。〔冰心在玉壶〕这是化用鲍照《白头吟》"清如玉壶冰"的诗意,用来说明自己没有追求功名富贵的欲念,心就像放在玉壶中的冰一样纯洁晶莹。

解读

王昌龄的送别七绝,数这首最有名。首二句交代了时间、地点,从"夜入吴"到第二天"平明送客",正说明辛渐来去匆匆,时间短促,这更增加了作者的遗憾和惜别之情。而在友人临去洛阳之际,一时又不知说何是好,结果却出人意料,既不说自己的思念之情,也不说自己的客居之感,偏说自己光明磊落,清廉如玉壶之冰。这正是此诗与一般送别诗不同的地方。在作者想来,自己的品行清廉最足以告慰洛阳亲友的牵挂之心。全诗以音调谐美、感情深厚见长。

祖 咏

祖咏,洛阳(今属河南)人。开元十二年(724)进士。但终身未出仕。他与王维的交谊甚深。王维曾赠其诗云:"结交二十载,不得一日展。"《全唐诗》录存其诗一卷。

望 蓟 门

燕台一望客心惊,箫鼓喧喧汉将营。
万里寒光生积雪,三边曙色动危旌。
沙场烽火连胡月,海畔云山拥蓟城。
少小虽非投笔吏,论功还欲请长缨。

注 释

〔蓟门〕唐幽州蓟县,或说即蓟丘。故址旧说在今北京德胜门外。 〔燕台〕一般指黄金台,传为战国燕昭王为招贤而筑。故址传说非一,或说在今易县,或说在今北京。一说指幽州台,即蓟北楼。 〔汉将营〕借汉喻唐,指守边唐将之军营。 〔三边〕汉幽、并、凉三州为边疆,称三边。后泛指边陲。 〔胡月〕胡天之月。胡,时指奚、契丹。 〔投笔吏〕典出班超投笔从戎。〔请长缨〕《汉书·终军传》:"愿受长缨,必羁南越王而致之阙下。"即主动请战之意。

解读

此诗是诗人因望蓟门,触动了立功报国的激情而写下的一首七律。"一望"一本作"一去","去"字音义均不及"望"字。中二联尽望边塞景色,气势雄壮。前承惊心,后启壮志,故以边庭立功作结。清屈复《唐诗成法》说"中四句法稍同,亦是小疵",盖非四句不足以尽边色,故极排比铺陈,而以第七句为转语,七律多有此体,瑕不掩瑜。通篇雄健,与崔曙"汉文皇帝有高台"一律,同为杜甫雄浑七律之祖。

高 适

高适(700?—765),字达夫,一字仲武,渤海蓨(今河北景县)人。早岁家贫,客游梁、宋间。后因张九皋之荐,举有道科,中第,任封丘尉,参河西节度使幕府,官左骁卫兵曹参军、掌书记。安史之乱后,又任谏议大夫、淮南节度使、西川节度使、散骑常侍等职。他的诗以边塞诗最为著称,与岑参齐名,人称"高岑"。同时人殷璠就说他"诗多胸臆语,兼有气骨"(《河岳英灵集》)。他在歌行、律诗、绝句方面都取得了很高的成就。有《高常侍集》。

燕 歌 行

开元二十六年,客有从御史大夫张公出塞而还者,作《燕歌行》以示适,感征戍之事,因而和焉。

汉家烟尘在东北,汉将辞家破残贼。
男儿本自重横行,天子非常赐颜色。
摐金伐鼓下榆关,旌旆逶迤碣石间。
校尉羽书飞瀚海,单于猎火照狼山。
山川萧条极边土,胡骑凭陵杂风雨。
战士军前半死生,美人帐下犹歌舞!
大漠穷秋塞草腓,孤城落日斗兵稀。

身当恩遇恒轻敌,力尽关山未解围。
铁衣远戍辛勤久,玉箸应啼别离后。
少妇城南欲断肠,征人蓟北空回首。
边庭飘飖那可度,绝域苍茫更何有!
杀气三时作阵云,寒声一夜传刁斗。
相看白刃血纷纷,死节从来岂顾勋?
君不见沙场征战苦,至今犹忆李将军!

注 释

〔燕歌行〕乐府《相和歌辞·平调曲》旧题,多写东北边地征戍之事。 〔张公〕指营州都督、河北节度副使张守珪。开元二十三年(735),他以战功任辅国大将军、右羽林大将军,兼御史大夫。 〔适〕即高适。 〔"汉家"二句〕开元十八年(730)五月,契丹可突干杀其国王李邵固,胁迫奚叛唐降突厥,此后,唐和契丹、奚的战争连年不绝。唐人诗中写时事,多托之于汉代,故云。烟尘,烽烟和尘土,指敌军入侵。 〔横行〕指横行敌阵。 〔非常赐颜色〕指厚加礼遇。 〔摐(chuāng)金伐鼓〕指行军,因军中以金和鼓为进退的信号。摐,撞击。金,指钲、铃一类。〔下〕犹言出。 〔榆关〕即山海关,在今河北秦皇岛市东北。〔旌旆(pèi)〕旌指饰有羽毛的旗,旆指大旗。 〔逶迤(wēi yí)〕连绵不断貌。 〔碣石〕山名,这里泛指东北滨海地带。 〔"校尉"二句〕上句言我军先头部队已深入敌境,军书飞送到瀚海,调动频繁;下句说在边境上也可望到敌方的猎火。校尉,武职名,这里是指统兵的将帅。羽书,插有鸟羽的军用紧急文书。瀚海,即大沙漠。此指内蒙古东北西拉木伦河一带的沙漠。单于(chán yú),泛指敌方的首领。古游牧民族作战前,往往举行大规模的校猎,其意义约相当于现代的军事演习,猎火指此。狼山,一名郎山,在今河北易县境内。　〔"胡骑"句〕意谓敌方马队像狂风骤雨似地发动猛攻。倚仗某种有利条件而去侵陵别人,叫作凭陵。凭、陵均为迫逼之意。一说是指在风雨中进攻。〔半死生〕意指出生入死,奋勇作战。　〔帐下〕指军帅的营帐之中。　〔穷秋〕深秋。　〔腓(féi)〕枯萎变黄。　〔身当恩遇〕意指受到朝廷的重视。当,犹言受。　〔铁衣〕即铁甲。　〔玉箸〕指思妇的眼泪。　〔城南〕长安住宅区在城南。　〔蓟北〕从蓟州往北一带地方,泛指东北边地。蓟,故城在今北京市西北。〔"杀气"二句〕上句写白天战场杀气腾腾,天昏地暗;下句写夜间寒冷,刁斗频传。三时,意指历久不散。阵云,即战云。一夜,犹言彻夜,整夜。刁斗,军中巡更所用。　〔死节〕犹言为国事而奋不顾身。节,气节,这里指保卫国家的壮志。　〔岂顾勋〕岂是为了个人的功勋。　〔李将军〕指李广。《史记·李将军列传》云:"广之将兵,乏绝之处,见水,士卒不尽饮,广不近水;士卒不尽食,广不尝食。"最后两句是赞美汉代名将李广的骁勇和对士兵的爱护。

解读

开元十五年(727),高适曾北上蓟门,开元二十年,他又北去幽燕,故对蓟门、幽燕一带的战事比较熟悉。开元二十六年,幽州将领赵堪、白真陀罗矫张守珪之命,逼迫平卢节度使乌知义出兵攻击奚、契丹,先胜后败,但张守珪向朝廷只报功而不报败。有人从张守珪出塞回来作《燕歌行》给高适,高适阅后,不禁想起了自己的蓟门、幽燕之行,对征戍之事感慨万千,因而写下此诗以和之。

这首七言歌行虽然比较长,但段落还比较分明清晰。开篇的八句为第一段,主要写出师应敌,烟尘突起,拟金伐鼓,旌旆逶迤,羽书飞驰,都是写出师开战的威武场面。接下的八句为第二段,主要写双方的激战。士兵在敌阵拼死作战,而将领还在营帐里饮酒作乐,观赏美女跳舞。诗人正是通过强烈的对比,一方面歌颂了士兵为国捐躯的英勇精神,另一方面也谴责了有些将领的贪生怕死和只顾作乐的腐朽生活。随后的八句为第三段,主要写被围中的士兵远戍之苦,并宕开一笔,写到士兵之妻的思念和两地相思之苦。最后四句为第四段,主要写士兵与敌人短兵相接、浴血奋战的悲壮场面,并发出了由衷的感叹。其实这里的感叹——"征战苦",也正是全诗的主题,而"犹记李将军",通过对李广的怀念和召唤,实际上也讽刺了今日的将领不能像李广那样身先士卒,与士兵同甘共苦。

古人对七言歌行的要求很高,其中必须有起伏,有波澜,有照应,有跌宕等项。而此诗波澜壮阔,气势畅达,跌宕起伏,笔力遒劲,是这方面的代表作之一,同时也是唐代边塞诗的杰作之一。

送李侍御赴安西

行子对飞蓬,金鞭指铁骢。
功名万里外,心事一杯中。
虏障燕支北,秦城太白东。
离魂莫惆怅,看取宝刀雄。

注释

〔李侍御〕名未详。侍御,侍御史,御史台官员。 〔安西〕指唐安西都护府,治所在交河,即今新疆吐鲁番西。 〔行子〕行人,指李侍御。 〔飞蓬〕飞转的蓬草,喻行人。 〔铁骢〕亦称青骊,青黑色的骏马。 〔虏障〕敌军的堡垒。 〔燕支〕古县名,以燕支山得名,在今甘肃永昌之西。 〔秦城〕指长安。〔太白〕太白山。 〔离魂〕别情。 〔宝刀〕喻指功名。

解读

这是高适在长安送人从军时所写下的一首五律。唐人作诗,凡送人从军,多鼓励对方建功立业,功成名就。此诗以"行子"对"飞蓬",虽有衰飒意,仍不失其豪逸之气。结亦勉其建立功名。然壮词中仍有离别惆怅苍凉之意。高适五律多有全篇不相称者,或前,或后,或中,此篇堪称完妥。难怪明人许学夷想把此篇列为盛唐五言律诗的压卷之作。

塞上听吹笛

雪净胡天牧马还,月明羌笛戍楼间。
借问梅花何处落?风吹一夜满关山!

注释

〔雪净胡天〕即胡天雪净。胡天是指北方的天空,因古代汉族称北方的少数民族为胡。 〔羌笛〕古代羌族的一种乐器。〔戍楼〕戍守边塞的城楼。 〔梅花〕指北方《梅花引》《梅花曲》等古曲调。刘禹锡《杨柳枝词》之一云:"塞北梅花羌笛吹。"可见是一种用羌笛伴奏的北方乐曲。

解读

这是一首描写边塞生活的七绝。牧马在天空雪净的时候返回,幽怨的《梅花引》的笛声伴着明亮的月光,先在边塞的城楼上徘徊,忽然又给一夜寒风吹散在整个关山。而戍守边塞的士兵,听着《梅花引》的曲子,则又思绪万端,度过了一个寒风呼啸的不眠之夜。全诗写景抒情,格调响亮,又显得十分慷慨悲凉,可以与王昌龄的边塞名作相媲美。

别 董 大

千里黄云白日曛,北风吹雁雪纷纷。

莫愁前路无知己,天下谁人不识君?

注释

〔董大〕董庭兰,当时的弹琴名手。 〔曛〕昏暗。 〔君〕即董大。

解读

这是一首送别的七绝。前两句虽只写时令和天气,但也暗示了友人董庭兰当时的心情。千里黄云,白日昏曛;北风吹雁,白雪纷纷,在这样的情况下分手,自然使董产生一种前途迷茫的愁苦之感。于是作者第三句用"莫愁"二字轻轻一转,顿在风雪之凄苦中生出明朗豁达的勉励。此诗虽系送别,却无凄凉之感,特别是后二句,已成了人们常用来勉励朋友的话语了。

王 维

王维(约701—761,一作690—761),字摩诘,蒲州(今山西永济)人,原籍祁州(今山西祁县)。开元九年(721)进士,曾任监察御史、尚书右丞等职。工书画,与弟缙俱有俊才,以诗名盛于开元、天宝间。胡震亨《唐音癸签》说:"唐人诗谱入乐者,初、盛王维为多。"可见他当时影响之大。他在五七言古诗、五七言律诗和五七言绝句方面都取得了很高的成就与地位。《送元二使安西》在当时被谱入乐,为天下传唱,王士祯推其为唐代七绝压卷之作。殷璠说他"词秀调雅,意新理惬,在泉成珠,著壁成绘"。苏轼也说他诗中有画,画中有诗。有《王右丞集》传世。

渭 川 田 家

斜阳照墟落,穷巷牛羊归。
野老念牧童,倚杖候荆扉。
雉雊麦苗秀,蚕眠桑叶稀。
田夫荷锄至,相见语依依。
即此羡闲逸,怅然吟式微。

注释

〔渭川〕渭水。 〔墟落〕村庄。 〔穷巷〕深巷。 〔荆扉〕

柴门。 〔雉〕野鸡。 〔雊(gòu)〕雉鸣。 〔秀〕麦子吐华。〔荷〕负。 〔"即此"句〕意谓就是这些情景也觉得闲散之可羡慕了。 〔式微〕《诗经·邶风·式微》中有"式微式微,胡不归"语,这里表示自己有归隐之意。

解读

此诗全用白描,却勾勒出了一幅春夏之交的傍晚农村景色,斜阳、村落、深巷、牛羊、野老、牧童、雊鸣、麦苗、桑蚕、田夫等,全部组合在内。这些景色其实都极平常,作者也是随手写去,却诗意盎然,简淡有味,深得后人赞赏。

观 猎

风劲角弓鸣,将军猎渭城。

草枯鹰眼疾,雪尽马蹄轻。

忽过新丰市,还归细柳营。

回看射雕处,千里暮云平。

注释

〔角弓〕以角装饰之弓,指拉弓发箭。 〔渭城〕故址在长安西北渭水之阳,即咸阳故城。 〔新丰市〕故址在今陕西临潼东北。 〔细柳营〕汉将周亚夫屯军之处,在今陕西咸阳西南。〔射雕处〕即射猎处。

解 读

起句写拉弓发箭,破空而来,笔力矫健;第三句写雪后原野百草枯凋,动物无所躲藏,尽露身体,猎鹰眼疾,飞速冲向目标;第四句写雪尽马蹄轻快,随鹰追踪而来;五六两句写猎罢归来,以"忽过""还归"等流动之笔出之;末以"回看""暮云"收笔。整个过程简洁有力。沈德潜《唐诗别裁集》说:"章法、句法、字法俱致绝顶,盛唐诗中亦不多见。"

使 至 塞 上

单车欲问边,属国过居延。
征蓬出汉塞,归雁入胡天。
大漠孤烟直,长河落日圆。
萧关逢候骑,都护在燕然。

注 释

〔单车〕独辆车,有轻车简从之意。 〔问边〕到边疆察看。〔"属国"句〕此句系倒文,实际就是过居延属国之意。居延,《后汉书·郡国志》载,凉州有"张掖居延属国",设都尉,户一千五百六十,有居延泽,古流沙,故城在今甘肃额济纳旗西北。 〔征蓬〕被风卷起的蓬草。 〔萧关〕在今宁夏固原东南。 〔候骑〕在前方侦察的骑兵。 〔都护〕边疆的最高统帅。 〔燕然〕燕然山。

解读

开元二十五年(737),河西节度副使崔希逸大破吐蕃军队,朝廷命王维以监察御史的身份去凉州宣慰将士,视察军情。所谓"使至塞上",也就是他本人出使边塞之意。前二句交代事由,纯属叙述,中四句写边塞景色,荒凉中带壮美,可谓奇观,是王维的五律名句。

汉江临泛

楚塞三湘接,荆门九派通。
江流天地外,山色有无中。
郡邑浮前浦,波澜动远空。
襄阳好风日,留醉与山翁。

注释

〔汉江〕即汉水。源出陕西宁强嶓冢山,初名漾水,经沔县为沔水,东经褒城会褒水始为汉水,至汉阳入长江。 〔楚塞〕楚国地界。《水经注》谓荆门虎牙"二山,楚之西塞也"。 〔三湘〕泛指湘江流域。 〔荆门〕荆门山,在今湖北宜都西北。 〔九派〕江水九条支流。 〔郡邑〕郡城,指襄阳城。邑,城市。 〔襄阳〕今湖北襄樊。 〔山翁〕指山简。山涛之子,出为征南将军,镇守荆襄,好饮酒。这里借指当时襄阳的地方官。

解读

这是王维在汉江临泛有感而写下的一首五律。前二句写地理方位,已见气势,至"江流天地外,山色有无中",更是阔远浩渺,无边无际,若隐若现,画亦难到。五六两句进一步写水势,襄阳城仿佛在水边浮动一般,而波澜仍在天边的远空之下闪动着,仍是壮景。如此壮美的景色与天气,自然应痛饮尽兴了,尾联正是此意。历来只知孟浩然与杜甫写岳阳楼的壮阔,此诗虽非写洞庭湖而写汉江,然亦气势开阔浑成,可以匹敌。

终 南 山

太乙近天都,连山到海隅。

白云回望合,青霭入看无。

分野中峰变,阴晴众壑殊。

欲投人处宿,隔水问樵夫。

注释

〔终南山〕在今陕西西安之南。 〔太乙〕亦称太一。为终南山的主峰,也是终南山别称。 〔天都〕天帝所居之处,极言其高。 〔到海隅〕一作"接海隅"。海隅,海边。 〔分野〕古天文学以十二星辰与地上区域相对应,天文称分星,地上称分野。句意谓中峰南北属不同分野。 〔樵夫〕山中砍柴的人。

解读

这是王维描写终南山的一首五律。首句极言其主峰之高峻,次句极言其延绵广阔,简直要到海边一般。以下四句移步换景,从各个不同角度描画出终南山的雄伟气象,显示了终南山的广大幽深和磅礴气势。末二句化实为虚,遂使全诗意境空灵,阔大而不流于肤廓。特别是此诗中二联极尽山势云雾变化之妙,人人登山时所望之景,看得见,道不出,却全由王维笔端绘出。写终南山五律,气象之大,莫过此篇。

终南别业

中岁颇好道,晚家南山陲。
兴来每独往,胜事空自知。
行到水穷处,坐看云起时。
偶然值林叟,谈笑无还期。

注释

〔终南别业〕疑即辋川别业,在今陕西蓝田终南山下。〔好道〕指耽于佛理。 〔陲〕边。 〔胜事〕美好之事。 〔林叟〕居于山林的老者。

解读

在安史之乱以后,王维看到了官场的变化,仕途的艰辛,实际上过起了亦官亦隐的生活,常在终南别业里消磨时光,有感便作些诗。这便是其中的一首,充满了"兴来每独往,胜事空自知"的自得其乐的情趣。除首联作交代叙述外,以下都写其生活乐趣,语意天成,无斧凿之痕。而五六句最是名句,黄庭坚说他登山临水,每次都会诵读"行到水穷处,坐看云起时";清人冯班更是认为"奇句惊人"(见《瀛奎律髓汇评》)。

积雨辋川庄作

积雨空林烟火迟,蒸藜炊黍饷东菑。
漠漠水田飞白鹭,阴阴夏木啭黄鹂。
山中习静观朝槿,松下清斋折露葵。
野老与人争席罢,海鸥何事更相疑?

注释

〔辋川庄〕辋川别业,在今陕西蓝田终南山下。 〔"蒸藜"句〕意谓蒸藜炊黍给在东田里做事的人吃。藜,俗名红心灰藋,一种野菜,新叶嫩苗均可食。东菑(zī),东边的田亩。 〔漠漠〕水田广布貌。 〔槿〕木槿,落叶灌木,五月始花,朝开夕谢,故名朝槿。 〔露葵〕冬菜。 〔争席〕《庄子·寓言》载,阳子居(杨朱)南之沛,至梁而遇老子,"其往也,舍者迎将,其家公执席,妻执巾栉,舍者避席,炀者避灶。其反也,舍者与之争席矣"。这是争席的出处,与我们今天的争席位之意大致相同,所谓"争席罢",就是罢争席之意。 〔"海鸥"句〕《列子·黄帝篇》云:"海上之人,有好沤(鸥)鸟者,每旦之海上,从沤鸟游。沤鸟之至者,百住而不止。其父曰:'吾闻沤鸟皆从汝游,汝取来吾玩之。'明日之海上,沤鸟舞而不下也。"

解 读

此诗系王维在辋川庄因见积雨有感而写。所谓"积雨",即久雨,故首句写连续下雨后空气潮湿,气压低而无风,烟火只能缓缓点起,次句写蒸藜炊黍在东田吃午饭的情景。三四名句,写水田、夏木之景,所见所闻,活灵活现,极为丰富。五六句转入自己的幽居生活,颇有情趣。末联的"野老"当指诗人自己,意思是说我与别人已不拘形迹,不存在"争席"之事,海鸥为了何事还要猜疑呢?此诗在描绘辋川景色的同时,赞美了山中的民风,以及自己"习静"生活中的情趣,意境恬淡。

九月九日忆山东兄弟

独在异乡为异客,每逢佳节倍思亲。
遥知兄弟登高处,遍插茱萸少一人。

注 释

〔九月九日〕即重阳节。旧时每逢此日要出外登高。 〔山东〕泛指华山以东地区。因王维的故乡蒲州在华山以东,所以

九月九日忆山东兄弟　　　　王　维

独在异乡为异客，每逢佳节倍思亲。
遥知兄弟登高处，遍插茱萸少一人。

作者称自己在故乡的兄弟为山东兄弟。〔倍〕加倍。〔茱萸（zhūyú）〕一种有浓烈香味的植物，古代于重阳节时折以插头，据说能避邪、御寒。

解读

"每逢佳节倍思亲"，这恐怕已是人们生活或信件来往常用的话了。然而王维在写这句诗的时候，据说还只有十七岁。此诗首句连用两个"异"字，交代了作者当时的处境，是一个人独居他乡；次句用一"倍"字，可见其平时也无时不想，而至佳节则加倍思念。末二句紧承"思亲"二字，进一步展开了丰富的想象，想到了弟兄们在家登高的情景。其实，末二句看上去是作者想故乡，实际上有两地互想的意思。此诗在当时就被人弹唱。据《韵语阳秋》载，安禄山攻陷长安后，曾大会凝碧池，当梨园弟子唱完这首诗后，皆"歔欷泣下，乐工雷海青掷乐器，西向大恸，贼肢解于试马殿"，可见此诗感人之深。

送沈子福之江东

杨柳渡头行客稀，罟师荡桨向临圻。
唯有相思似春色，江南江北送君归。

注释

〔沈子福〕人名，作者的友人。〔之〕往。一作归。〔江东〕即今江苏南部。因长江在安徽和江苏两省相连地方的一段江水是由南向北流的,故江南成了江东。　〔罟 gǔ 师〕罟,本指打鱼的网。这里的罟师即指渔夫。　〔临圻(qí)〕当作"临沂",地名,故城在今江苏江宁东北三十里。又,近水曲岸亦称"临圻"。　〔君〕指沈子福。

解读

这是一首送别的七绝。前二句平淡,只叙述了送别的地点。唯"行客稀"三字对送别的环境气氛有所描写,似稍有寂落之感。忽而作者看到"渡头"两岸春色无限,恰如自己此时送行的无限惜别之情,于是便马上以江南江北无处不在的春色,来比喻自己给友人送行时的一片深情美意。这样,前面的那一点寂落之感便一扫而光了。唐汝询《唐诗解》说:"盖相思无不通之地,春色无不到之乡,想象及此,语亦神矣。"马位《秋窗随笔》对末二句也极为推崇,赞其"一往情深"。

送元二使安西

渭城朝雨浥轻尘,客舍青青柳色新。
劝君更尽一杯酒,西出阳关无故人。

注释

〔送元二使安西〕一作《渭城曲》。　〔渭城〕在今陕西西安西北。　〔浥(yì)〕润湿。　〔客舍〕旅店。　〔阳关〕在今甘肃敦煌西南。　〔故人〕老朋友。

解读

王维的这首七绝,后来一直成为唐代送别时所唱的流行歌曲。前二句写了送友人元二时所见之景:雨浥轻尘,客舍青青,柳色更新,给人以清新悦目之感。朝雨刚停,本该是上路分手的时候了,但作者此时依然惜情万分,频频劝酒,唯恐元二出了阳关之外,再无友人如此敬酒,表现了作者对友人一片诚挚深厚的感情。刘辰翁说:"更万首绝句,亦无复近古今第一矣。"(见《唐诗品汇》)苏轼说自己"尝得古本阳关,其声宛转凄断"(见《唐音癸签》)。胡应麟说:"自是口语,而千载如新。"(《诗薮》)

少 年 行

新丰美酒斗十千,咸阳游侠多少年。
相逢意气为君饮,系马高楼垂柳边。

注释

〔新丰〕在长安东北,即今陕西临潼新丰,是古代产名酒的地方。 〔斗十千〕即一斗酒值钱十千文的意思。斗,酒器。〔咸阳〕借指长安。 〔君〕泛指意气相投的人。

解读

这是一首描写当时长安城里游侠少年豪饮放荡生活的七绝。这些游侠少年一般多为官家子弟,他们不论美酒之价,只要大家意气相投,即使在偶然间相逢,也可以与你饮酒谈心,成为

少 年 行　　　　王 维

新丰美酒斗十千,咸阳游侠多少年。
相逢意气为君饮,系马高楼垂柳边。

知己。全诗虽然即事写景,但描写比较生动,音节也比较流畅,写出了当时长安城里游侠少年生活情景的一个侧面。

相　　思

红豆生南国,春来发几枝。
愿君多采撷,此物最相思。

注释
〔红豆〕一种产于岭南的豆,色鲜红,可作饰物,又名相思子。　〔采撷(xié)〕摘取。

解读
这是一首寄赠给南方友人的五绝。诗以代表相思之情的红豆为吟咏对象,托物言情,既希望友人不忘自己,同时借此表达了对友人的思念,有互思毋忘之意。

鹿　　柴

空山不见人,但闻人语响。
返景入深林,复照青苔上。

注释
〔鹿柴(zhài)〕辋川别业中的一景。柴,一作"砦",栅篱。

〔返景〕夕阳返照。

解读

鹿柴也是辋川别墅中的一景,作者也常与友人来此聚会。此诗极写鹿柴景色之深幽。与《辛夷坞》所不同的是,前首是写的辛夷花,此首则是写的深林中的青苔,二者各臻其妙。

竹 里 馆

独坐幽篁里,弹琴复长啸。
深林人不知,明月来相照。

注释

〔竹里馆〕辋川别业中的景点之一。 〔幽篁〕竹林。

解读

王维在辋川别墅幽深的竹林里建造了一座优雅的馆阁,故名"竹里馆"。他晚年不问政治,便常一个人独坐在竹林里或弹琴,或长啸,自得其乐。因竹林深幽,外人一般都不知道,只有夜里的明月来相照。此诗便是写他晚年隐逸生活的情趣,反映了他晚年生活的一个方面。首句写静态,次句写动态,末句"明月来相照","来"字似有动态,然愈显其静。

竹 里 馆　　　　王 维

独坐幽篁里,弹琴复长啸。
深林人不知,明月来相照。

鸟鸣涧

人闲桂花落,夜静春山空。
月出惊山鸟,时鸣春涧中。

注释

〔桂花〕一种花的名称,有春桂、秋桂之分,此为春桂。

解读

王维写景的五绝极富特色。此诗极写山中春涧的幽静,但却用花落、月出、鸟鸣等一些动态来表现,结果却更深刻地显示了春山夜景的幽静境界。这也就是人们通常所说的以动写静。

杂诗

君自故乡来,应知故乡事。
来日绮窗前,寒梅著花未?

注释

〔绮窗〕雕镂花纹的窗。

解读

这是一首游子思乡的五绝。通首都用口语写成,但清空一气,语浅情深,有高雅之致。

李 白

李白(701—762),字太白,自称与李唐皇室同宗,祖籍陇西成纪(今甘肃天水)。少居蜀中,读书学道。二十五岁出川远游,客居鲁郡。曾西入长安,求取功名,却失意东归。至天宝初,以玉真公主之荐,奉诏入京,供奉翰林,不久便被逸出京,漫游各地。安史乱起,为了平叛,入永王李璘军幕。及永王为肃宗所杀,因受牵连,身陷囹圄,流放夜郎。遇赦东归,往依族叔当涂令李阳冰,不久病逝。他以诗名于当世,与杜甫齐名,并称"李杜"。其诗浪漫飘逸,富于想象,手法夸张,在乐府诗方面取得了极高的成就。此外,他的五律与王维、孟浩然、高适、岑参代表着盛唐的气象,与杜甫各开一境而风格不同。七绝与王昌龄齐名,五绝与王维齐名,在中国的诗歌史上都具有很高的地位。有《李太白集》。

月下独酌四首(其一)

花间一壶酒,独酌无相亲。
举杯邀明月,对影成三人。
月既不解饮,影徒随我身。
暂伴月将影,行乐须及春。

我歌月徘徊，我舞影零乱。
醒时同交欢，醉后各分散。
永结无情游，相期邈云汉。

注释

〔将〕与。　〔无情游〕忘却世情之游。　〔邈〕遥远。〔云汉〕本指银河，此借指仙境。

解读

这是李白一个人在月下独自饮酒有感而写下的一首五言古诗。诗从"举杯邀明月，对影成三人"开始，渐入妙境。诗人本是独酌，却幻化出"三人"，李白正是抓住"月""我""影"这"三人"，反复出现，反复吟咏，反复组合，写出了诗人世无知音的孤独感和寂寞感，精彩绝伦。沈德潜《唐诗别裁集》赞叹道："脱口而出，纯乎天籁。此种诗人不易学。"

行路难三首（其一）

金樽清酒斗十千，玉盘珍羞直万钱。
停杯投箸不能食，拔剑四顾心茫然。
欲渡黄河冰塞川，将登太行雪满山。
闲来垂钓碧溪上，忽复乘舟梦日边。
行路难，行路难，多歧路，今安在？
长风破浪会有时，直挂云帆济沧海。

注释

〔行路难〕是乐府《杂曲歌辞》的旧题。 〔斗十千〕形容美酒价贵,一斗值钱十千。 〔珍羞〕珍贵的菜肴。羞,同"馐"。〔直〕同"值"。 〔箸〕筷子。 〔太行〕即太行山,今山西东部。〔"闲来"二句〕古代传说:姜尚未遇周文王时,曾在磻溪(今陕西宝鸡东南)钓鱼;伊尹见汤以前,梦乘舟过日月之边。这里把两个典故合用,表示人生遭遇,变幻莫测。 〔歧路〕岔路。按,《淮南子·说林训》记,杨朱至歧路而泣,为其可南可北。此暗用其事,却于下句反其意。 〔长风破浪〕比喻宏大的抱负得以舒展。宗悫少时,叔父宗炳问其志。答曰:"愿乘长风破万里浪。"〔云帆〕指航行在大海里的船只。因天水相连,船帆好像出没在云雾之中。

解读

此诗是天宝三载(744),李白离开长安时所写的诗。《行路难》本来就是写世路艰难和离别悲伤的乐府旧题。李白拟用此标题,实际上也是写自己世路艰难。诗从痛饮美酒起兴,接着化用鲍照"对案不能食,拔剑击柱长叹息"的诗句,表达了自己壮志难酬、报国无门的愤懑之情。"冰塞川"与"雪满山",也是比喻人生道路中的事与愿违和不如人愿,随后又以吕尚、伊尹等历史故事,表示了对自己的政治前途抱有希望。全诗由抑郁而变为自信乐观,再次表现了李白豁达天真的人生态度。

将　进　酒

君不见黄河之水天上来,奔流到海不复回。
君不见高堂明镜悲白发,朝如青丝暮成雪。
人生得意须尽欢,莫使金樽空对月。
天生我材必有用,千金散尽还复来。
烹羊宰牛且为乐,会须一饮三百杯。
岑夫子,丹丘生,将进酒,杯莫停。
与君歌一曲,请君为我倾耳听。
钟鼓馔玉不足贵,但愿长醉不复醒。
古来圣贤皆寂寞,惟有饮者留其名。
陈王昔时宴平乐,斗酒十千恣欢谑。
主人何为言少钱,径须沽取对君酌。
五花马,千金裘,呼儿将出换美酒,与尔同销万古愁。

注释

〔将(qiāng)进酒〕是乐府《鼓吹曲·铙歌》旧题,内容多写饮酒放歌时的情怀。将,愿,请。　〔"黄河"二句〕兴起下面岁月易逝、人生易老的意思。高步瀛说:"河出昆仑,以其地极高,故曰从'天上来'。"(《唐宋诗举要》)　〔"高堂"句〕意谓于高堂明镜之中,照见白发而生悲。　〔得意〕有兴致或高兴的时候。

〔金樽空对月〕在月光下任金樽空着而不饮酒。 〔且为乐〕姑且作乐。意谓暂时把不愉快的事丢开不想。 〔会须〕应该。〔岑夫子〕即岑勋,南阳人。 〔丹丘生〕即元丹丘。岑和元都是李白的好友。 〔倾〕一作"侧"。 〔钟鼓馔(zhuàn)玉〕这里用作功名富贵的代称。钟鼓,指权贵人家的音乐。馔玉,以玉为馔,形容饮食精美。 〔"陈王"二句〕曹植曾受封为陈王。其《名都篇》有句云:"归来宴平乐,美酒斗十千。"平乐,宫观名。斗酒十千,一斗酒值十千钱。恣欢谑,尽情地欢娱戏谑。 〔径须〕只管。 〔沽〕买。 〔五花马〕名贵的马,唐开元、天宝间,讲究马饰。凡名马,常把鬃毛剪梳成花瓣形,三瓣的叫三花马,五瓣的叫五花马。一说五花为五色斑驳。 〔千金裘〕珍贵的裘衣。〔将出〕拿出。 〔尔〕你。

解读

此诗以"黄河之水天上来"起兴,便有一泻千里之势。其中有比意,暗示岁月如流,青春不再,实际上是一种比兴手法,即朱熹所说的"兴而比"。然后引出"人生得意须尽欢"的人生态度。从开篇至"会须一饮三百杯",可视为第一段,于颓废中又见豁达。"岑夫子,丹丘生",突兀另起,至"斗酒十千恣戏谑",征引曹植饮酒之事,再言人生痛饮的理由。结尾数句归束到以酒消愁,正与开篇"悲白发"遥相呼应。此诗一气直下,豪情奔放,既表现了李白那种鄙弃世俗、蔑视权贵的傲岸精神,同时流露了李白常有的那种人生苦短、行乐及时的低落情绪。诗中淋漓尽致地反映了李白人生态度和思想风貌的一个侧影。

蜀 道 难

噫吁嚱,危乎高哉!蜀道之难,难于上青天!
蚕丛及鱼凫,开国何茫然!
尔来四万八千岁,不与秦塞通人烟。
西当太白有鸟道,可以横绝峨眉巅。
地崩山摧壮士死,然后天梯石栈相钩连。
上有六龙回日之高标,下有冲波逆折之回川。
黄鹤之飞尚不得过,猿猱欲度愁攀援。
青泥何盘盘,百步九折萦岩峦。
扪参历井仰胁息,以手抚膺坐长叹。
问君西游何时还?畏途巉岩不可攀。
但见悲鸟号古木,雄飞雌从绕林间。
又闻子规啼夜月,愁空山。
蜀道之难,难于上青天,使人听此凋朱颜!
连峰去天不盈尺,枯松倒挂倚绝壁。
飞湍瀑流争喧豗,砯崖转石万壑雷。
其险也如此,嗟尔远道之人,胡为乎来哉!
剑阁峥嵘而崔嵬,一夫当关,万夫莫开。
所守或匪亲,化为狼与豺。

朝避猛虎，夕避长蛇，磨牙吮血，杀人如麻。

锦城虽云乐，不如早还家。

蜀道之难，难于上青天，侧身西望长咨嗟！

注释

〔蜀道难〕是乐府《相和歌·瑟调曲》旧题，内容写蜀道的险峻。 〔噫吁嚱〕惊叹声，蜀地方言。 〔"蚕丛"二句〕意谓远古事迹，茫昧难详。蚕丛、鱼凫（fú），传说中古蜀国的两个国王。扬雄《蜀王本纪》："蜀王之先，名蚕丛、柏灌、鱼凫、蒲泽、开明。……从开明上到蚕丛，积三万四千岁。"茫然，渺远貌。〔尔来〕自从蚕丛、鱼凫开国以来。 〔四万八千岁〕极言时间之长。 〔不与〕一作"乃与"。 〔秦塞〕犹言秦地。塞，山川险阻之处。秦中自古称为四塞之国。 〔通人烟〕相互往来。〔"西当"四句〕意谓由秦入蜀，原来只有一条高入云霄险仄的山路，难以通行，直到秦惠王派五丁力士开山以后，秦蜀之间，才修建了一条钩连群山的栈道。古代蜀地本和中原隔绝，公元前306年秦惠王灭蜀，使张仪筑都城，置蜀郡。当秦国开发蜀地时，流传的神话说，秦惠王许嫁五位美女给蜀王，蜀王派五个力士去迎接。回到梓潼，见一大蛇钻入山穴中。五力士共掣蛇尾，把山拉倒，力士和美女都被压死，山也分成五岭（见《华阳国志·蜀志》）。太白，山名，在今陕西眉县东南，当秦都咸阳之西，故云"西当太白"。横绝，横渡。绝，有穿过、越过之意。意为太白山上有"鸟道"可以横越到"峨眉巅"。峨眉，山名，在今四川。巅，顶峰。天梯,高峻的山路。石栈,在山崖上凿石架木而建成的栈道。 〔"上有"句〕古代神话:羲和驾着六龙所拉的车子载太阳在空中运行。六龙回日,是说山的高峻险阻,连羲和都得为之回车。高标,指山的最高峰,成为这一带高山的标志。 〔黄鹤〕即黄鹄,健飞的大鸟。古"鹤""鹄"字通。 〔猱(náo)〕蜀中所产猿类的动物,又名金线狨。 〔愁攀援〕以攀援为愁,意谓难以攀援而上。 〔"青泥"二句〕意谓由秦入蜀,经过青泥岭时,转来转去,都是山峰。青泥,岭名,在今陕西略阳西北。盘盘,屈曲貌。百步九折,言在极短的路程内,就要转许多弯。 〔"扪参"句〕意谓山高入天,行人仰头一看,伸手便可摸到一路上所见的星辰,会紧张得连气也不敢出。参、井都是星宿名。据古代天文学家所说,秦属参宿的分野,蜀属井宿的分野。由参到井,是由秦入蜀的星空。胁息,敛住呼吸。膺,胸口。 〔君〕泛指入蜀的人。 〔巉(chán)〕山势峻险。 〔子规〕即杜鹃,又名杜宇,是蜀中所产的鸟,相传为蜀古望帝魂魄所化。子规春末出现,啼声哀怨动人,听去好像在说"不如归去"。 〔凋朱颜〕青春的容颜为之黯淡。 〔"飞湍"句〕意谓山上的瀑布和山下的急流都发出巨大的声响。喧豗(huī),喧闹声。 〔砯(pēng)〕撞击声。这里是撞击的意思。 〔胡为〕为什么。 〔剑阁〕在今四川剑阁县北,即大剑山和小剑山之间的一条栈道,又名剑门关。 〔峥嵘而崔嵬〕都是形象山势高峻突兀。 〔匪〕同"非"。 〔狼与豺〕指残害民众的叛乱者。 〔猛虎、长蛇〕与上文的"狼与豺"同。 〔吮(shǔn)〕吸。 〔锦城〕即锦官城,成都的别称。

成都以产锦著名,古代曾设官于此,专理其事,故称。〔咨嗟〕叹息。

解读

关于这首诗的写作时间,有几种不同说法,顾炎武《日知录》认为:"李白《蜀道难》之作,当在开元、天宝间,时人共言锦城之乐,而不知畏途之险,异地之虞,即事成篇,别无寓意。"萧士赟《分类补注李太白诗》认为作于安史之乱以后,讽刺唐玄宗逃难入蜀而作。又据孟棨《本事诗·高逸》记载,李白初到长安,贺知章来访,读了李白所写的这首诗,"称叹者数四,号为谪仙"。由此可见,此诗当作于安史之乱之前,是李白初到长安时送人入蜀的诗作。

实际上,《蜀道难》是一个很古老的传统诗题,在李白之前就有不少人写过。但到了李白笔下,却放出了奇异的光彩。李白以他极为丰富的想象力和夸张的手法,又以雄奇奔放、恣肆凌云的健笔,交织了各种比喻和古代的神话传说,描绘出了由秦入蜀道路上的种种惊险而壮丽的风光。沈德潜在《唐诗别裁集》中赞美道:"笔阵纵横,如虬飞蠖动,起雷霆于指顾之间。"不仅如此,在诗的末尾,李白在大肆描写了蜀道的曲折险阻以外,并以"狼与豺""猛虎""长蛇"等大量比喻,写到了蜀地军事势力在地方上的为非作歹,深寓了诗人对蜀地政局的担心与隐忧,使诗的内涵更深了一层。也正因为有了李白的这一杰作,使《蜀道难》这一乐府旧题一直流传至今。

梦游天姥吟留别

海客谈瀛洲,烟涛微茫信难求。
越人语天姥,云霓明灭或可睹。
天姥连天向天横,势拔五岳掩赤城。
天台四万八千丈,对此欲倒东南倾。
我欲因之梦吴越,一夜飞度镜湖月。
湖月照我影,送我至剡溪。
谢公宿处今尚在,渌水荡漾清猿啼。
脚着谢公屐,身登青云梯。
半壁见海日,空中闻天鸡。
千岩万转路不定,迷花倚石忽已暝。
熊咆龙吟殷岩泉,栗深林兮惊层巅。
云青青兮欲雨,水澹澹兮生烟。
列缺霹雳,丘峦崩摧。
洞天石扉,訇然中开。
青冥浩荡不见底,日月照耀金银台。
霓为衣兮风为马,云之君兮纷纷而来下。
虎鼓瑟兮鸾回车,仙之人兮列如麻。
忽魂悸以魄动,恍惊起而长嗟。

惟觉时之枕席,失向来之烟霞。

世间行乐亦如此,古来万事东流水。

别君去兮何时还,且放白鹿青崖间,须行即骑访名山。

安能摧眉折腰事权贵,使我不得开心颜!

注释

〔天姥(mǔ)〕山名,在今浙江新昌东。 〔吟〕诗体名,歌行体当中的一种。 〔"海客"二句〕意谓海外三神山之说,并不可信。海客,来自海上的客人。瀛洲,神话中的仙境,海外三神山之一。微茫,依稀仿佛貌。 〔"越人"二句〕意谓越人所说的天姥山景象万千,是真实而可能见到的。与上文海外三神山之烟涛微茫、无法寻求相对而言。下面"天姥连天"四句,是越人所谈的天姥山的形势。 〔拔五岳〕超出于五岳。五岳即华山、泰山、恒山、衡山、嵩山。 〔掩赤城〕掩盖了赤城。赤城,山名,在天台山北。 〔"天台"二句〕意谓四万八千丈高的天台山,面对着它西北的天姥山,像倒塌了似的,显得东南低了。天台山,在今浙江天台县北,与天姥峰相对。 〔因之〕因越人的谈话。〔镜湖〕在今浙江绍兴。因波平如镜,故名。一称鉴湖。 〔剡(shàn)溪〕曹娥江上游,在今浙江嵊州。 〔谢公宿处〕谢灵运游天姥,曾在剡溪投宿。 〔谢公屐〕谢灵运登山所穿的一种特制的登山木鞋。鞋底装有活动的锯齿。上山则去前齿,下山则去后齿。 〔青云梯〕指高峻入云的山路。 〔天鸡〕《述异记》:

"东南有桃都山,上有大树名曰桃都,枝相去三千里,上有天鸡。日初出照此木,天鸡则鸣,天下之鸡皆随之鸣。"〔"熊咆"二句〕意谓岩泉发出巨大声响,有如熊咆龙吟,使得出入于深林层巅的山中游人,为之战栗而惊恐。或说熊咆龙吟是实况叙述,非比喻岩泉。殷(yǐn),形容声音宏大。层巅,一层比一层高的山峰。〔列缺〕闪电。 〔霹雳〕雷声。 〔洞天〕道家称神仙所居之处。 〔訇(hōng)然〕大声貌。 〔青冥〕天空。 〔金银台〕神仙所居的宫阙。 〔"霓为衣"句〕傅玄《吴楚歌》:"云为车兮风为马。" 〔云之君〕《楚辞·九歌》有《云中君》,指云神,这里泛指神仙。 〔虎鼓瑟〕语本张衡《西京赋》:"白虎鼓瑟。"〔回车〕拉车。 〔列如麻〕言其众多。 〔悸〕心惊。 〔恍〕觉醒貌。 〔向来〕前一晌,指梦境中。 〔摧眉折腰〕低着眉头,弯着腰。意谓委屈自己,小心伺候别人。

解读

天宝元年(742),李白曾被召长安,供奉翰林,受到唐玄宗的特殊礼遇,后遭权贵排挤和同僚逸毁,不到两年就被"赐金放还"。离开长安后的第二年(745),他浪游了齐鲁以后,又想南游越中,此诗便是临行前向东鲁朋友们告别而作的一首长篇歌行,也算是向东鲁朋友们表白了一下自己的心迹。

诗题称"梦游",实际上说明之前并没有去过天姥山,因此诗中所写的天姥山种种奇妙瑰丽风光,全都是诗人的想象之词。诗以议论发端,第五句开始折入天姥山,似拔地而起,势压五岳,就中所写的镜湖、剡溪、谢公屐、青云梯、半壁海日、空中天鸡、熊咆龙吟、洞天石扉、霓为衣而风为马、虎鼓瑟而鸾拉车,以及大量的神仙,全都是诗人幻想出来的,却写得如此有声有色,令人如临其境,如闻其声,仿佛也带着魂悸魄动的心情在梦游天姥一般;同时似乎创造了一个奇异瑰丽的神仙世界,显示了诗人少有的想象力和杰出的才华。在诗的末尾,又表达了他行乐及时的人生态度,以及其蔑视权贵的傲岸精神。

此诗不拘一格,句子以七言为主,又根据需要而加以发挥,自我调整,故又有长短不一处,或夹骚体句式,然都错落有致。后来李贺的不少长篇歌行,实际上都由此发展而来,受到过此诗的影响。

宣州谢朓楼饯别校书叔云

弃我去者昨日之日不可留,
乱我心者今日之日多烦忧。
长风万里送秋雁,对此可以酣高楼。
蓬莱文章建安骨,中间小谢又清发。
俱怀逸兴壮思飞,欲上青天揽明月。
抽刀断水水更流,举杯销愁愁更愁。
人生在世不称意,明朝散发弄扁舟。

注释

〔宣州〕今安徽宣城。 〔谢朓楼〕南北朝时南齐诗人谢朓所建,又称谢公楼或北楼。 〔校书〕朝廷中书省校书郎的简称。为官名。 〔叔云〕李云。李白的友人。 〔酣 hān〕尽情畅饮。 〔"蓬莱"二句〕上句谓李云文章得建安风骨,下句自比为小谢之清发,故下文云"俱怀逸兴"。这里的蓬莱,是借指唐代的秘书省。李云校书于秘书省,故称之为"蓬莱文章"。建安骨,谓具有建安风骨。建安(196—219),汉献帝年号。小谢,指谢朓,区别于谢灵运而言。清发,清新秀发,指谢朓的诗风。 〔散发弄扁舟〕意指避世隐居。暗用范蠡"乘扁舟浮于江湖"(见《史记·货殖列传》)的典故。散发,谓脱去簪缨,不受拘束。扁舟,小舟。

解读

此诗是李白漫游宣城时饯别李云所写的一首诗,约作于天宝末年。起二句似议非议,突如其来,倏忽而去,无端发兴感慨。然后以长风秋雁、高楼酣饮转入饯别,在赞美李云的文章和自己诗歌的同时,抒发了怀才不遇的苦闷。后四句皆从饯别中生出,却成了千古传诵的名句。诗从"多烦忧"写到"壮思飞",又从"愁更愁"写到"弄扁舟",有郁闷,也有豪气;有愁绪,也有潇洒,正反映了李白饯别时的复杂心情。

赠孟浩然

吾爱孟夫子,风流天下闻。
红颜弃轩冕,白首卧松云。

醉月频中圣，迷花不事君。

高山安可仰，徒此揖清芬。

注释

〔孟浩然〕唐代著名诗人，李白的好友。 〔孟夫子〕即孟浩然。夫子是古代对男子的尊称。 〔风流〕指孟浩然为人的风雅潇洒。 〔"红颜"句〕意谓少壮时即鄙弃仕宦。红颜，也指男子中的青年，犹朱颜，即青春的壮健颜色。轩冕，古代大夫以上的官才可乘轩戴冕，这里泛指官爵。 〔卧松云〕指隐居山林。 〔醉月〕月夜醉酒。 〔中圣〕指醉酒。《三国志·魏书·徐邈传》：尚书郎徐邈酒醉，校事赵达来问事，邈说："中圣人。"达告诉曹操，操甚怒，鲜于辅解释道："平日醉客，谓酒清者为圣人，浊者为贤人。"语本此。 〔迷花〕意谓留恋丘壑。 〔"高山"句〕《诗经·小雅·车辇》："高山仰止，景行行止。"这里以高山喻孟浩然的品格。 〔徒此〕唯有在此。 〔揖清芬〕向高节致敬。揖，犹致敬。清芬，犹高节。

解读

李白出川以后，结交天下名士，孟浩然是他所敬重的名士之一。此诗应当是孟浩然归隐南山时，李白为其送行中所赠送的一首五言律诗。全诗一气直下，高度赞美了孟浩然的风度与品格，孟浩然的隐逸风姿，也全在此四十字中。今以影星、歌星、舞星为风流，李白却以隐士为风流，相去何啻千里？孟有此诗，也可谓风流千古矣。

渡荆门送别

渡远荆门外,来从楚国游。
山随平野尽,江入大荒流。
月下飞天镜,云生结海楼。
仍怜故乡水,万里送行舟。

注释

〔荆门〕山名,在今湖北宜都西北长江南岸,与北岸虎牙山相对峙。 〔楚国〕今湖北省一带,秦以前为楚地。 〔"山随"二句〕自荆门以东,地势平坦。江,指长江。苏辙《黄州快哉亭记》:"江出西陵,始得平地,其流奔放肆在,南合湘沅,北合汉沔,其势益张,至于赤壁之下,波流浸灌,与海相若。" 〔海楼〕海市蜃楼。海上空气下层比上层密度大,光线折射,变幻出许多奇景,望去如城市、楼台一般,俗称海市蜃楼。 〔怜〕爱。这里有留恋的意思。 〔故乡水〕指长江。长江自蜀东流而下,李白蜀人,故云。

解读

唐玄宗开元十四年(726),李白从三峡出蜀,沿江东下渡荆门时有感而写下这首五律。所谓"送别",实指长江之水送自己离别蜀地。三、四两句,不仅写出了眼前壮丽的山川景色,同时也表达了诗人的开阔胸襟。第五句说江中月影,有如明镜从天上飞来;第六句说江上云彩多变,就像海市蜃楼一般,以夸张的手法与丰富的想象,写出了祖国山河的壮美。末联转入对故乡的思恋。全诗自首至尾,一气呵成,写景抒怀,无懈可击。

送 友 人

青山横北郭,白水绕东城。
此地一为别,孤蓬万里征。
浮云游子意,落日故人情。
挥手自兹去,萧萧班马鸣。

注释

〔郭〕外城。 〔孤蓬〕蓬草。喻孤身远游。 〔兹〕此。〔萧萧〕马鸣叫声。

解读

这是一首送别友人的五律。前二句写明送别之地。以下写分别之况:一旦分手,友人便如蓬草远飞万里;五、六句的"浮云""落日",既有意象和比喻(浮云如游子行踪,来去无定;落日依山而下,依依不舍),又渲染了分别时的环境气氛。"挥手"见行态,又富情态,含意丰富。不仅送别之人依依惜别,最终连双方的马也似乎为人情所动,在分别一刻不忍分离地鸣叫起来。通篇都见友情。"浮云游子意,落日故人情。"如置于杜甫诗中,便成沉郁之调,但在此诗中,却是李白的潇洒之语。

送友人入蜀

见说蚕丛路,崎岖不易行。
山从人面起,云傍马头生。
芳树笼秦栈,春流绕蜀城。
升沉应已定,不必问君平。

注释

〔蚕丛路〕指蜀道。蚕丛,古蜀国之君。 〔崎岖〕高低不平。 〔秦栈〕自秦入蜀之栈道。 〔蜀城〕指成都。〔君平〕指严君平。严遵,字君平,汉蜀郡人,隐居不仕,卖卜于成都。

解读

这是李白初到长安,在长安送友人入蜀而写下的一首五律。诗以蜀道难行来比喻世路的艰险,亦《蜀道难》之意,对友人有所讽劝。太白《剑阁赋》题下注云:"送友人王炎入蜀。"此友人亦当是王炎。三四两句应"崎岖不易行",极写蜀道之高峻危险,山仿佛从人面前拔地而起,云仿佛就在马头边上浮动。最后转入"升沉应已定",折入主题,极为自然。李白五律尾联常用此法。

听蜀僧濬弹琴

蜀僧抱绿绮,西下峨眉峰。
为我一挥手,如听万壑松。
客心洗流水,余响入霜钟。
不觉碧山暮,秋云暗几重。

注释

〔绿绮〕汉司马相如有琴名绿绮。后因以绿绮指琴。〔峨眉峰〕峨眉山,在今四川。〔挥手〕指弹琴。三国嵇康《赠兄秀才从军》诗:"目送飞鸿,手挥五弦。"〔客〕作者自指。

解读

此诗极写蜀僧弹琴音乐之美妙动听。前三句叙述,后五句从各种不同角度来形容蜀僧琴声之妙。先以松声、钟声为形容,便使人觉得清越宏远,如见其人,如闻其声。以其一气流转,化出无穷风韵,故不斤斤于修辞对仗之工整,字句结构之锤炼,自成清雅之调。结联以碧山暮云之秋景收束,更含不尽之意,令人生响遏行云之想,琴声情韵皆融化于云山之中,是唐代描写音乐的名篇之一。

夜泊牛渚怀古

牛渚西江夜,青天无片云。
登舟望秋月,空忆谢将军。
余亦能高咏,斯人不可闻。
明朝挂帆席,枫叶落纷纷。

注释

〔牛渚〕牛渚矶,即采石矶,在今安徽马鞍山采石镇。题下原注:"此地即谢尚闻袁宏咏史处。"〔谢将军〕指谢尚。他曾经担任镇西将军,守牛渚。 〔余〕我。作者自指。 〔斯人〕指谢尚。 〔挂帆席〕一作"洞庭去"。

解读

这是一首怀古五律,是李白夜泊长江边的牛渚矶有感而写下的。起句开门见山,写夜泊牛渚,次句写夜色,天青月朗。接下由"望秋月"而联想起古人谢尚。当年谢尚任镇西将军守牛渚时,曾在此听袁宏咏史。如今我李白也能在此高咏,可惜谢尚已是听不到了。遗憾之余,诗人只得准备明天挂帆,在枫叶纷落的秋色里黯然离去。全诗一气舒卷,无迹可寻,在李白五律中最是上乘之作。

登金陵凤凰台

凤凰台上凤凰游,凤去台空江自流。
吴宫花草埋幽径,晋代衣冠成古丘。
三山半落青天外,二水中分白鹭洲。
总为浮云能蔽日,长安不见使人愁。

注释

〔金陵凤凰台〕在金陵西南。相传南朝宋元嘉十六年(429)有凤凰翔集于此,因此筑台,称凤凰台。故址在今江苏南京花露岗。 〔吴宫〕东吴孙权建都于此,其宫殿称吴宫。 〔晋代衣冠〕指东晋的高官世族。 〔三山〕在金陵西南长江之滨,三山鼎立。今属江宁建新板桥。 〔白鹭洲〕唐时在金陵西南江中,后移与岸接壤成为陆地。其址在今南京水西门外。 〔浮云能蔽日〕语本陆贾《新语·慎微》:"邪臣之蔽贤,犹浮云之障日月也。"

解读

这是李白在金陵登临凤凰台有感而写下的一首七律。起联先从凤凰台的传说开始写起,二句中一连出现三个"凤"字,不嫌其累,反觉节奏明快流转。次联则由传说转入怀古,以"吴宫花草"与"晋代衣冠",一"埋幽径",一"成古丘",极写历史兴亡与沧桑之变。三联写今日景象,气势开阔高远。末联则以"浮云障日"的典故,暗示了在京城长安的君主时被奸邪之臣所围,同时流露了自己怀才不遇、报国无门的苦闷心情。此诗登高怀古,写景抒怀,次序分明,声调朗朗,颇为得体。

朝发白帝城

朝辞白帝彩云间,千里江陵一日还。
两岸猿声啼不住,轻舟已过万重山。

注释

〔白帝城〕在今重庆奉节东面。 〔彩云间〕白帝城在白帝山上,地势高峻,从山下仰望,仿佛在云中间。 〔江陵〕今湖北江陵县,离白帝城约一千二百里。 〔一日还〕一日返回。此是夸张。 〔猿〕猴子。 〔轻舟〕显得很轻快的顺水船。

解读

乾元二年(759),作者被流放,中途忽然遇赦,心情当然愉快,于是在从白帝城返回江陵时写下此诗。诗中在描绘船行的轻快之中,流露了作者出峡东行的欢快心情,将船行的轻快速度与作者的兴奋心情交织在一起。全诗寓情于景,节奏明快而又响亮。《唐宋诗醇》说:"顺风扬帆,瞬息千里,但道得眼前景色,便疑笔墨间亦有神助。"胡应麟说此诗"乃太白绝中之绝出者"。可见古代诗人对此诗评价之高。

望庐山瀑布

日照香炉生紫烟,遥看瀑布挂前川。
飞流直下三千尺,疑是银河落九天。

注释

〔庐山〕在今江西九江南。 〔瀑布〕指从香炉峰附近山上冲流下来的瀑布。 〔香炉〕香炉峰,在庐山西北部,上面云雾缭绕,像香炉一样,故名。 〔生紫烟〕香炉峰上的云雾受到太阳照射呈现紫色,所以说"生紫烟"。 〔遥〕远远地。 〔前川〕山前的河面上。 〔银河〕天河。 〔九天〕天空的高处。

解读

这大约是作者晚年到庐山时所作的一首七绝,极写庐山瀑布的壮观。首句用一"生"字,便使香炉峰上的云雾如炉烟缭绕,冉冉升起;次句用一"挂"字,便使山中瀑布远看如当空悬挂,给人以奇丽优美之感。后二句用"直下三千尺""银河落九天"等夸张手法,进一步写出了庐山瀑布的雄伟气势和壮丽景色,表达出了诗人直观时的深刻感受。施补华说:"太白七绝,天才超逸,而神韵随之。"(《岘佣说诗》)指的就是这类作品。

黄鹤楼送孟浩然之广陵

故人西辞黄鹤楼,烟花三月下扬州。
孤帆远影碧空尽,唯见长江天际流!

黄鹤楼送孟浩然之广陵　　李　白

故人西辞黄鹤楼，烟花三月下扬州。
孤帆远影碧空尽，唯见长江天际流！

注释

〔黄鹤楼〕故址在今湖北武汉武昌城里。 〔之〕往。 〔广陵〕今江苏扬州。 〔故人〕老朋友,指孟浩然。 〔西辞〕从西方离开。因武汉在扬州的西面,故称西辞。 〔烟花〕指春天繁花盛开的浓艳景色。 〔碧空〕蔚蓝的天空。

解读

李白不仅善于以七绝描绘祖国的壮丽河山,送别诗也是千古绝唱。此诗便是其中的一首。前二句写出了送别的时间、地点和友人将去的地方。后二句写作者送友人东去,凝望着孤帆远去,直到帆影在碧蓝的天空下消失,只剩下滔滔江水为止。这样既写出了作者凝望时间之长,也写出了作者对友人的情意之深。此诗的声调十分悠扬,读起来非常好听。《唐宋诗醇》说此诗"语近情遥,有手挥五弦,目送飞鸿之妙"。

赠 汪 伦

李白乘舟将欲行,忽闻岸上踏歌声。
桃花潭水深千尺,不及汪伦送我情。

注释

〔汪伦〕李白在安徽泾县桃花潭附近村庄里结识的一个朋友。 〔闻〕听。 〔踏歌〕民间一种歌唱形式,以脚步打拍子,边走边唱。 〔桃花潭〕在泾县西南。

解读

汪伦是作者在桃花潭附近村庄里结识的一个朋友。两人在相处的日子里结下了深厚的友情。一次,作者乘舟将走,汪伦踏歌相送,作者十分感动,一时又不知如何表达自己的感激心情,恰见旁有桃花潭水,不禁诗句涌上心头:桃花潭水纵然有千尺之深,也不及汪伦送我之情。真是神来之笔,其情可见深矣。

闻王昌龄左迁龙标遥有此寄

杨花落尽子规啼,闻道龙标过五溪。
我寄愁心与明月,随风直到夜郎西。

注释

〔左迁〕古代贬官降职叫左迁。 〔龙标〕唐代县名,今湖南洪江。 〔子规〕即杜鹃。 〔啼〕悲鸣。 〔闻道〕听说。〔龙标〕即王昌龄。因王被贬为龙标尉,故有此称。 〔五溪〕指雄溪、樠溪、酉溪、沅溪、辰溪,在今湖南西部和贵州东部。此地在唐代比较荒僻,故提"过五溪",有为王担心之意。 〔与〕给。〔夜郎西〕夜郎是古国名,其地在今贵州西部。唐夜郎县在今贵州桐梓县东。这里用来泛指遥远的西南边地。

解读

作者与王昌龄都以擅长七绝闻名于世,两人又是很好的朋友。当作者听说王遭受谗毁,被贬为龙标县尉时,立刻写下这首七绝寄给他。首句以杨花落尽、杜鹃哀啼,便已渲染出一幅凄惨的景象;次句又听说好友正走在西南荒僻的五溪,于是再也忍受不住心中的担忧和挂念,便想寄愁心与明月,随风直到朋友的身边。南朝《子夜秋歌》云:"仰头望明月,寄情千里光。"此诗末二句虽然兼裁其意,由此化出,却自出新语。

山 中 问 答

问余何事栖碧山,笑而不答心自闲。

桃花流水窅然去,别有天地非人间。

注释

〔余〕我。指作者。 〔栖(qī)〕居住的意思。 〔碧山〕在今湖北安陆,作者曾在那儿读过书。 〔窅(yǎo)然〕深远的样子。

解读

作者曾有一段时间在碧山隐居读书,此诗就是描写他隐居读书时的情景。"笑而不答",足见其心之闲;"桃花流水"窅然而去,足见其环境之幽。全诗自然流畅,与作者隐居时那种怡然自乐的舒适心情十分协调。李东阳对此诗的后二句极为称誉,认为它"淡而愈浓,近而愈远,可为知者道,难与俗人言也"(《怀麓堂诗话》)。

望天门山

天门中断楚江开,碧水东流至此回。
两岸青山相对出,孤帆一片日边来。

注释

〔天门山〕在今安徽当涂西南长江两岸,东叫博望山,西叫梁山,两山隔江相对如门,故称"天门山"。 〔楚江〕安徽省是古楚国地,所以称流经这里的长江为楚江。这句说博望山和梁山中间像断了一样,故长江得以流泻过来。 〔至此回〕长江东流,遇天门山而回旋向北流去。 〔日边〕太阳升起的地方。

解读

这是一首描写天门山壮丽景色的七绝。四句全属写景,作者运用了"断""开""流""回""出""来"等一系列动词,极写天门山的奇险和江流湍急,使全诗显得流连波动;通过"碧水""青山""孤帆""红日"等物的描写,又使诗显得色彩丰富,绚烂多彩。全诗声调响亮,气势雄伟,充满了诗人对祖国山河的热爱与赞美。

峨眉山月歌

峨眉山月半轮秋,影入平羌江水流。
夜发清溪向三峡,思君不见下渝州。

峨眉山月歌　　　　　李　白

峨眉山月半轮秋，影入平羌江水流。
夜发清溪向三峡，思君不见下渝州。

注释

〔半轮〕因峨眉山高掩月,只能见到圆月的一半,故说"半轮"。 〔影〕指月影。 〔平羌江〕即今四川青衣江。 〔清溪〕即清溪驿,在今四川犍为。 〔三峡〕指瞿塘峡、巫峡和西陵峡,在重庆和湖北之间。 〔君〕指峨眉山月。 〔下〕到。 〔渝州〕在今重庆一带地方。

解读

这是作者即将出蜀时写的一首七绝。作者把峨眉山月作为歌咏的对象,一会儿写它依山的"半轮"情景,一会儿写它倒映入平羌江水中的情景,通过咏月来表达了对蜀地的依恋。在短短的二十八字中,一连用了峨眉山、平羌江、清溪、三峡、渝州五个地名,但不觉呆板,仍能给人一种流畅之感。王世贞曾感叹:"使后人为之,不胜痕迹矣。益见此老炉锤之妙。"刘辰翁认为此诗"含情凄婉,有竹枝缥缈之音"。

静 夜 思

床前明月光,疑是地上霜。
举头望明月,低头思故乡。

解读

此诗写静夜思乡之情。从头至尾全以浅显的口语写成,却诵之常新,千古流传,主要是以情动人。"举头""低头",尤有情味。

秋 浦 歌

白发三千丈,缘愁似个长。

不知明镜里,何处得秋霜。

注释

〔秋浦〕在今安徽贵池西面。 〔缘〕因。 〔个〕这样。〔秋霜〕指白发。

解读

李白自从受谗离京后,曾寓居秋浦,在此写下了《秋浦歌》十七首,这是第十五首。首句夸张,次句说因何愁而使得白发如此之长。全诗以浪漫夸张的手法,抒写了对人生和自己怀才不遇的感慨。

独 坐 敬 亭 山

众鸟高飞尽,孤云独去闲。

相看两不厌,只有敬亭山。

注释

〔敬亭山〕在今安徽宣城北面。

解　读

李白曾在宣城住过一段时间,留下过不少诗篇。一天,他一个人独游敬亭山,写下此诗。前二句写其独坐时所见之景,后二句写其独望敬亭山的情景。明明是诗人望敬亭山,诗人却偏偏说敬亭山也望着他,彼此互望,且"两不厌",如此一写,情味顿出。

劳 劳 亭

天下伤心处,劳劳送客亭。
春风知别苦,不遣柳条青。

注　释

〔劳劳亭〕故址在今江苏南京城南,古代送别之地。
〔遣〕使。

解　读

劳劳亭建于三国时期,自古便是送别之处。唐代送别友人有折柳相赠的习俗,李白在早春时路过此地,见柳条尚未抽芽发青,于是不禁联想到:也许春风也知人间离别之苦,才不使柳条发青的吧。如此一写,更显示了人间的离别之苦,衬托了劳劳亭的"伤心处"。

储光羲

储光羲(707—760?),兖州(今属山东)人,一说润州(今江苏镇江)人。开元十四年(726)进士。曾隐居终南山,后出任监察御史。其诗多写景抒怀,风格清淡散逸,时有佳句可采。有《储光羲诗》传世。

江 南 曲

日暮长江里,相邀归渡头。
落花如有意,来去逐船流。

注释
〔江南曲〕乐府诗题,古代歌曲的一种,多述江南水乡风俗及男女爱情。 〔逐〕随。

解读
这似乎是一首描写男女爱情的五绝。夜幕降临,男女相邀江边渡头。然时光再好,总有分手之时,因见落花在水中漂流,不禁托物言情:落花似有意,追逐我所乘之船一起流荡。有此比喻,诗便显得十分含蓄有味。

杜 甫

杜甫(712—770),字子美,巩县(今属河南)人。祖籍襄阳(今湖北襄樊)。曾应试进士而不成,客居长安十年,很不得意。安史之乱后,曾任左拾遗、检校工部员外郎等职。在川峡、湘地一带漂泊,在江湘途中病逝。他与李白一样,也是唐代的大诗人,在五七言古诗、五七言律诗方面都取得了极为辉煌的成就。绝句则别为一格,另辟蹊径。他非常关注民生疾苦,《三吏》《三别》等都是其中的代表作。是极为杰出的现实主义诗人,又是中国诗歌的一位集大成者。白居易、元稹等许多诗人都曾受到过他的影响。有《杜工部集》。

望　　岳

岱宗夫如何?齐鲁青未了。
造化钟神秀,阴阳割昏晓。
荡胸生层云,决眦入归鸟。
会当凌绝顶,一览众山小。

注释

〔岱宗〕指泰山。　〔夫〕古文中常用的发语词,此用以入诗,造成语气的舒宕,表达诗人面对泰山的惊诧之感。 〔"齐鲁"句〕意谓泰山横跨齐鲁,青苍的峰峦,连绵不断。泰山在今山东泰安,山北古为齐国地,山南古为鲁国地。 〔"造化"句〕意谓大自然把神奇和秀美都赋予了泰山,泰山是天地间神秀之气的集中表现。造化,天地万物的主宰者。钟,聚集。 〔"阴阳"句〕意谓高峰耸入云际,遮蔽了阳光,在同一山区之内,光线却明暗不同。阴,山北。阳,山南。割,划分的意思。 〔"荡胸"句〕意谓山壑广大深邃,吞吐烟云,望去使人精神爽朗,与大自然合为一体,仿佛层云生于心胸,有开阔动荡的感觉。 〔"决眦(zì)"句〕谓凝神远望,目送山中的飞鸟归林。决眦,形容极度使用目力。决,裂开,这里指全神贯注,长时间极目远望。眦,眼眶。入,犹言"没"。 〔会当〕犹言"终当""定当"。

解读

唐玄宗开元二十三年(735),杜甫赴洛阳应进士举,落第以后心情不快,曾漫游齐、赵等地,在游览泰山时写下了这首五言古诗。前四句极写泰山的高峻雄伟,五六句转入自身,开始抒怀,将景物与自身融在一起;至末尾两句,则坚定地表达了自己的志向,可谓警策。诗在表现杜甫对祖国大好河山热爱的同时,表现了他对攀登绝顶的向往与俯视万物的气概。通篇都从"望"字着笔。

羌 村 三 首（其一）

峥嵘赤云西，日脚下平地。
柴门鸟雀噪，归客千里至。
妻孥怪我在，惊定还拭泪。
世乱遭飘荡，生还偶然遂！
邻人满墙头，感叹亦歔欷。
夜阑更秉烛，相对如梦寐。

注释

〔羌村〕杜甫家所在地，在鄜州（今陕西富县）郊外。　〔峥嵘〕形容云峰高峻貌。　〔日脚〕形容穿过云层射到地面的阳光。　〔归客〕指杜甫自己。　〔妻孥（nú）〕妻和子女。　〔怪〕惊奇。　〔遂〕如愿。　〔歔欷（xū xī）〕抽噎声。　〔夜阑〕夜深。　〔秉〕持。

解读

此诗作于至德二载（757）秋。原诗共三首，此为第一首。当时诗人在朝廷任左拾遗，因上疏救房琯，触怒了唐肃宗，获准从凤翔放还鄜州探亲。那时，杜甫把家安置在鄜州郊外的羌村，此诗便是写他初到家里的情景。从黄昏写到深夜，从邻人写到家人，层层推进，从容不迫，把"安史之乱"后的家庭离散而又重逢的景象,写得惟妙惟肖,栩栩如生。

石　壕　吏

暮投石壕村,有吏夜捉人。
老翁逾墙走,老妇出门看。
吏呼一何怒!妇啼一何苦!
听妇前致词:三男邺城戍。
一男附书至,二男新战死。
存者且偷生,死者长已矣!
室中更无人,惟有乳下孙。
有孙母未去,出入无完裙。
老妪力虽衰,请从吏夜归。
急应河阳役,犹得备晨炊。
夜久语声绝,如闻泣幽咽。
天明登前途,独与老翁别。

注释

〔石壕〕镇名,在今河南陕州东七十里。　〔投〕投宿。〔出门看〕出来照料门户,意指应付来吏。　〔"吏呼"句〕因为老翁逃走,这家没有可捉的对象,所以吏怒呼索人。　〔"三男"句〕意谓有三个儿子,都参加了围攻邺城的战役。　〔附书〕托人带信。〔且偷生〕姑且活一天是一天。〔长已矣〕长远地完了，即不可复生的意思。〔乳下孙〕正在吃奶的小孙儿。〔"有孙"二句〕说明家里还有个媳妇，但不能出来接待吏人。裙是古代妇女的正式服装，不着裙，不便见客。〔老妪（yù）〕老妇人。〔"急应"句〕时唐军败于邺城，郭子仪退守河阳，捉去的兵丁伕役，都集中到那里。河阳，在黄河北岸，洛阳的对面，即今河南孟州。〔登前途〕踏上征途，指诗人。〔"独与"句〕暗示这老妇已被捉去。

解读

在安史之乱的动荡年代里，杜甫饱含着对普通民众的深厚感情，写下了著名的《三吏》《三别》。《石壕吏》是《三吏》中的一首。诗人以自己暮投石壕村的亲眼所见、亲耳所闻，写了一位老年妇女的被迫应役，同时也描写了朝廷官吏的凶狠残暴。通篇叙事，唯"夜久语声绝，如闻泣幽咽"两句在叙述中稍加抒怀，却真实动人，具有很强的感染力。

无　家　别

寂寞天宝后，园庐但蒿藜。

我里百余家，世乱各东西。

存者无消息，死者为尘泥。

贱子因阵败，归来寻旧蹊。

久行见空巷，日瘦气惨凄。
但对狐与狸，竖毛怒我啼。
四邻何所有？一二老寡妻。
宿鸟恋本枝，安辞且穷栖。
方春独荷锄，日暮还灌畦。
县吏知我至，召令习鼓鞞。
虽从本州役，内顾无所携。
近行止一身，远去终转迷。
家乡既荡尽，远近理亦齐。
永痛长病母，五年委沟溪。
生我不得力，终身两酸嘶。
人生无家别，何以为蒸黎！

注释

〔天宝后〕指安史之乱后。安史之乱起于天宝十四载(755)。 〔蒿藜(hāo lí)〕蒿与藜都是草名。 〔贱子〕诗中主人公自称。 〔阵败〕指邺郡的溃败。 〔旧蹊〕旧路。路径没于蒿藜之中，亡归不能辨识，故曰"寻"。 〔日瘦〕太阳黯淡无光。 〔气〕指风。《庄子·齐物论》："夫大块噫气，其名为风。" 〔"宿鸟"二句〕意谓人恋本土，有如鸟恋本枝，虽穷困在所不辞。《古诗》："越鸟巢南枝。"上句化用其意。宿鸟，投林的归鸟。且穷栖，姑且穷苦地过活。 〔灌畦(qí)〕浇菜地。畦，指一块块的菜地。　〔"召令"句〕言重新接受军事训练。鞞,同"鼙",指战鼓。　〔"虽从"六句〕写入伍时心情,有三层转折:服役本州,虽然离家较近,但家中根本无人;接着想到远去将会迷失家乡,近行终究胜于远去;最后慨叹家乡实际业已荡尽,近行和远去也没有什么分别。携,携带的意思。　〔"永痛"二句〕安史乱起,他从军出征,丢下了久病在床的母亲。五年后(从天宝十四载到乾元二年),战败回家,母亲已经死去。委沟溪,意指死后无人收葬,尸体扔在沟溪里。　〔"终身"句〕言母子两人,都抱恨终身。酸嘶,因悲痛而失声。　〔蒸黎〕老百姓。蒸,众。黎,平民。

解读

此诗写一士兵在一战役中败下阵来,回到家乡所目睹的一些家破人亡的凄惨景象,就中也凝聚着杜甫的布局设计。开句点明时间,次句即径写家园荒凉,百余人家全都在战乱中各奔东西,余下的只有"一二老寡妻",以及对他竖毛怒啼的狐与狸。他本想通过耕锄和劳作自食其力,自己养活自己,不料县吏知他回来,又把他召去进行军事训练。最可怜的是其老母病死五年,一直无人收葬。如今训练完毕,又要叫他再度应征出发。如果说当年初次应征,还可以与老母等家中亲人告别,而此次应征,居然连个家也没有,连个可以告别的亲人都没有。末尾"人生无家别,何以为蒸黎"二句,正是此诗最悲苦的地方,也是"无家别"的核心所在。读诗至末尾,真令人浩叹!诗中充满了杜甫对战乱年代里弱势群体的无限深切的同情。

茅屋为秋风所破歌

八月秋高风怒号,卷我屋上三重茅。
茅飞渡江洒江郊,高者挂罥长林梢,下者飘转沉塘坳。
南村群童欺我老无力,忍能对面为盗贼。
公然抱茅入竹去,唇焦口燥呼不得,归来倚杖自叹息。
俄顷风定云墨色,秋天漠漠向昏黑。
布衾多年冷似铁,骄儿恶卧踏里裂。
床头屋漏无干处,雨脚如麻未断绝。
自经丧乱少睡眠,长夜沾湿何由彻!
安得广厦千万间,大庇天下寒士俱欢颜,风雨不动安如山!
呜呼!何时眼前突兀见此屋,吾庐独破受冻死亦足!

注释

〔挂罥(juàn)〕挂结。 〔坳(āo)〕低凹之处。 〔俄顷〕一忽儿。 〔恶卧〕睡相不好。 〔"自经"句〕意谓遭乱以来,忧时念国,本来就经常失眠。 〔何由彻〕如何挨到天明。 〔庇〕覆盖。 〔突兀〕高耸貌。

解读

　　这是杜甫在安史之乱以后,漂泊无定,所住茅草屋又被秋风卷去,造成屋漏而写的一首七言歌行。开篇先写时令和秋风吹茅之状,次写顽童调皮抱茅入竹对他所造成的无奈,随后由风与"群童",又写到云色突变下起雨来,对其所住茅屋所带来的烦恼。然而,尽管杜甫自身住所破败不堪,但他仍希望"安得广厦千万间,大庇天下寒士俱欢颜",有此心思,顿使全诗立意升高,与一般的自叹苦经之作又判然不同。全诗语言通俗浅白,有如口语。我们从中不仅看到了杜甫这位大诗人当年生活的贫穷困顿,同时仍可以看到其由己及人、关心他人的博爱精神。

观公孙大娘弟子舞剑器行并序

大历二年十月十九日,夔府别驾元持宅见临颍李十二娘舞剑器,壮其蔚跂。问其所师,曰:"余公孙大娘弟子也。"开元五载,余尚童稚,记于郾城观公孙氏舞剑器浑脱,浏漓顿挫,独出冠时。自高头宜春、梨园二伎坊内人,洎外供奉,晓是舞者,圣文神武皇帝初,公孙一人而已。玉貌锦衣,况余白首;今兹弟子,亦匪盛颜。既辨其由来,知波澜莫二。抚事慷慨,聊为《剑器行》。昔者吴人张旭,善草书书帖,数常于邺县见公孙大娘舞西河剑器,自此草书长进,豪荡感激,即公孙可知矣。

　　昔有佳人公孙氏,一舞剑器动四方。
　　观者如山色沮丧,天地为之久低昂。
　　㸌如羿射九日落,矫如群帝骖龙翔。
　　来如雷霆收震怒,罢如江海凝清光。

绛唇珠袖两寂寞,晚有弟子传芬芳。
临颍美人在白帝,妙舞此曲神扬扬。
与余问答既有以,感时抚事增惋伤。
先帝侍女八千人,公孙剑器初第一。
五十年间似反掌,风尘澒洞昏王室。
梨园弟子散如烟,女乐余姿映寒日。
金粟堆南木已拱,瞿唐石城草萧瑟。
玳筵急管曲复终,乐极哀来月东出。
老夫不知其所往,足茧荒山转愁疾。

注 释

〔公孙大娘〕开元年间著名的女舞蹈家。 〔剑器〕古代健舞的名称。舞者戎装执剑,表现出战斗姿态。 〔夔府别驾〕夔州都督府的别驾。 〔临颍〕唐属河南道许州,今河南临颍。〔蔚跂〕光彩照人,姿态矫健。 〔郾城〕唐属河南道许州,今河南郾城。 〔剑器浑脱〕把剑器舞和浑脱舞结合起来的一种新型舞蹈。 〔浏漓顿挫〕疾捷酣畅而又沉着有力。 〔高头宜春、梨园二伎坊内人〕指供奉宫廷的歌舞艺人。高头,即前头的意思。伎坊,亦称教坊,教练乐舞的机构。内人,亦称内伎,即前头人,居宫中。 〔洎(jì)〕及。 〔外供奉〕与内人相对而言,指不居宫中,随时应诏入宫表演的舞伎。 〔圣文神武皇帝〕即玄宗。是开元二十七年(739)群臣所上的尊号。 〔况余白首〕

"况余"二字和上文不相连属,李国松疑是"晚余"二字之误(高步瀛《唐宋诗举要》卷二引),说近是。 〔亦匪盛颜〕也不怎么年轻了。盛颜,丰盛的容颜。 〔"既辨"二句〕意谓从李十二娘的师承关系,看出她的技艺获得了公孙大娘的真传。波澜,借指舞蹈的意态节奏。 〔张旭〕唐书法家。 〔西河剑器〕剑器舞的一种。 〔豪荡感激〕指意态飞动,饱含着激动的情感。 〔即公孙可知矣〕连上句意谓张旭既然能从公孙大娘的剑器舞中吸取到一种"豪荡感激"的精神力量,那么公孙舞蹈艺术的高妙,也就可想而知了。即,义同"则"。公孙,即公孙大娘。 〔"观者"二句〕意谓观众为剑器舞所吸引,注意力集中,忘掉了一切,就连整个世界也似乎融化于其中,随着舞蹈的低昂而低昂。沮丧,失色。 〔爚(huò)〕闪动貌。 〔羿〕古代著名的射手。古代神话传说,尧时十日并出,羿射九日。 〔帝〕天神。 〔骖龙翔〕驾龙飞翔。 〔"来如"二句〕上句写开场,下句写收场。剑器舞主要以鼓伴奏。舞前鼓乐喧阗,形成一种紧张的战斗气氛。鼓声一落,舞者登场,故云"雷霆收震怒"。舞时光彩四照,气象万千,舞罢,只见一锦衣玉貌的女子,立在场中,故云"江海凝清光"。 〔绛唇珠袖〕指公孙大娘的歌和舞。 〔传芬芳〕继承了高超的技艺。芬芳,形容格调不同凡俗。 〔临颍美人〕指李十二娘,即上句说的"弟子"。 〔余〕我。指杜甫。 〔既有以〕即序文所说"既辨其由来"的意思。以,因由,原委。 〔先帝〕指已死的玄宗。 〔初第一〕犹言本第一。 〔五十年〕自开元五年(717)杜甫观公孙大娘舞剑器至作诗时的大历二年(767),为五十年。〔似反掌〕形容时间过得飞快。 〔"风尘"句〕意谓安史之乱,使得唐朝国运衰落。澒(hòng)洞,相连无际貌。王室,指朝廷 〔"女乐"句〕女乐,泛指女性的歌舞艺人,这里是说李十二娘。李的舞蹈,犹有开元盛世的风姿,故曰"余姿"。该诗作于冬季,舞者"亦匪盛颜",映寒日,兼切时令和李即将迟暮的年华。 〔金粟堆〕即金粟山,在蒲城县(今属陕西)东北,玄宗葬此,称泰陵。玄宗死于宝应元年(762)四月,于广德元年(763)三月葬泰陵。 〔木已拱〕言墓木已拱。拱,两手合抱。 〔瞿唐石城〕指夔州地带。瞿唐,瞿塘峡。高步瀛说:"石城当即指白帝城。城据白帝山上,故曰石城。"(《唐宋诗举要》) 〔玳筵〕玳瑁是一种海龟,龟甲黄黑相间,半透明,这里指夔府别驾宅中的豪华筵席。 〔足茧〕脚上生了胝(厚皮),言奔走不息。〔转愁疾〕越来越愁苦。

解读

此诗作于大历二年(767),当时诗人正在夔州,因在夔府别驾的元持宅内看了临颍李十二娘舞剑器,不禁追抚往事,感慨岁月沧桑的变化,写下了这首著名的七言歌行。

开篇八句,先写公孙大娘在五十年前舞剑器的轰动场面:人山人海的观众都为她的舞技惊讶失色,连整个天地也都随着她的舞剑器而起伏低昂。如果说前四句是从观众的角度来虚摹公孙大娘精彩表演的话,那么后四句则是正面实写其舞技的精湛绝伦。尽管也有比喻和夸张,但毕竟是从观众移向了表演者公孙大娘本人。接下两句是过渡,以"传芬芳"三字巧妙地转到了李十二娘在夔州的表演。随后又从李十二娘的表演联想到了五十年前的唐玄宗和公孙大娘，这样就从乐舞盛衰的今昔对比，联系到时代沧桑的变化。诗以抚时感事为主题，引发了诗人多方面的感慨。故从公孙大娘舞剑器，牵引出唐玄宗与他的时代，最后又对去世多年的唐玄宗表示了深切的哀悼和怀念。诚如王嗣奭在《杜臆》中所说："此诗见剑器而伤往事，所谓'抚事慷慨'也。故咏李氏，却思公孙；咏公孙，却思先帝，全是为开元、天宝五十年治乱兴衰而发。不然，一舞女耳，何足摇其笔端哉！"此话固然不错，然杜甫对舞剑器艺术还是由衷赞美的。全诗酣畅淋漓，却又顿挫有致，前十句以后，则随意境之开合，思绪之发展，语言音节也随之顿挫变化，是杜甫七言歌行的杰作。

春日怀李白

白也诗无敌，飘然思不群。
清新庾开府，俊逸鲍参军。
渭北春天树，江东日暮云。
何时一尊酒，重与细论文。

注释

〔"清新"句〕意谓李白诗如庾诗之清新。庾开府，指南北朝诗人庾信。庾入北周曾任骠骑大将军、开府仪同三司，故称"庾开府"。〔"俊逸"句〕意谓李白诗如鲍诗之俊逸。鲍参军,指南朝宋诗人鲍照。鲍在刘宋朝曾任荆州前军参军。〔渭北〕渭水之北,泛指长安一带。时杜甫在长安。〔江东〕指长江下游。时李白流寓江南。〔尊〕同"樽"。

解读

杜甫与李白初晤于洛阳,遂定交结成好友。杜甫别后不能忘怀,相思之情,多以诗表之,此即其一。首句言其诗才之高,次句言其性格之潇洒。三四句以庾信、鲍照之诗为比,进一步赞美其诗的"清新"与"俊逸"。五六句巧妙地写出了两地相思之情。末两句是对重逢的期许与企盼。通篇都流露出杜甫对李白的敬重与友情。

月　　夜

今夜鄜州月,闺中只独看。
遥怜小儿女,未解忆长安。
香雾云鬟湿,清辉玉臂寒。
何时倚虚幌,双照泪痕干?

注释

〔鄜(fū)州〕今陕西富县。安禄山攻陷潼关后,杜甫一家人流亡北行,最后把家安置在鄜州,杜甫只身往灵武,途中被乱兵所俘,带到长安。〔闺中〕指妻子。〔"香雾"二句〕想象妻子夜深不寐,独自望月怀人的情景。意思是夜深久立月下,雾露沾湿了鬟鬓,月光使臂膀感到寒意。云鬟,指妇女的头发。清辉,指月光。〔"何时"二句〕意思是什么时候才能两人一同倚帷望月,让月光照干泪痕呢!虚幌,薄薄的透明的帷帘。

解读

此诗作于至德元年(756)八月。当时安史之乱,杜甫被乱兵俘虏,困居长安。这是他在秋天月夜思念妻子而写下的一首五言律诗。首句从赏月开始,次句便从妻子一方着笔,真所谓两地相思。次联从杜甫一方写其对儿女的思念,但仍归于妻子,小儿女们还不懂得母亲为何会如此思念在长安的父亲的。五、六二句又从妻子一方落墨,写出了妻子在月夜的神情容貌,极言其思念时间之长。末联以"何时"二字,则转入对夫妻重逢团圆后的想象。全诗清丽委婉,结构也相当别致。诚如浦起龙《读杜心解》所说:"心已驰神到彼,诗从对面飞来。"

春　　望

国破山河在,城春草木深。
感时花溅泪,恨别鸟惊心。
烽火连三月,家书抵万金。
白头搔更短,浑欲不胜簪。

注释

〔国破〕国都沦陷,城池残破,人事全非。 〔城春〕都城的春天。〔草木深〕草木丛生,一片荒凉。 〔感时〕感伤国事。〔花溅泪〕观花落泪,溅在花上。 〔恨别〕怨恨战乱与家人别离。 〔鸟惊心〕鸟鸣也让人感到心惊。〔烽火〕古代边境上遇有敌情就升起烽火当警报,这里借指战争。 〔连三月〕连续三个月没有间断。〔抵〕相当于。〔白头〕白发。〔浑欲〕简直。 〔不胜簪〕头发少得梳不拢,连簪子也插不住了。

解读

唐肃宗至德二载(757)三月,安史叛军攻下长安已有九个月,诗人触景生情,写下此诗,表达了作者的忧国情怀。首联写春望所见:国都沦陷,城池残破,虽山河依旧,可乱草遍地,一片荒凉。一个"破"字,使人触目惊心;继而一个"深"字,令人满目凄然。诗人明为写景,实为抒感。次联写诗人因"感时""恨别",故观花而落泪,闻鸟鸣而惊心。三联写战事不断,与家人音讯隔绝。末联因长年忧国思家,头发不仅花白,而且愈加稀疏。全诗语语沉痛,字字血泪凝成。胡应麟曾推《登岳阳楼》为杜甫五律第一,但方回与陈衍均推此诗为杜甫五律第一。

月夜忆舍弟

戍鼓断人行,边秋一雁声。
露从今夜白,月是故乡明。

有弟皆分散,无家问死生。

寄书长不达,况乃未休兵。

注释

〔舍弟〕家弟。 〔戍鼓〕戍楼上的更鼓。 〔边秋〕边塞的秋天。

解读

此诗作于乾元二年(759)秋,当时诗人正在秦州(今甘肃天水),与《秦州杂诗》二十首差不多作于同一时间。诗先从月夜戍楼上的更鼓声和南飞之雁的鸣叫声写起,已有思归和想念亲人的意味。次联名句。如从自然时序上说,此诗或作于白露节夜晚。由白露而念及故乡,又及以下两句所写的兄弟与家人。因为就在该年九月,史思明从范阳引兵南下,攻陷汴州、洛阳,齐、汝、郑、滑等州都在战乱之中。而杜甫的三个弟弟杜颖、杜观、杜丰都在远方,彼此难通消息,所以才有"有弟皆分散,无家问死生"这样沉痛的诗句。末言战乱仍在继续。诗中有对家弟思念的手足之情,也有对安史之乱所引起的社会动荡的真实反映。

春夜喜雨

好雨知时节,当春乃发生。

随风潜入夜,润物细无声。

野径云俱黑,江船火独明。

晓看红湿处,花重锦官城。

注释

〔时节〕时令,节气。 〔发生〕出现。这里指下雨。 〔潜〕这里的意思是悄悄地、不知不觉地。 〔润物〕滋润万物。〔野径〕野外小路。 〔红湿〕指花受春雨滋润。 〔锦官城〕也称锦城,故址在今四川成都市南。

解读

这是一首描写春夜雨景的名作。首联概括点题,一个"好"字脱口而出,道出一种迫不及待的礼赞心情。接着把雨拟人化,说它如解人意一般,懂得万物复苏、春耕之时需要雨,故而"当春乃发生",这就是它"好"而让人"喜"的原因。第二联进一步表现雨的"好"处。它随着春风为润物而来,在人们酣睡的夜间无声地、细细地下。第三联写景,是诗人春夜无眠所见之景。尾联从想象的角度,写雨后景色,将"喜"情推向高潮。一夜好雨,万物都受到润泽而发荣滋长,锦官城到处都是红艳艳、沉甸甸的带雨鲜花,真是雨后美景。

旅 夜 书 怀

细草微风岸,危樯独夜舟。

星垂平野阔,月涌大江流。

名岂文章著,官应老病休。
飘飘何所似,天地一沙鸥。

注释

〔旅夜〕旅途之夜。　〔危樯〕舟中高耸的桅杆。　〔沙鸥〕水鸟,栖息沙洲,也在江海飞翔。

解读

这是杜甫离开蜀地,乘舟东下,经忠州(今重庆忠县)途中所写下的一首五律。前半"旅夜",后半"书怀",切题。其写江边夜景,由近而远,由细而大,层次井然。"星垂平野阔,月涌大江流"一联,壮阔而凄清,"垂"字、"涌"字,极富动感,为画面增添悲壮气氛。其抒写怀抱,气骨傲岸而情感悲伤。"名岂文章著,官应老病休"一联,是反话,是愤激语。有感于世之不幸,亦有感于诗人之不幸。末联自况,更给人一种漂泊零落之感。

登 岳 阳 楼

昔闻洞庭水,今上岳阳楼。
吴楚东南坼,乾坤日夜浮。
亲朋无一字,老病有孤舟。
戎马关山北,凭轩涕泗流。

注释

〔岳阳楼〕岳阳城西门楼,西临洞庭湖。 〔吴楚〕春秋二国名,地处长江中下游。 〔坼〕裂开。 〔乾坤〕指天地,包括日月星辰。 〔字〕指书信,此处指音讯。 〔老病〕指作者,当时杜甫年老而多病。 〔戎马〕指战争。时北方吐蕃入侵,常有战事。 〔凭轩〕倚靠楼窗。

解读

此诗作于大历三年(768)冬,当时杜甫正在湘地漂泊,登上岳阳楼,百感交集,遂写下这首千古名篇。仇兆鳌以为"上四写景",其实真正写景唯三、四两句,然已尽洞庭湖之壮观。五、六两句则因景抒怀,写到了自己的身世苍茫之感。末联则点明关山之北仍有战事不断,表达了诗人对国家与战争的担忧。王士禛以为此诗"元气浑沦,不可凑泊,千古绝唱"(见《五色批本杜工部集》)。

九日蓝田崔氏庄

老去悲秋强自宽,兴来今日尽君欢。
羞将短发还吹帽,笑倩旁人为正冠。
蓝水远从千涧落,玉山高并两峰寒。
明年此会知谁健,醉把茱萸仔细看。

注　释

〔九日〕农历九月九日,重阳节。　〔蓝田〕今属陕西。〔崔氏庄〕崔氏庄园,或即东山草堂。王维的辋川别业为西庄,而崔氏庄在东。　〔吹帽〕晋桓温九日会宾僚于龙山,风吹落孟嘉帽,初不觉,温令孙盛作文嘲之,嘉即对答以文,四座嗟服。见《世说新语·识鉴》。　〔倩(qiàn)〕请别人代自己做事。　〔蓝水〕蓝溪。源出商县西北秦岭,流经蓝田。　〔玉山〕即蓝田山,产美玉,故亦名玉山。　〔茱萸〕一种有浓烈香味的植物。唐代重阳登高佩茱萸,饮菊花酒。

解　读

这是诗人在乾元元年(758)任华州(今陕西华县)司功参军时所写的一首七言律诗。诗中实际上是写重阳节时对人生的感受。首联破题,题意尽在"老去"而"兴来",故能"强自宽"而"尽君欢"。中二联写登高兴会,对景开怀,承题敷陈。然其所以宽者乃"强自宽",而非真宽,故孟嘉之落帽风流反其意而用之,蓝田之山水胜境因其悲而寒之。结联亦复归于叹老悲秋。通篇寓意深曲,字字老健,也是杜甫七律的上品之作,可与《登高》诸篇方驾。所不同者,《登高》以雄浑胜,而此诗以劲健胜。

蜀　　相

丞相祠堂何处寻？锦官城外柏森森。
映阶碧草自春色,隔叶黄鹂空好音。

三顾频烦天下计,两朝开济老臣心。

出师未捷身先死,长使英雄泪满襟。

注释

〔蜀相〕指诸葛亮。东汉建安二十六年(221),刘备在蜀称帝,国号为汉,后人称蜀汉,以诸葛亮为丞相,故称蜀相。　〔丞相祠堂〕在四川成都,今名武侯祠。　〔锦官城〕故址在今成都市南。　〔柏森森〕柏树高大茂密貌。相传此柏为诸葛亮手植。〔黄鹂〕黄莺。　〔三顾〕指刘备三次到隆中访问隐居草庐的诸葛亮。〔频烦〕多次。　〔天下计〕平天下的大计。　〔两朝〕指蜀主刘备、刘禅父子两代。　〔开济〕开国创业,济世安民。〔出师未捷〕蜀汉建兴十二年(234),诸葛亮率师北出伐魏,屯兵五丈原(今陕西眉县西南),与司马懿的魏军隔渭水相持百余日,八月,病死军中。　〔长〕常常,永远。

解读

这是杜甫初到成都,游诸葛武侯祠堂有感而写下的一首七言律诗,时为上元元年(760)春。起联以设问句法,巧妙地点出了诸葛亮祠堂的所在方位。次联写祠堂内的景色,分别只用了一"自"一"空"二字,却含有深切的悼念之情,也可见环境的幽静和祠堂的孤寂。三联转入诸葛亮的生平业绩。末联痛惜诸葛亮率师伐魏未成而病殁途中,有无限浩叹意。后王叔文、宗泽等在临终前,皆诵此末二句,故后来一直能引起壮志未酬、失路英雄内心的共鸣。

闻官军收河南河北

剑外忽传收蓟北,初闻涕泪满衣裳。
却看妻子愁何在?漫卷诗书喜欲狂。
白日放歌须纵酒,青春作伴好还乡。
即从巴峡穿巫峡,便下襄阳向洛阳。

注释

〔河南河北〕今洛阳一带及河北省北部。 〔剑外〕剑门关以南的地区,也是蜀地的代称。这里是指杜甫自己所在的梓州。〔蓟北〕蓟指蓟州(今河北蓟州),蓟北泛指河北北部。当时蓟州为范阳郡治所,本为安禄山所据。 〔妻子〕妻和子。 〔漫卷〕随手拿着卷起来。 〔"青春"句〕意谓正好伴着春光回乡。青春,即春天。 〔巴峡〕指嘉陵江上游的涪江一带,梓州近涪江。〔巫峡〕长江三峡之一。杜甫由水道回乡,当先由涪江、嘉陵江入长江。 〔襄阳〕今湖北襄樊。 〔洛阳〕今河南洛阳。

解读

唐代宗广德元年(763),杜甫因成都兵乱,流寓梓州(今四川三台)。就在上一年十月,唐朝的各路大军开始向盘踞在河南、河北一带"安史之乱"的最后一个叛军首领史朝义的部队发动总攻,势如风卷残叶,不到三个月就直捣叛军的最后巢穴范阳,史朝义自杀,给唐朝人民带来深重灾难的"安史之乱"总算结束了。这年春天,杜甫全家正在梓州走投无路之际,忽然听到了这样的捷报,想到不久即可回到久别的洛阳,欣喜若狂而写下此诗。全诗冲口而出,一气呵成,联翩直下,洋溢着狂喜之情,真切自然而不见格律的痕迹,被后人称为杜甫"生平第一快诗"。

宿　　府

清秋幕府井梧寒,独宿江城蜡炬残。
永夜角声悲自语,中天月色好谁看?
风尘荏苒音书绝,关塞萧条行路难。
已忍伶俜十年事,强移栖息一枝安。

注释
〔宿府〕宿于幕府署邸。杜甫当时为严武剑南节度参谋。〔江城〕指成都。　〔永夜〕长夜。　〔角声〕军中号角。　〔荏苒〕时间推移。　〔伶俜〕孤苦伶仃。　〔栖息一枝〕语本《庄子·逍遥游》:"鹪鹩巢于深林,不过一枝。"

解读
此诗作于唐代宗广德二年(764)。当时杜甫的友人严武任成都尹兼剑南节度使,保荐杜甫在其幕府任参谋。杜甫家住成都城外的浣花溪,回家不便,只好长期住在幕府内。所谓"宿府"

即此意。也是诗人独宿幕府,想起自己十年来的漂泊生涯,有感而作此七律。起联写独宿幕府的孤寂之状,第三句写独宿时所闻角声,第四句写独宿时所见月色。以下四句皆写其安史之乱以来的流离生活,于今只落得"独宿江城""强移栖息"的境遇,不禁百感交集,悲从中来。不久他就辞去此职,结束了"宿府"生活。但此诗的独身飘零之感和悲慨沉郁之调,却留给后人强烈印象,也是杜甫七律名篇之一。

登　　楼

花近高楼伤客心,万方多难此登临。
锦江春色来天地,玉垒浮云变古今。
北极朝廷终不改,西山寇盗莫相侵。
可怜后主还祠庙,日暮聊为梁甫吟。

注释

〔伤客心〕使登楼的人伤心。　〔万方〕全国各地。　〔多难〕到处都在战乱之中。　〔锦江〕在今四川成都境内,是岷江支流,因古时濯锦于此,故名。　〔玉垒〕山名,在今四川茂汶。　〔北极〕北极星,比喻唐王朝。　〔西山寇盗〕指吐蕃,吐蕃在蜀西部。　〔后主〕指刘禅。　〔还祠庙〕仍享祭祀。还,仍。　〔梁甫吟〕乐府曲名,相传诸葛亮好为《梁甫吟》。

解 读

　　此诗作于广德二年(764),当时杜甫客居成都,心里却一直关注着时局与战事的发展,春季的一天,登楼有感而成此诗。通篇即景写情,以情凝景,深沉悲壮,气格雄浑。次联写登楼极目所见蜀中大地春天景物。锦江春色与天地间春色同来,不因万方多难而迟到,而改变颜色。玉垒山浮云自古以来即变幻莫测,但此刻的变幻,却异乎寻常,似藏着杀机。两句时空交错,境界壮阔,寓意丰富。三联紧扣时事抒怀。上句扣去年十月吐蕃陷长安,直到郭子仪收复京城,朝廷转危为安这段史实。下句扣同年十二月吐蕃又陷蜀境三州二城,剑南西川诸地也入吐蕃这段史实,又可延伸到更广远的时间和空间。在对时势作历史的审视中,诗人表达出心系国计民生、忠于朝廷的信念。尾联借眼前古迹抒怀,思接千载,感念古今,以"聊为梁甫吟"表示对诸葛亮的追慕。总之,后四句由景而及时局,真所谓感时伤今。纪昀在《瀛奎律髓刊误》中赞道:"何等气象,何等寄托!"沈德潜《唐诗别裁集》则评道:"气象雄伟,笼盖宇宙,此诗之最上者。"

咏怀古迹五首(其一)

支离东北风尘际,漂泊西南天地间。

三峡楼台淹日月,五溪衣服共云山。

羯胡事主终无赖,词客哀时且未还。

庾信平生最萧瑟,暮年诗赋动江关。

注释

〔咏怀古迹〕即借古迹以咏怀之意。 〔支离〕流离。 〔东北风尘际〕指安禄山叛乱时期,作者一直在外流亡。风尘,比喻战乱。 〔漂泊〕指入蜀后居无定处。 〔西南〕指四川。这一时期,杜甫曾往来于成都、梓州、云安、夔州。 〔三峡〕指长江上的瞿塘峡、巫峡和西陵峡。 〔楼台〕泛指屋宇。 〔淹日月〕指留滞多时。 〔五溪衣服〕指溪人衣服不同。五溪,雄溪、樠溪、西溪、沅溪、辰溪,在今湖南、贵州两省接界处,古五溪族所居。 〔共云山〕是说自己与溪人共处。 〔羯(jié)胡〕古代北方民族,此指安禄山。安禄山父系出于羯胡,也即小月支种。〔无赖〕意即狡猾反复。 〔词客〕指下面的庾信,也指自己。〔且未还〕漂泊异地,欲归不得。 〔"庾信"二句〕庾信,梁朝诗人,为梁元帝出使北周,被留,乃仕于周,常怀乡关之思,曾作《哀江南赋》以寄其意。这里把安禄山之叛唐比作侯景之叛梁,把自己的乡国之思比作庾信之哀思江南。萧瑟,《哀江南赋》有"壮士不还,寒风萧瑟,提挈老幼,关河累年"句,这里是凄凉的意思。

解读

《咏怀古迹五首》是杜甫七律中的代表作之一,作于唐代宗大历元年(766)。这是第一首,开篇便展现了动荡战乱年代中的广阔背景与诗人的漂泊流离生涯。次联写自己在三峡的滞留和在五溪不毛之地的生活。三联以议论转入庾信。五首第一首就咏庾信,因庾信住宅在荆州,那时杜甫尚未出峡,其所以首及庾信,据王嗣奭《杜臆》说,是因为将有江陵之行,流寓等于庾信,故咏怀而先及之。杜甫对庾信诗赋极为倾倒,所谓"清新庾开府","庾信文章老更成",曾一再言之。本诗末两句,实际也含"老更成"之意,即艰苦曲折的生活经历,更使庾信的诗赋达到深刻遒劲的程度。

咏怀古迹五首(其二)

摇落深知宋玉悲,风流儒雅亦吾师。
怅望千秋一洒泪,萧条异代不同时。
江山故宅空文藻,云雨荒台岂梦思!
最是楚宫俱泯灭,舟人指点到今疑。

注释

〔"摇落"句〕很同情和了解宋玉所以悲秋的原委,因他也是怀才不遇。宋玉,战国楚人,所作《九辩》开篇说:"悲哉秋之为气也,萧瑟兮草木摇落而变衰。" 〔风流儒雅〕指宋玉的文采和学问。 〔"萧条"句〕意谓自己虽与宋玉隔开几代,萧条之感却是相同的。 〔故宅〕江陵与归州(今湖北秭归)都有宋玉故宅。此指归州宅。 〔空文藻〕徒留下文采。 〔"云雨"句〕宋玉曾作《高唐赋》,述楚王游高唐,梦见一妇人,自称巫山之女,王因幸之,去而辞曰:"妾在巫山之阳,高丘之岨,且为行云,暮为行雨,朝朝暮暮,阳台之下。"阳台,山名,在重庆市巫山县。云雨荒台即巫山阳台。岂梦思,意谓宋玉作《高唐赋》,难道只是说梦,并无讽谏之意? 〔楚宫〕楚国的宫殿。

解读

上篇以咏庾信为主,此篇以咏宋玉为主。上篇读后有"萧瑟"之感,此篇一开首便用"摇落"二字,以致通篇都有"摇落"之感。第二句似拙,以下六句皆佳。楚宫已泯灭,然后世流传这些故事,至今江船经过,舟人还带有疑似的口吻指点着留存的古迹,如此结句,杜甫以前所无。

咏怀古迹五首(其三)

群山万壑赴荆门,生长明妃尚有村。
一去紫台连朔漠,独留青冢向黄昏。
画图省识春风面,环珮空归月夜魂。
千载琵琶作胡语,分明怨恨曲中论。

注释

〔壑(hè)〕山谷。 〔赴荆门〕奔向荆门山。荆门,山名,在今湖北宜都西北。 〔明妃〕即王嫱、王昭君,汉元帝宫人,晋时因避司马昭讳改称明君,后人又称明妃。昭君村在归州(今湖北秭归)东北四十里,与夔州相近。 〔尚有村〕还留下生长她的村庄,即古迹之意。 〔"一去"句〕昭君离开汉宫,远嫁匈奴后,从此不再回来,永远和朔漠连在一起了。紫台,犹紫禁宫,帝王所居。朔漠,北方沙漠,指匈奴所居之地。 〔"独留"句〕此句意为死犹向汉。青冢(zhǒng),指昭君墓,在今内蒙古呼和浩特市西南。传说塞外草白,昭君墓上草色独青。 〔"画图"句〕《西京杂记》载:"元帝后宫既多,使画工图形,按图召幸之,宫人皆赂画工。昭君自恃其貌,独不肯与,工人乃丑图之,遂不得见。后匈奴入朝,求美人,上案图以昭君行。及去,召见,貌为后宫第一,帝悔之,而重信于外国,故不复更人。乃穷案其事,画工毛延寿弃市。"省(xǐng)识春风面,意谓元帝对着画图岂能看清她的美丽容颜。省识,认识。 〔环珮〕妇女佩戴的装饰品,指昭君。〔"千载"句〕琵琶本西域胡人乐器,相传汉武帝以公主(实为江都王女)嫁西域乌孙,公主悲伤,胡人乃于马上弹琵琶以娱之(见晋石崇《明君词序》)。因昭君与乌孙公主远嫁有类似处,故推想如此。又,《琴操》也记昭君在外,曾作怨思之歌,后人名为《昭君怨》。作胡语,琵琶中弹奏胡音。 〔曲中论〕曲中的怨诉。

解读

起句有气势,"赴"有动感。因"生长明妃尚有村",即昭君村还存在,故转而吟咏王昭君。汉元帝为求得与匈奴和亲,把王昭君出嫁给匈奴呼韩邪单于。"昭君出塞"的故事在《汉书》和《后汉书》中记载很简单,但在民间却流传极广。杜甫对王昭君的遭遇非常同情,特作此诗以怜悯其怨思。如果说首篇是咏庾信之"萧瑟"、次篇是咏宋玉之"摇落"的话,那么,此篇则是咏昭君之"怨恨"。所谓"怨恨",清人黄生《杜诗说》解释道:"'怨恨'者,怨己之远嫁,恨汉之无恩也。"故"怨恨"二字,为全诗主旨,亦为全诗之归宿处。沈德潜《唐诗别裁集》认为:"咏昭君诗此为绝唱,余皆平平。"唐汝询在《汇编唐诗十集》中甚至认为:"此篇温柔深邃,杜集中之最佳者。"

秋 兴 八 首(其一)

玉露凋伤枫树林,巫山巫峡气萧森。
江间波浪兼天涌,塞上风云接地阴。
丛菊两开他日泪,孤舟一系故园心。
寒衣处处催刀尺,白帝城高急暮砧。

注 释

〔玉露〕白露。 〔巫山〕在今重庆市巫山县东,沿江壁立,绵延达一百六十里,即为"巫峡"。 〔萧森〕萧瑟阴森。 〔丛菊两开〕杜甫离开成都后,原想尽快出峡,不料去年秋留居云安,今年秋又淹留夔州,见到"丛菊两开"。两开,也可解作在夔州第二次看到。 〔他日泪〕因回忆往昔而流泪。 〔一系(jì)〕紧系,永系。 〔故园心〕指回家的希望。 〔催刀尺〕赶制冬衣。 〔急暮砧〕黄昏捣衣的砧声很紧。

解读

《秋兴八首》也是杜甫七律的代表作,作于大历元年(766),大抵抒写其身居夔州的漂泊之感和心忆长安的故国之思。其中的第二首"每依北斗望京华"之句,可以说是《秋兴八首》的主题。这里选第一首。

起句见白露凋林,因秋起兴。次句标明地点。三四两句连天接地,气象万千,惊心动魄,其壮观场面不亚于"无边落木萧萧下,不尽长江滚滚来"。如果说前四句是因秋托兴,那么后四句则是触景伤情。五六句便因景而转入自身。末联情景并兼,不胜暮秋萧瑟之感。通篇浑厚。王世贞以为杜甫七律压卷,当从《登高》、《九日蓝田崔氏庄》或《秋兴八首》之一、之七四篇中求之,足见此篇地位之高。

阁　夜

岁暮阴阳催短景,天涯霜雪霁寒宵。
五更鼓角声悲壮,三峡星河影动摇。
野哭千家闻战伐,夷歌几处起渔樵。
卧龙跃马终黄土,人事音书漫寂寥。

注释

〔阁夜〕指夔州西阁之夜。 〔阴阳〕岁月。 〔短景〕短促的光阴。一说指寒冬昼短,也可通。 〔霁〕指霜雪停止、消散。

〔战伐〕指蜀中之乱。时蜀中军阀崔旰、郭英义、杨子琳等互相残杀。　〔夷歌〕少数民族歌谣。　〔渔樵〕唱歌的人。　〔卧龙〕指诸葛亮。徐庶谓刘备："诸葛孔明者,卧龙也。"(见《三国志·蜀书·诸葛亮传》)。　〔跃马〕指汉公孙述。公孙述据蜀,称白帝。　〔音书〕音信。

解读

唐代宗大历元年(766)冬,杜甫寓居在夔州西阁,岁暮年衰,久客他乡而不得归,睹景思古,有感而写下这首七律。起句急促,有哀叹时光、岁月如梭催人老之感。次联悲壮,前句写寒宵阁夜所闻,后句写阁夜所见,苏轼以为此乃"七言之伟丽者"。三联转入当今又起"战伐",以及对百姓生活所带来的灾难。末联想起诸葛亮与公孙述,一忠诚,一自称为帝,然无论忠逆贤愚,最终都为一抔黄土,故自己目前书信断绝、寂寞孤单的状况也就算不得什么,任其自然了。此诗写景抒怀,沉郁顿挫,为杜甫七律名篇之一。

登　　高

风急天高猿啸哀,渚清沙白鸟飞回。
无边落木萧萧下,不尽长江滚滚来。
万里悲秋常作客,百年多病独登台。
艰难苦恨繁霜鬓,潦倒新停浊酒杯。

注释

〔猿啸哀〕三峡多猿,啼声凄厉。谚云:"巴东三峡巫峡长,猿鸣三声泪沾裳。"(《水经注·江水》) 〔渚〕水中小洲。 〔落木〕落叶。 〔百年〕指一生。 〔霜鬓〕指白发。 〔新停〕新近因潦倒贫病而停止饮酒。

解读

此诗约作于大历二年(767)。当时杜甫住在夔州,秋日里登高望远,有感而写下这一著名的七律。前四句写登高所望之景,后四句转入自身抒怀,层次分明。写景则笔力开张,气势雄浑;抒怀则沉郁顿挫,悲壮苍凉。此诗虽非沈佺期《独不见》"卢家少妇郁金堂"之字圆,亦非崔颢《黄鹤楼》之句健,然雄浑悲壮,气象高远。一起便有无限感慨意,实为唐人七律的杰作之一。

绝 句 四 首(其三)

两个黄鹂鸣翠柳,一行白鹭上青天。

窗含西岭千秋雪,门泊东吴万里船。

注释

〔黄鹂〕即黄莺。 〔白鹭〕鸟名。 〔西岭〕泛指岷山。因岷山在成都西面,所以说"西岭"。 〔千秋雪〕因岷山冬夏积雪,千年不化,所以说"千秋雪"。

解读

杜甫在七绝上另创一格。喜欢以细腻的笔调来描写事物,是其特点之一。此诗纯属写景,虽只有四句,却写下了许多东西,如黄鹂、翠柳、白鹭、青天、门、窗、山、水、雪、船等,而且组构得十分有序,成为一幅画面十分丰富的图画。此诗在形式上全用对句,这在初唐稍多,盛唐则少,但对得像此诗这样工稳的,在杜甫之前几乎是没有的。所以胡应麟《诗薮》说杜甫以律为绝,"如'窗含西岭千秋雪,门泊东吴万里船'等句,本七律壮语,而以为绝句,则断锦裂缯类也"。而《唐宋诗醇》则说此诗"虽非正格,自是绝唱"。

江畔独步寻花七绝句(其六)

黄四娘家花满蹊,千朵万朵压枝低。
留连戏蝶时时舞,自在娇莺恰恰啼。

注释

〔黄四娘〕娘子是唐代妇女的美称。 〔蹊〕小路。 〔留连〕留恋不愿离开。 〔自在〕安闲舒适的样子。 〔恰恰啼〕正好叫唤起来。

解读

这首七绝四句纯属写景,通过花、枝、戏蝶、娇莺等物的描写,以及"时时舞""恰恰啼"等一系列动态刻画,渲染出一幅春意正浓的繁闹场面。全诗描写细腻、生动活泼而又清新可爱,跟盛唐那种行旅、边塞、送别诸绝的浩大场面截然不同。

江畔独步寻花七绝句(其六) 杜甫

黄四娘家花满蹊,千朵万朵压枝低。
留连戏蝶时时舞,自在娇莺恰恰啼。

赠　花　卿

锦城丝管日纷纷,半入江风半入云。
此曲只应天上有,人间能得几回闻?

注释

〔花卿〕花敬定,当时驻扎成都的一个将官,曾领兵平定了段子璋之乱,便居功自大,骄傲放纵。卿是对男子的一种尊称。〔锦城〕即今四川成都。　〔丝管〕弹吹的乐器,作为歌唱时的伴奏。　〔日〕每日,整日。　〔纷纷〕此处指音乐和歌声之多。〔江〕锦江。成都在锦江边上,所以写丝管之声被飘卷入江风。

解读

花敬定是当时驻扎在成都的一个军官,喜欢听音乐,每天请客吃酒,吹弹歌舞,作者有感于此,写下这首七绝。对于此诗的主旨,有两种说法。杨慎认为是讽刺花敬定,他说:"花卿在蜀,颇僭用天子礼乐,子美作此讥之,而意在言外,最得诗人之旨。"而黄生则认为只是赞美音乐歌曲之美。从此诗看来,主要是在赞美音乐歌曲的美妙,也可能是带有一些讽刺的意味。前两句直接描写歌乐,以"半入江风半入云"一句,便写出了歌乐的宛转缥缈,悠扬动听。正因有了此句,所以作者才发出了末二句的由衷感叹。杨慎《升庵诗话》说:"公之绝句百余首,此为之冠。"

江南逢李龟年

岐王宅里寻常见,崔九堂前几度闻。
正是江南好风景,落花时节又逢君。

注释

〔李龟年〕当时一位有名的歌唱家。 〔岐(qí)王〕唐睿宗之子,唐玄宗之弟李范。 〔寻常〕平常。 〔崔九〕崔涤。杜甫年轻时常到他家去。 〔落花时节〕本指晚春季节,这里也隐喻当时的离乱时代和作者与李龟年各自的流落身世。

解读

这诗作于大历五年(770),为作者生前写的最后一首七绝。当时作者流落长沙,正好开元时有名的歌唱家李龟年也流落在江南江潭一带,两人相遇,追昔抚今,不胜悲凉,作者于是写下此诗。首二句以对句形式,先写了过去两人的关系和承平景象,接下来写目今的现况。在山明水秀的江南相逢,本该是高兴事,却偏偏碰上个"落花时节",这四个字里既包含了江南的晚春景象,同时也包含了两人的飘零衰老和社会的动荡离乱。全诗以今昔对比的手法,抒写了作者的无限感叹。蘅塘退士孙洙说:"少陵七绝,此为压卷。"黄生说:"见风韵于行间,寓感慨于字里,即使龙标(王昌龄)、供奉(李白)挥笔,亦无以过。"

李 华

李华(715—766),字遐叔,赵州赞皇(今属河北)人。开元二十三年(735)进士,天宝二年(743)登博学宏词科,为科首。曾任监察御史、检校吏部员外郎等职。他是唐代著名的散文家,与萧颖士齐名,世号"萧李",历来被视为韩、柳古文运动的先驱。其《吊古战场文》尤为有名。《全唐诗》存诗一卷。

春 行 即 兴

宜阳城下草萋萋,涧水东流复向西。
芳树无人花自落,春山一路鸟空啼。

注释

〔即兴〕根据当前的感受而发的,称即兴。 〔宜阳〕今属河南。 〔萋萋〕茂盛貌。

解读

这是作者春行有感即兴而写下的一首七绝。在一个春光明媚的日子,诗人来宜阳城外游览,但见草色茂密,涧水淙淙流淌,曲折回复,忽东忽西。而偌大的芳树林,居然不见一个人的踪影,所经之处,一路上只有香花自落,鸟儿空啼。全诗都是景色描写,却暗暗地透露出一丝惜春之情。景中寓情,意在言外,正是此诗的最大特色。

春行即兴　　　　　李华

宜阳城下草萋萋,涧水东流复向西。
芳树无人花自落,春山一路鸟空啼。

岑 参

岑参(715—770),棘阳(今河南沁阳)人,天宝三载(744)进士。曾两度从军,任安西节度使府掌书记,及安西、北庭节度判官。后又任太子中允、嘉州刺史等。在成都去世。他与高适一样,也以边塞诗著称。在长篇歌行、五七言绝句、五七言律诗等方面都有相当重要的地位。内容也很丰富。若以名篇名句而言,他比高适流传后世的数量还要多。有《岑嘉州集》。

白雪歌送武判官归京

北风卷地白草折,胡天八月即飞雪。
忽如一夜春风来,千树万树梨花开。
散入珠帘湿罗幕,狐裘不暖锦衾薄。
将军角弓不得控,都护铁衣冷难着。
瀚海阑干百丈冰,愁云惨淡万里凝。
中军置酒饮归客,胡琴琵琶与羌笛。
纷纷暮雪下辕门,风掣红旗冻不翻。
轮台东门送君去,去时雪满天山路。
山回路转不见君,雪上空留马行处。

注释

〔武判官〕名不详,岑参的友人。 〔归京〕回京城长安。 〔白草〕西北地区所产之草,干枯时成白色,故名。 〔角弓〕以兽角为饰的硬弓。 〔不得控〕拉不开。 〔都护〕镇守边疆的长官。唐时置六都护府,各设大都护一员。 〔铁衣〕金属制成的战衣。 〔瀚海〕旧注沙漠。据今人柴剑虹《"瀚海"辨》说,维吾尔人习惯将陡峭的山崖所形成的陂谷叫作 hang,音译成"杭海"或"瀚海",可备一说。 〔阑干〕纵横貌。 〔中军〕本义是主帅亲自率领的部队,这里借指主帅所居的营帐。 〔"胡琴"句〕古人饮酒时作乐侑觞,胡琴、琵琶、羌笛都是所奏乐器。〔辕门〕军营的门。古代行军驻扎军营时,出入处把两车的车辕相向竖起,对立如门。 〔风掣(chè)句〕意谓红旗在冰雪中僵冻,风使劲地吹着,它也无从飘动翻卷。掣,牵曳。 〔轮台〕在今新疆米泉境内。 〔天山〕一名祁连山。山脉横亘新疆东西,长六千余里。 〔君〕武判官。

解读

《白雪歌送武判官归京》这类诗题,是送别诗题,又与一般送别诗不同,它要求在以送别为主旨的同时,始终不离所歌咏之物。比如这首诗就要求将送别与歌咏白雪有机地融洽在一起,后者为前者服务。所以难度比单纯的送别或咏物诗大得多。此诗是天宝十三载(754)岑参在任安西、北庭节度判官时,在轮台幕府雪中送武判官回京有感而写下的一首名诗。"中军置酒饮归客""轮台东门送君去",是诗的中心,而写法则先从白雪起。

开篇四句是用先声夺人的手法,以瑰丽的语言写野外之雪,突出的是一个"早"字,写出了西北地区北风猛烈、八月飞雪的奇观。接下四句写天寒地冻对军队的影响,写奇寒,也写将士的辛苦,着重于一个"冷"字。"瀚海"以下四句,由帐幕又进入送别的中心饯别处,突出的是一个"愁"字。以上三节从三个角度写白雪,而诗脉则从外而内,在渲染气氛的同时,渐次将人引入送别的中心。而"将军角弓""都护铁衣""中军"等词与词组,更点明了送别的地点与人物的身份。"纷纷暮雪"起四句是宴罢送行出中军帐,至辕门,又至轮台东门,是送别的路线,步步不离咏雪的线索。最后二句,雪路萦回,行人渐杳,"雪上"只空留着判官的"马行处",雪与送行高度融合在一起,给人以无限怅惘之感。

走马川行奉送出师西征

君不见走马川,雪海边,平沙莽莽黄入天。
轮台九月风夜吼,一川碎石大如斗,随风满地石乱走。
匈奴草黄马正肥,金山西见烟尘飞,汉家大将西出师。
将军金甲夜不脱,半夜军行戈相拨,风头如刀面如割。
马毛带雪汗气蒸,五花连钱旋作冰,幕中草檄砚水凝。
虏骑闻之应胆慑,料知短兵不敢接,车师西门伫献捷。

注释

〔走马川〕应是河名,难以详考。 〔雪海〕《新唐书·西域传下》:"出安西南地千里所,得勃达岭。……北三日行,度雪海,春夏常雨雪。"〔轮台〕唐时属庭州,在今新疆米泉境内。〔金山〕今甘肃玉门、西宁均有金山,又阿尔泰山亦称金山,但地理方位与此均不切合,此未知何指。 〔"五花"句〕意谓汗和雪在马身上很快地就结成冰。五花和连钱,都是指斑驳的毛色,指一种名贵的马。 〔草檄〕起草声讨敌人的文书。 〔虏骑〕敌军。古时泛称北方的民族为虏。 〔短兵〕刀剑一类的兵器。〔接〕接战,交锋。 〔车师〕安西都护府所在地,在今新疆吐鲁番。 〔伫(zhù)〕等待。 〔献捷〕胜利后献所得的成果。

解读

天宝十三载(754),封常清受命为北庭都护、伊西节度、瀚海军使,奏调岑参为安西北庭节度判官。军府驻轮台。当时封常清出师西征,岑参留守军府,并未随行,却写下这首诗以送行。开篇数句,尽写西北边地的荒凉风光和气候环境的恶劣。接下写匈奴在秋高马肥之季发兵进攻,挑起战争,而"汉家大将"封常清急忙率军出师西征应战。"将军金甲"以下三句写战事紧张,将军夜不脱甲,士兵寒夜行军兵器碰撞,刺骨之风如刀割面。"马毛带雪"以下三句,既写马匹疾驰于雪地状况,又写了天气的寒冷严酷。末尾三句则预祝此次出师西征能大获全胜,等待凯旋的捷报。这是奉送出师征战的通常写法。唐人歌行多二句换一韵,此诗则三句换一韵,此出于秦碑。杜甫诗中也多有,能造成奇峭迫促的气氛。唐人七古,以后多从岑参、李白、杜甫一脉发展。

轮台歌奉送封大夫出师西征

轮台城头夜吹角,轮台城北旄头落。
羽书昨夜过渠黎,单于已在金山西。
戍楼西望烟尘黑,汉兵屯在轮台北。
上将拥旄西出征,平明吹笛大军行。
四边伐鼓雪海涌,三军大呼阴山动。
虏塞兵气连云屯,战场白骨缠草根。
剑河风急雪片阔,沙口石冻马蹄脱。
亚相勤王甘苦辛,誓将报主静边尘。
古来青史谁不见,今见功名胜古人。

注释

〔轮台〕即今新疆米泉境内。 〔封大夫〕即封常清。〔角〕军中所吹报时乐器。 〔旄头〕即"髦头",也即是二十八宿中的昴宿,旧时称"胡星"。旄头落,意谓胡人败亡之兆。 〔羽书〕紧急军书,上插鸟羽,以示加速。 〔渠黎〕本汉西域国名,在轮台东南。 〔单于〕本是匈奴君长的称号,此以汉西域之军与匈奴之战,比拟唐与播仙之战。 〔金山〕今甘肃玉门有金山,或称阿尔泰山。 〔上将〕犹大将。 〔旄〕旌旗杆上的饰物。唐时节度使皆拥旄节,得以专制军事。 〔平明〕天刚亮时。　〔吹笛〕首句的"吹角"指集合部队,这里的"吹笛"指出兵。　〔阴山〕在今内蒙古中部,匈奴常据此侵汉。　〔虏塞〕敌方要塞。　〔剑河〕在今新疆境内。　〔沙口〕地名,不详。〔亚相〕犹次相。汉制,御史大夫位上卿,称亚相。封常清时摄御史大夫,故称之。　〔勤王〕为王事而勤劳。　〔青史〕古代削青竹为简以记事,故史册称青史。

解读

此诗与《走马川行奉送出师西征》一诗差不多作于同一时段,所写内容也是军队出师西征的战况。所不同者,前首多写战地环境的荒凉和气候的恶劣,此首多写军队的出发和应战;前首多写战时行军的艰苦,此首虽然也有"石冻马蹄脱"等艰难场面,但毕竟以胜者奏凯的基调为主。两首七言歌行都以雄健的笔力描写边塞战事,可参看。

山 房 春 事

梁园日暮乱飞鸦,极目萧条三两家。
庭树不知人去尽,春来还发旧时花。

注释

〔山房〕山中之屋。　〔梁园〕即兔园,又称梁苑,里面有亭台山水,为汉梁孝王所建,在今河南商丘东。　〔极目〕一眼望去。　〔萧条〕寂寞冷落的样子。

庭树不知人去尽,春来还发旧时花。

解读

据《西京杂记》记载,梁园是汉梁孝王所建的一座豪华的宫苑,里面山水亭台,草木鱼鸟,应有尽有,是一个著名的游览胜地,后来则成了一片荒地。作者有感于此,写下此诗。诗中极写今日的荒凉景色,以与昔日的繁华相对照:乌鸦在暮色中乱飞,极目望去,但见冷冷清清的两三户人家,唯有庭树不知人已去尽,还与往年一样,当春天来临之际,依然开花。《唐诗训解》说:"人去花在,情景凄然。"全诗虽属写景,却寄托了作者的无限感慨。特别是后二句,古代不少诗评家都认为是作者的绝调。

行军九日思长安故园

强欲登高去,无人送酒来。
遥怜故园菊,应傍战场开。

注释

〔九日〕即九月九日重阳节。 〔长安故园〕指长安杜陵山中的别业。 〔强〕勉强。 〔傍(bàng)〕依傍,临近。

解读

此诗作于唐肃宗至德二载(757)。当时作者任右补阙,随从肃宗在凤翔。恰逢九月九日重阳节,想起长安故园而作此五绝。以唐人风俗,重阳节应登高饮菊花酒,所以首句说"强欲登高去"。由于当时正逢"安史之乱",长安陷落,生活很不稳定,已无法像以往那样悠闲自得地痛饮菊花酒了,所以次句说"无人送酒来"。后两句是作者的想象,因当时长安已为乱兵占领,所以作者推想:今日故园之菊,应是依傍战场而开了。诗中充溢着家国之思,无限悲怆。

戎昱

戎昱，荆南（今湖北江陵附近）人。早年举进士不第，浪游湖、湘一带。贞元年间曾任辰州刺史和虔州刺史。《全唐诗》存其诗一卷，内容较杂，咏物、感怀、行旅、边塞、寄赠等都有。虽然没有王昌龄、王之涣的边塞诸绝雄浑豪壮，但也稍有气概。

移家别湖上亭

好是春风湖上亭，柳条藤蔓系离情。
黄莺住久浑相识，欲别频啼四五声。

注释

〔移家〕即搬家。　〔好是〕正是，恰是。　〔系〕牵缠的意思。　〔浑〕简直。

解读

作者本来家住湖上亭里，现在要移居他处，但对旧居又分外有情，便写下这首七绝。首句发叹，底下三句都由此生出。湖上亭中的那些柳条藤蔓，都像绳丝一样缠住了作者的离别之情，而那过去一直朝夕相处的黄莺，因时间住久，彼此已将认识了，临别时还在频频啼叫。这些都是由于作者本身有难舍之情，才对它物产生了这样的感觉。全诗写得既巧妙，又十分真实贴切。

移家别湖上亭 戎　昱

好是春风湖上亭,柳条藤蔓系离情。
黄莺住久浑相识,欲别频啼四五声。

张　继

张继,字懿孙,襄州(今湖北襄阳)人。大约与杜甫等同时。天宝进士,曾在军中任幕僚,又为盐铁判官、检校祠部员外郎。《唐才子传》说他"博览有识,好谈论,知治体,亦尝领郡,辄有政声。诗情爽激,多金玉音"。可见他在任官和作诗上都有一定才华。尤以绝句著称。《全唐诗》存其诗一卷。

枫 桥 夜 泊

月落乌啼霜满天,江枫渔火对愁眠。
姑苏城外寒山寺,夜半钟声到客船。

注释

〔枫桥〕在今江苏苏州阊门外。　〔渔火〕渔船上的灯火。〔对愁眠〕对着江枫渔火而未能入眠。　〔姑苏城〕即苏州市,因城内有姑苏山得名。　〔寒山寺〕枫桥附近的一个寺院,在阊门西十里,今尚存。　〔夜半钟声〕唐朝时寺院有夜半打钟的习惯,宋朝已无。

解读

　　这是一首描写行旅生活的七绝。作者夜泊枫桥,在船中不能入眠,但见舱外月落乌啼,霜露满天,渔船上的灯火映着江边的红枫;而当夜半时分,姑苏城外寒山寺里的钟声又传到船中。全诗表面写作者夜泊舟中所见所闻的深秋景色,实际上是写行旅中的失眠之苦和孤寂情怀。清人管世铭《读雪山房唐诗抄》定其为唐人七绝压卷之作之一。

韦应物

韦应物(732？—789？)，京兆长安(今陕西西安)人。早年尚豪侠，在唐玄宗的宫中任三卫郎。后由比部员外郎，出为滁州、江州刺史，改左司郎中，最终任苏州刺史。他的诗风格比较清淡，又擅长五言诗，故与柳宗元有"韦柳"之称。白居易在《与元九书》中也评道："其五言诗，又高雅闲淡，自成一家之体。"其实，他在七言律诗、七言绝句等方面也有相当成就。有《韦苏州集》。

淮上喜会梁州故人

江汉曾为客，相逢每醉还。
浮云一别后，流水十年间。
欢笑情如旧，萧疏鬓已斑。
何因不归去？淮上有秋山。

注释

〔淮上〕淮水边。 〔梁州〕在今陕西南郑东。 〔故人〕老朋友。 〔江汉〕即汉江，源出陕西南部。 〔浮云〕喻聚散无常。 〔流水〕喻岁月如流，又暗合江汉。 〔"萧疏"句〕意谓零落的发角已现花白。

解 读

从诗题上"淮上"二字看,此诗或作于滁州刺史任上。因韦应物生前曾任此职,而滁州地近淮南一带。诗人与友人昔日曾在梁州相处,此次友人返北途中,恰与诗人在淮上相逢,诗人喜不自禁,特作此五律。首联即追忆两人客游江汉时的情景,次联极言时间流逝之快,三联言双方外貌变化之大。盖友人曾问其何不回长安,故末联有"何因不归去?淮上有秋山"之句。恋淮上之秋山而不恋京城之繁华,正可见诗人的胸怀志趣。

寄李儋元锡

去年花里逢君别,今日花开又一年。
世事茫茫难自料,春愁黯黯独成眠。
身多疾病思田里,邑有流亡愧俸钱。
闻道欲来相问讯,西楼望月几回圆。

注 释

〔李儋元锡〕李儋字元锡,曾官殿中侍御史。作者友人。元锡,或疑另有其人,非李儋字。 〔君〕指李儋。 〔邑〕小县城,这里指自己管辖的滁州地区。因当时诗人正任滁州刺史。以下的西楼也当在滁州。

解 读

这是一首寄赠给友人的七律。首联写自己与友人分别已有一年。次联写忧时之心,因安史之乱后又有朱泚之乱。三联名句,仁者之心可见。虽身在病中,见邑有流亡,犹能引咎自责,千百年后为官而能存此心者,亦不多见。末联转入对友人的思念,扣题,又见友情。全诗八句皆佳。而纪昀居然发现上四句是"闺情语",真可谓善识诗者。

滁 州 西 涧

独怜幽草涧边生,上有黄鹂深树鸣。
春潮带雨晚来急,野渡无人舟自横。

注释

〔滁州〕今属安徽。 〔西涧〕在滁州城西,俗名上马河。〔怜〕爱。 〔幽草〕深草。 〔黄鹂〕即黄莺。 〔深树〕枝叶茂密的树。 〔野渡〕无人管理的摆渡口。

解读

这是一首写景七绝,极写滁州西涧的幽深景致。以"幽草""深树",写其环境的幽静,但在幽静之中,又写了许多活动之状,涧边的幽草在生长萌发着,深树里的黄莺在鸣叫着,春潮带着雨点,使上马河的流水更加湍急,野渡口虽然无人,但那只摆渡的小船却被水流冲击得而在自己摇摆着。凡此种种,静中有动,动中有静,写出了一幅幽静深邃而又富于生机的春天景色。全诗清新冲淡,幽丽自然,是唐代其他的七绝作家所较少有的。

刘长卿

刘长卿(？—约791)，字文房，宣城(今属安徽)人，一作河间(今属河北)人。天宝进士，曾任监察御史，后贬潘州南巴尉，最后任随州刺史，后世称刘随州。其诗气韵流畅，意境幽深，以五言诗擅长，集中十之七八均为五言诗，曾自诩为"五言长城"。其实他在七言律诗和七言绝句方面也取得了很高的成就，有很重要的地位。与钱起有"钱刘"之称。有《刘随州集》。

饯别王十一南游

望君烟水阔，挥手泪沾巾。
飞鸟没何处，青山空向人。
长江一帆远，落日五湖春。
谁见汀洲上，相思愁白蘋。

注 释

〔饯别〕以酒食送行。 〔王十一〕名未详，十一是他的排行，应是作者的友人。 〔"望君"句〕指王十一的船已在烟水空茫处。 〔飞鸟〕比喻远行的人。 〔没何处〕侧写作者仍在凝望。 〔空向人〕枉向人，意思是令人徒增相思。 〔"落日"句〕

指王十一到南方后,当可看到夕照下的五湖春色。五湖,这里指太湖。 〔汀洲〕水中可居之地,这里指江岸。 〔白蘋〕一种水草,花白色。

解读

这是一首饯别友人的五言律诗。起联写挥手作别,满是情意。第三句有比意。杜甫诗有"青山空复情",此处则说"青山空向人",不论先后,都是有情语。"长江一帆远",壮阔;"落日五湖春",绚丽。后贾岛有"长江风送客",然未必及"长江一帆远"。末联转入别后相思,与首联呼应。通篇当得"情深"二字。

新 年 作

乡心新岁切,天畔独潸然。

老至居人下,春归在客先。

岭猿同旦暮,江柳共风烟。

已似长沙傅,从今又几年?

注释

〔乡心〕望乡之心。 〔天畔〕边远之地。当指潘州南巴(今广东茂名)。作者曾由长洲尉贬为南巴尉。 〔潸然〕流涕貌。 〔旦暮〕晨昏,早晚。 〔长沙傅〕指贾谊。汉文帝时曾出为长沙王太傅。

解读

宦游人偏惊物候之变,况贬谪之人又逢新岁!首句"乡心新岁切",意思是望乡之心至新年而更为迫切。下文皆扣"切"字,因"切"而潸然涕下,因"切"而益感耻居人下,而怨春之先归,又因"切"而哀同啼猿,而怜于江柳,而有感于贾谊三年之谪。正如清人顾安《唐律消夏录》所评:"句句从'切'字说出,便觉沉着。"领联锻炼至极而归于自然,已得前人盛赞,其实腹联说自己终日与岭猿同晨昏,又与江柳共风烟,映衬其"天畔"流落孤苦之状,也有妙处。末联则把自己的贬谪之苦又推进了一层。

长沙过贾谊宅

三年谪宦此栖迟,万古惟留楚客悲。
秋草独寻人去后,寒林空见日斜时。
汉文有道恩犹薄,湘水无情吊岂知?
寂寂江山摇落处,怜君何事到天涯。

注释

〔贾谊宅〕在今湖南长沙。贾谊是西汉著名的文学家和政论家,因才华出众,遭朝中小人谗毁而贬谪为长沙王太傅。〔"三年"句〕贾谊为长沙王太傅三年。栖迟,游息,即居住的意思。 〔楚客〕泛指客游长沙的人,也是自指。一说指贾谊,他当时客于楚地。长沙为古楚国地。　〔"秋草"二句〕写贾谊宅故址的荒凉和自己低回吊古的心情。这里的"人去后""日斜时",是用贾谊《鵩鸟赋》中语,与长沙贾谊宅有关。　〔"汉文"句〕在中国古代历史上,汉文帝一向被认为是有道的君主,但他始终不能重用贾谊。　〔"湘水"句〕屈原自沉湘水,贾谊谪长沙渡湘水时,曾写过一篇《吊屈原赋》,投入水中以哀悼之。　〔怜君〕怜贾谊而实怜自己。

解读

刘长卿生前两次被贬,一次贬潘州南巴尉,一次被贬为睦州司马,故对贾谊那样的历史人物和遭遇,在心理上极容易引起共鸣,唤起同情。这首七言律诗,便是他被贬途中路过贾谊故宅有感而写下的。诗中凭吊贾谊,却又自怜身世,特别是后四句,每句都写到自家身上。用清人黄生《唐诗摘抄》中的话来说:"怜贾正所以自怜也。"所以此诗的最大特点也即最成功之处,便是将凭吊古人与自伤身世水乳交融地结合在一起。结句"何事"二字,特耐寻味。非罪而远谪,有不平意,却极委婉。

别 严 士 元

春风倚棹阖闾城,水国春寒阴复晴。
细雨湿衣看不见,闲花落地听无声。
日斜江上孤帆影,草绿湖南万里情。
东道若逢相识问,青袍今已误儒生。

注释

〔严士元〕吴人(今江苏苏州人),曾官员外郎。作者贬官过吴,与严往还,临别作此诗相赠。 〔倚棹〕停船。棹原是划船的工具,后多作船的代称。 〔阖闾城〕即苏州城,今江苏苏州。相传春秋时伍子胥为吴王阖闾所筑。 〔水国〕水乡。 〔东道〕东道主的省称,指严士元。 〔相识〕指认识作者的人。〔青袍〕即"青衿",古时知识分子的代称。又唐制:三品官以上服紫,五品以上服绯,六品、七品服绿,八品、九品服青。作者时贬潘州南巴尉,尉秩为从九品下,正好服青。唐诗中常以"青袍"代指官阶的低下。

解读

这是一首赠别友人的七言律诗。当时诗人被贬潘州南巴尉,在赴任途中路过阖闾城,辞别严士元而作。起联写辞别友人的季节和地点,次联承"阴复晴"而下,故有"细雨湿衣""闲花落地"之句,三联写别后情景。末联说,如有相识者向你严士元问起我刘长卿,便说作为一个负有经世重任的儒生,今已被区区一袭青袍所误了。此诗次联诗律秀润,有"润物细无声"之妙。三联也是情景交乳。唯结句嫌露,与上六句不称。

逢雪宿芙蓉山主人

日暮苍山远,天寒白屋贫。
柴门闻犬吠,风雪夜归人。

逢雪宿芙蓉山主人　　　刘长卿

日暮苍山远,天寒白屋贫。
柴门闻犬吠,风雪夜归人。

注释

〔主人〕指留宿作者的人家。 〔白屋〕贫寒的屋子。

解读

作者一次行旅中遇上大风雪,又是夜幕将临之际,只得投宿在芙蓉山中一户贫寒人家。刚推动柴门,便听到一阵狗叫。寥寥数语,生动描写出投宿时深山雪夜的情景。

送灵澈上人

苍苍竹林寺,杳杳钟声晚。
荷笠带斜阳,青山独归远。

注释

〔灵澈〕会稽云门寺和尚,作者的友人。 〔杳杳〕深沉的样子。 〔荷〕背负。

解读

这是一首送别的五绝。因所送友人是个僧人,所以诗中有"竹林寺""钟声晚"诸物的描写。后两句写灵澈独归:夕阳斜照在背负的斗笠上,一个人往青山慢慢走去,情景宛然如画。

钱 起

钱起(715?—780?),字仲文,吴兴(今浙江湖州一带)人。天宝进士,授秘书省校书郎,后任蓝田尉、司勋员外郎、考功员外郎等职。人称钱考功。他是"大历十才子"之一。诗与刘长卿齐名,号"钱刘";又与郎士元齐名,号"钱郎"。以律诗与绝句传世的名作较多。有《钱考功集》。

归 雁

潇湘何事等闲回?水碧沙明两岸苔。
二十五弦弹夜月,不胜清怨却飞来。

注释

〔"潇湘"句〕这句是发问,意即大雁到底是为了什么事情要从潇湘飞回来呢?潇湘,湘江流到湖南零陵西合潇水,称潇湘。等闲,随便。 〔两岸〕指潇湘两岸。 〔苔〕供雁吃的植物。〔二十五弦〕指瑟。据古书记载,"颂瑟"有二十五弦。因古代有湘水女神善鼓瑟的神话传说,故说"二十五弦弹夜月"。 〔不胜〕禁受不住。 〔却〕仍然的意思。

解读

这是作者见大雁北返,触动情怀而写下的一首七绝。大雁作为一种候鸟,每当春暖花开之时由南返北,本是一种很正常的自然现象,而作者却偏偏发问,潇湘一带"水碧沙明",两岸莓苔,水暖食足,为何要返北呢?接着作者又代雁回答,不是乘春北返,而是禁受不住湘水女神那种清怨的瑟声才飞回来的。这虽都是想象之词,但通过这样一问一答,却把雁写成了通晓音乐和富于感情的生灵了。全诗哀怨幽美,想象丰富,表面写雁,实际上是写作者在春夜的感受。清人管世铭推此诗为唐人七绝压卷之作之一。

暮春归故山草堂

谷口春残黄鸟稀,辛夷花尽杏花飞。

始怜幽竹山窗下,不改清阴待我归。

注释

〔黄鸟〕即黄莺(一说黄雀),叫声婉转悦耳。 〔辛夷〕木兰树的花,故又称木兰花,比杏花开得早。 〔怜〕怜爱。

解读

这是诗人在暮春时节回归故山草堂有感而写下的一首七绝。因草堂在山上,故起句出现"谷口"便不足为奇,也标明了诗人所写景象是从"谷口"开始的。又因为是"暮春"时节,已是春意阑珊,所以首句中又用了"春残"二字,而黄莺的叫声也稀疏,与孟春的热闹春景已大相径庭。故次句的"辛夷花尽杏花飞",

暮春归故山草堂　　　钱　起

谷口春残黄鸟稀,辛夷花尽杏花飞。
始怜幽竹山窗下,不改清阴待我归。

正是"春残"景象的进一步写照。然尽管辛夷花尽,杏花飘飞,春色将去,可是山窗下的那片"幽竹",却一如既往,不动声色,"不改清阴",默默地等待主人的归来。全诗前后对照,在感慨了故山草堂春色变化的同时,更表达了诗人对"幽竹"品质的赞美。"始怜"二字,正可以看出诗人对"幽竹"的发现和态度,而末句居然成了名句。

顾 况

顾况(726?—806后),字逋翁,海盐(今属浙江)人。一作苏州(今属江苏)人。至德二载(757)进士。建中中,以大理司直为润州刺史,并在浙江东西节度使韩滉幕为判官。贞元中任校书郎,转著作郎,以嘲讽权贵,贬为饶州司士参军。晚年隐居于润州延陵茅山,自署"华阳山人"。能诗能画,善画山水。诗则平易流畅,多反映时弊,语言不避俚俗,时杂口语,实开新乐府之先河。有《华阳集》。

宫　　词

玉楼天半起笙歌,风送宫嫔笑语和。
月殿影开闻夜漏,水精帘卷近秋河。

注释
〔宫词〕专门写宫中琐事的诗。　〔玉楼天半〕形容宫楼之高。　〔笙〕簧管乐器。　〔宫嫔〕宫女。　〔夜漏〕晚上宫里铜壶滴漏水的声音。古代没有钟,就用铜壶的滴水声来计算时间。〔水精〕即水晶。　〔秋河〕即天河。

解读
这首描写宫怨的七绝,用的是对比手法。前二句极写皇帝宫殿里的热闹景象,悠扬的笙歌之声与得宠宫嫔的笑语之声一起随风飘荡;后二句则写失宠的宫嫔孤守冷宫,寂寞地听着铜壶滴水之声,独自卷帘望着天上的银河出神。这里用了一个"近"字,不仅说明夜深,更衬出了这个宫嫔心情的幽怨之深。全诗上二句写闹,下二句写静,一闹一静,一暖一冷,把个失宠宫嫔的哀怨之情都给婉转地揭示了出来。

听角思归

故园黄叶满青苔,梦破城头晓角哀。
此夜断肠人不见,起行残月影徘徊。

注释

〔角〕古代军中的一种乐器。 〔故园〕故乡。 〔梦破〕梦醒。 〔晓角〕早晨的角声。 〔残月〕残缺的月。 〔影〕主人公自己的身影。

解读

这是一首描写戍夫思归的七绝。首句是戍夫在睡梦中想象家园的情景,二句是梦后戍夫听到的晓角之声。故园已芜,晓角哀鸣,怎不叫人"断肠"? 怎能叫人入眠? 故起行而独自徘徊,唯有残月相伴,如此寂寞冷清的环境,则思归之情更可想见了。全诗虽然没有一个"思归"的字眼,但通过环境气氛的描写与烘托,却把思归的心情表现得十分真切动人。

李 端

李端,字正己。赵郡(今河北赵县)人。大历五年(770)进士,授秘书省校书郎,因病辞官,后出任杭州司马。为"大历十才子"之一。《全唐诗》录存其诗三卷。

拜 新 月

开帘见新月,即便下阶拜。
细语人不闻,北风吹裙带。

注释
〔细语〕对月细诉心曲。

解读
唐代妇女有拜新月的习俗。此诗写一女子撩开门帘,见新月当空,马上就走下台阶拜起来,只见她一个人对皓月细语,旁人都听不到,唯有北风吹动着她的裙带。全诗风神摇曳,情味特浓,令人赞叹不已。

听 筝

鸣筝金粟柱,素手玉房前。

欲得周郎顾,时时误拂弦。

注释

〔筝〕中国古代的一种乐器,流传至今。 〔金粟柱〕筝上系弦的木头称柱,金粟则是柱上的装饰。 〔素手〕白手。对弹筝女子的形容。 〔周郎〕即三国东吴大将周瑜。他精通音乐,有演奏错误,必知而视演奏者,所以当时有"曲有误,周郎顾"的谣谚。

解读

这是一首描写听筝的五绝。几位女子在华丽的玉房前演奏筝,音乐声从装饰有金粟的筝器上弹奏而出,作者与其他人在旁静听。其中有一女子为了让听众能注意自己,故意把筝弦时时弹错,从而希望得到听者的宠幸与怜爱。全诗从弹筝、听筝,曲写女子心态,笔墨不多而含意甚深。

宿淮浦忆司空文明

愁心一倍长离忧,夜思千重恋旧游。
秦地故人成远梦,楚天凉雨在孤舟。
诸溪近海潮皆应,独树边淮叶尽流。
别恨转深何处写,前程唯有一登楼。

注释

〔淮浦〕淮水之滨。淮水,即淮河,源出河南桐柏山,流经楚地,唐时于淮阴涟山入海,故颈联写下游诸溪亦接海潮,今则经高邮湖入长江。　〔司空文明〕司空曙字文明,作者友人。〔旧游〕犹故人。　〔秦地〕指长安。司空曙曾官左拾遗。

解读

作者与司空曙交情颇深,集中寄赠之诗多达十余首,如《九日赠司空文明》《晚游东田寄司空曙》《秋日旅舍别司空文明》《江上喜逢司空文明》《送司空文明归江上旧居》《忆故山赠司空曙》等。这首七言律诗当是大历末年作者出任杭州司马途宿淮浦所作,故有"离忧"之叹而益恋"旧游"。中二联情景凄凉,亦兴亦比:楚天凉雨,兴也;独树边淮,比也,不胜漂泊之感。末联作结,既写别恨,亦切旅思。大历年间的七律多有平远之致,此首也是。

司空曙

司空曙(720?—790?),字文明,一作文初,广平(今河北永年)人。安史之乱,避地江南,后登进士。大历年间任洛阳主簿,后为左拾遗。建中三年(782)出为长林丞。贞元初入剑南西川节度使幕,领衔水部郎中。官终虞部郎中。为"大历十才子"之一。诗多写自然景色与乡情旅思,绰有余韵,长于近体,五律尤胜。《全唐诗》录存其诗二卷。

云阳馆与韩绅宿别

故人江海别,几度隔山川。
乍见翻疑梦,相悲各问年。
孤灯寒照雨,湿竹暗浮烟。
更有明朝恨,离杯惜共传。

注释

〔云阳〕唐关内道京兆府云阳县,治所在今陕西泾阳西北。云阳馆,云阳县馆舍。 〔故人〕老朋友,指韩绅。 〔乍见〕突然见到。 〔翻疑梦〕反而以为似在梦中。 〔离杯〕指饯别之酒。

解读

　　这是诗人在旅途中邂逅分别多年的老友韩绅,两人共宿一宵,次日又须分手,感慨颇多而写下的一首五律。首联写久别,次联写重逢乍见之惊讶和悲伤,三联写景,然景中寓情,末联写饯别,"恨"字有情。此诗与李益《喜见外弟又言别》一诗同意,均为大历五律名篇,未有高下之分。

喜外弟卢纶见宿

静夜四无邻,荒居旧业贫。
雨中黄叶树,灯下白头人。
以我独沉久,愧君相见频。
平生自有分,况是蔡家亲。

注释

〔外弟〕表弟。多指姑舅兄弟。卢纶祖籍范阳,徙于河中,作者为广平人,祖上当有姻亲关系,故以表兄弟相称。　〔蔡家亲〕指表亲。《晋书·羊祜传》:"祜,蔡邕外孙。"因称表亲为"蔡家亲"。

解读

　　司空曙与卢纶都是唐大历年间的著名诗人,同时又是表兄弟。一次,卢纶突然来访留宿,使司空曙十分惊喜,有感而写下这首五律。首联写自己住宿地的安静孤独与荒凉贫困,借以托出外弟卢纶来访宿的惊喜缘由。次联先写雨中黄树叶,后写灯下白发人,由景及人,实际上两相映照,有比附意,以树叶的枯黄来比拟人的容颜衰老,虽似口中语,却成千古名句。三联又是对比,前句先写自己长久地孤独沉沦,后句写卢纶,多承他经常来看顾。末句言友情,"有分"即有情谊之意,何况我俩又是表亲呢?

卢 纶

卢纶,字允言,蒲州(今山西永济)人。屡试进士不第。后得宰相元载提携,任监察御史、检校户部郎中等职。"大历十才子"之一。七言律诗和绝句中均有名作。《全唐诗》录存其诗五卷。

塞 下 曲

月黑雁飞高,单于夜遁逃。
欲将轻骑逐,大雪满弓刀。

注释
〔塞下曲〕乐府诗题,古代歌曲的一种。 〔单于〕泛称北方民族的首领。 〔轻骑〕轻装快速的骑兵部队。

解读
这是一首描写边塞战事的五绝。在一个月黑风高的夜里,忽闻"单于"逃遁,于是轻骑部队马上雪夜追击。此诗雄浑遒劲,颇有气骨。

晚 次 鄂 州

云开远见汉阳城,犹是孤帆一日程。

估客昼眠知浪静，舟人夜语觉潮生。

三湘衰鬓逢秋色，万里归心对月明。

旧业已随征战尽，更堪江上鼓鼙声。

注释

〔鄂州〕汉江夏郡，隋改置鄂州，唐因之。今为湖北武昌。〔汉阳〕今属湖北武汉。 〔估客〕商人。 〔三湘〕泛指今湖南。 〔鼓鼙声〕战鼓声。

解读

这是卢纶在避乱南行途中所写的一首七律。首联写晚次鄂州所见与行程，次联写泊舟的白昼与夜晚情景，三联感叹身世与写望归之情，末联写战乱对事业带来的伤害，以及战乱的继续。此诗八句皆佳，中四句都是名句，就是置入杜甫集中，也必为名篇。

戴叔伦

戴叔伦(732—789),字次公,一作幼公,润州金坛(今属江苏)人。曾任东阳令、抚州刺史、容管经略使等职。他的诗在当时就有一定影响,以律诗与绝句中的佳篇为多。《全唐诗》录存其诗二卷。

题 三 闾 庙

沅湘流不尽,屈子怨何深!
日暮秋风起,萧萧枫树林。

注释

〔三闾庙〕即屈原祠。屈原曾任楚国三闾大夫。 〔沅湘〕指沅水与湘水,均在今湖南境内。

解读

屈原投江自尽后,人们为了纪念这位伟大的爱国诗人,曾建祠庙祭祀。作者曾在湖南幕府任职,一次游览三闾大夫庙,不禁引起了对屈原的思念,写下此诗。前两句写见沅湘之水流淌不断,想到屈原生前的冤屈和幽怨;后两句写日暮中秋风顿起,使枫树林发出声响。写景寓情,暗含怀古苍凉之思。

除夜宿石头驿

旅馆谁相问,寒灯独可亲。
一年将尽夜,万里未归人。
寥落悲前事,支离笑此身。
愁颜与衰鬓,明日又逢春。

注释

〔除夜〕除夕,大年三十之夜。 〔石头驿〕石头津驿站,在今江西新建赣江西岸石步镇。 〔"一年"二句〕梁武帝萧衍《子夜四时歌·冬歌》"一年漏将尽,万里人未归",为其所本。 〔支离〕衰弱。

解读

此为诗人除夕独宿驿舍,有感而写下的一首五言律诗。起写环境,唯寒灯可亲,其孤寂可知。当此之际,无限身世之感,涌集心头,真乃"人何以堪"!以下六句均由此而来。故此诗无所谓起承转合,纯是抒怀,一意直下。似大历,又似白居易。大历与元和之承接,正在此等处着眼。

李 益

李益(748—约829),字君虞,陇西姑臧(今甘肃武威)人。大历进士,授郑县尉,抑郁不快,遂弃官游燕、赵诸地。曾长期在军中生活。后任秘书少监、礼部尚书等职。《嘉祐杂志》列他为"大历十才子"之一。《唐国史补》说他"诗名早著"。《唐音癸签》说:"七言绝,开元以下,便当以李益为第一,如《从军》诸篇,皆可与太白、龙标竞爽,非中唐所得有也。"其《夜上受降城闻笛》被沈德潜推为唐人七绝压卷之作。七律刚健苍凉,五律以情动人,也各有名篇传世。《全唐诗》录存其诗二卷。

夜上受降城闻笛

回乐烽前沙似雪,受降城外月如霜。
不知何处吹芦管,一夜征人尽望乡!

注释

〔受降城〕地名,在今内蒙古五原西北。 〔回乐烽〕指回乐县的烽火台。故址在今宁夏灵武西南。 〔芦管〕乐器名。以芦叶为管,管口有哨簧,管面有孔,下端有铜喇叭嘴。

解读

这是一首描写戍夫思归的七绝,作于781年随崔宁在北方巡行期间。前二句写景,以"沙似雪"和"月如霜"来渲染环境的荒凉。在这样的情况下,又不知何处吹来了一阵阵幽怨悲凉的芦笛之声,怎能不搅动起戍边士兵的思乡之情呢?此诗音节响亮,词气苍凉而又悲壮,被沈德潜称为"绝唱"。王世贞说:"回乐烽一章,何必王龙标(王昌龄)、李供奉(李白)?"足见此绝地位之高。

汴 河 曲

汴水东流无限春,隋家宫阙已成尘。
行人莫上长堤望,风起杨花愁杀人。

注释

〔汴河〕又叫汴水,原指河南荥阳至开封的一段河水,隋朝开通济渠后,唐朝人便将后入淮水的通济渠那一段一起统称为汴河。 〔隋家〕隋王朝。 〔宫阙〕即皇宫,宫殿。古代帝王所居宫门外有两个阙,故称宫殿为宫阙。 〔长堤〕即隋堤。隋炀帝为游玩而修造。

解读

作者于800年至801年曾客游扬州,见到隋朝所开的通济渠以及隋炀帝当年游玩的场所,不禁感慨万端,写下此诗。前二句对比,汴水东流,依旧春色无限,但岸边的隋家宫阙却早已成尘,其荒凉可见。后二句则着意写了隋堤上的一株株垂柳,春风

汴河曲　　　　李益

汴水东流无限春，隋家宫阙已成尘。
行人莫上长堤望，风起杨花愁杀人。

一来,杨花起舞,其荒凉更可想见。全诗极写汴河的荒凉景色,最后以"愁杀人"三字作结,充满了作者对隋王朝衰亡的感叹。

从军北征

天山雪后海风寒,横笛偏吹行路难。

碛里征人三十万,一时回首月中看。

注释

〔偏吹〕偏偏吹。 〔行路难〕乐府诗题,一种多言世路艰难和离别悲伤的古代歌曲。 〔碛(qì)〕沙漠。

解读

这也是一首描写戍夫思归的七绝,亦作于随崔宁"巡行朔野"期间。天山雪后,寒风阵阵,士兵们顶着寒风行军,已够辛苦的了。此时,那横笛偏偏又吹起了《行路难》这种抒发世路艰难和离别之苦的哀伤歌曲,而这种歌曲的内容和声调,与士兵们黑夜顶风行军的艰难情景又何其相似!无怪乎在沙漠里行军的三十万人,一下子全都要回过头去,看那空中高挂的明月,想那家中的亲人了。全诗音节响亮,格调高昂,词气苍凉而又悲壮,可以与王昌龄的边塞诸绝相比。

春夜闻笛

寒山吹笛唤春归,迁客相逢泪满衣。
洞庭一夜无穷雁,不待天明尽北飞。

注释

〔迁客〕被贬谪到外地的官。 〔洞庭〕洞庭湖。 〔无穷〕无数。

解读

782年,作者曾入幽州节度使朱滔幕,此诗可能作于幽州供职期间。迁客相逢,本已悲凉,更何况寒山传来一阵阵哀怨的笛声,自然是泪湿衣裳了。恰恰此时,作者又见了南方飞来的雁群,于是便想象那洞庭上的无穷飞雁,大约就是听到了北方寒山上阵阵哀怨的笛声,才迫不及待地全向北飞去了。雁群全都由南往北,迁客在北思南,却不能如雁一样返回,其思归之意可谓深婉矣。

喜见外弟又言别

十年离乱后,长大一相逢。
问姓惊初见,称名忆旧容。

别来沧海事,语罢暮天钟。

明日巴陵道,秋山又几重。

注释

〔外弟〕姑母的儿子,即表弟。 〔"别来"二句〕因为谈到十年来世事变化之大,一直谈到了天晚。沧海,《神仙传·麻姑》:"麻姑自说云,接待以来,已见东海三为桑田。"后便以"沧海桑田"来比喻世事变迁剧烈。 〔巴陵〕唐郡名,治所在今湖南岳阳。

解读

"安史之乱"以后,不仅唐玄宗等朝廷君臣仓皇逃遁,许多普通的百姓和诗人也都一时离散,各奔东西,有时在漂泊途中会偶然邂逅,给人一种意外惊喜。此诗便是李益与表弟十年离乱后的一次意外相逢,在匆匆离别之后而写下的。起写相逢,末写分手。通篇叙事,不着议论,却一气直下,有情有味。凡大历年间五律,多以此等诗为准。然"问姓惊初见,称名忆旧容"等,虽称佳句,较之初、盛唐时的清韵雅调,终逊一筹。

于 鹄

于鹄,大历、建中年间久居长安,应举不第,曾在汉阳山中隐居过,荆南、襄阳一带常有他的游踪。他与张籍相友善。《全唐诗》录其诗一卷。

江 南 曲

偶向江边采白蘋,还随女伴赛江神。
众中不敢分明语,暗掷金钱卜远人。

注释

〔江南曲〕乐府诗题,古代歌曲的一种。 〔白蘋〕隐花植物的一种,生于浅水中,五月开白花。 〔赛江神〕迎江神赛会,祈求降福。 〔掷〕扔。 〔金钱〕古人卜卦的一种工具。把金钱掷在地上,看其仰覆次数,占问行人吉凶和归期远近。

解读

这是一首女子怀念远人的七绝。诗中的女子虽然也和其他女子一样,同在江边采白蘋,又一起参加迎江神赛会,心中却老是记挂着远行在外的人儿。但在女子们的面前又不敢流露出自己的心思,于是就暗掷金钱,占问思念之人的吉凶和归期的远近。全诗将采蘋、赛会的热闹场面与诗中女子暗掷金钱的细节描写相对照,揭示了这个女子暗中挂记远人的惦念心情,在语言上也显得比较质朴,富有生活气息。

江　南　曲　　　　　于　鹄

偶向江边采白蘋，还随女伴赛江神。
众中不敢分明语，暗掷金钱卜远人。

韩翃

韩翃,字君平,南阳(今河南沁阳附近)人。天宝十三载(754)进士。曾两度为节度使幕僚。德宗时以驾部郎中知制诰,官终中书舍人。他是"大历十才子"之一,绝句、律诗均有成就。当时高仲武就称其诗"一篇一咏,朝士珍之,多士之选也"(《中兴间气集》)。可见他的诗当时就颇有名气,相当流传。原有集,已散佚。《全唐诗》录存其诗三卷。

寒 食

春城无处不飞花,寒食东风御柳斜。

日暮汉宫传蜡烛,轻烟散入五侯家。

注释

〔寒食〕节名,即清明节的前两天。照古代风俗习惯,这一天禁止白天烧火,夜晚点灯,人们只好吃冷的饭食,故有"寒食"之名。 〔春城〕即春天的长安城。 〔御柳〕皇帝宫苑里的杨柳。当时风俗,每逢寒食日须折柳插门,以示纪念,所以诗中特意写到柳。 〔汉宫〕即指唐宫。 〔传蜡烛〕是指皇帝特别赐给的蜡烛。传即传递,顺次赐给的意思。 〔轻烟〕指蜡烛烧后冒出的烟。 〔五侯〕原指东汉的单超、徐璜、具瑗、左悺和唐衡,因他们诛灭梁冀及其亲党有功,被汉桓帝封侯。这里是指唐朝宦官。

解读

唐朝自代宗以来,宦官权势日重,有如汉之末世。韩翃对此十分痛恨,故作此诗讽刺。诗中写寒食节百姓不得点灯烧火,但宫中却在"传蜡烛",烧出的轻烟散入宦官家里,并以此情景讽刺当时皇帝宠信宦官的腐败现象。全诗托物言情,讽刺巧妙而又含意深刻,可谓七绝佳作。清人管世铭推此诗为唐人七绝压卷之作之一。

柳中庸

柳中庸,名淡,以字行,蒲州虞乡(今山西永济)人,大历进士,曾任洪州户曹参军。《全唐诗》存其诗十七首,多边塞之作,风格悲凉。

征 人 怨

岁岁金河复玉关,朝朝马策与刀环。
三春白雪归青冢,万里黄河绕黑山。

注释

〔金河〕即伊克土尔根河,在今内蒙古呼和浩特南面。〔玉关〕即玉门关。 〔马策〕马鞭。 〔三春白雪〕指塞外酷寒,阳春三月里仍会下雪。 〔青冢〕指王昭君墓,在今呼和浩特南面。 〔黑山〕即杀虎山,在今呼和浩特。

解读

这是一首描写边愁的七绝。首句说年年征戍不定,次句说征夫们天天与马鞭、与刀剑打交道,马不停蹄。然而,到玉门关刚不久,三春白雪之时又来到"青冢",征夫们疲于奔命,就如同黄河东流万里,却不免总要回绕着黑山一样。此诗四句皆对仗,题为"征人怨",通篇却不着一"怨"字,然每一句都含有怨意。

孟 郊

孟郊(751—814),字东野,湖州武康(今属浙江)人。年近五十才中进士。曾任溧阳尉等职。《全唐诗》说他"性介,少谐合,韩愈一见为忘形交",又说他"为诗有理致,最为愈所称"。诗与贾岛齐名,有"郊寒岛瘦"之称。其诗以五古为多,也以这部分的成就为高。诗在抒写自身仕途失意、怀才不遇的怨闷心情的同时,大量反映了底层民众的贫穷生活。有《孟东野集》。

登 科 后

昔日龌龊不足夸,今朝放荡思无涯。
春风得意马蹄疾,一日看尽长安花。

注 释

〔登科〕即考中进士。 〔龌龊〕原指不干净,这里指穷困。〔不足〕不值得。 〔放荡〕不受拘束,放恣任性的意思。 〔得意〕投合心意。 〔疾〕急速、快的意思。 〔长安〕即今陕西西安。

解 读

孟郊一生穷愁潦倒,仕途也很坎坷,直到四十六岁才考中进士,当时作者心情愉快,就写下了这首诗。前二句是今昔对比,既说明了自己过去的贫穷困厄,又写出了登科后的喜悦和对未来生活的许多美好想象。末二句则通过具体的写景叙事,进一步表达出作者的欢快心情:春风似乎也在为他庆贺,吹在身上感到特别地舒适;所骑的马儿似乎也知晓了主人的喜事,四蹄撒得更欢更快,长安城中的名花一天之内就给观赏完了。孟郊的诗一般都写得质朴深沉,而这首却写得比较轻松明快,风格迥异。

游 子 吟

慈母手中线,游子身上衣。
临行密密缝,意恐迟迟归。
谁言寸草心,报得三春晖?

注 释

〔吟〕诗体的名称。 〔三春晖〕春天的阳光,比喻母爱的温暖。晖,阳光。

解 读

作者出身贫寒,在父母的养育下刻苦读书,贞元十二年(796)考中进士,贞元十六年任溧阳县尉,马上便把母亲裴氏接来奉养,此诗可能作于此时。诗很短,仅六句,但通过"慈母手中线,游子身上衣"这一具体的衣物,却把慈母念子、游子思母的亲情,表达得无比深切。至今读来,仍动人肺腑,千百年来一直为人所传诵。清人贺裳在《载酒园诗话》中评唐诗,推此为"全唐第一"。香港民众有一年评唐诗活动,也把此诗评为第一。此诗的影响和魅力,由此可见一斑。

杨巨源

　　杨巨源(755—832?),字景山,河中(今山西永济)人。贞元五年(789)进士,授秘书郎。长庆四年(824),为河中少尹,后以国子祭酒致仕。其诗著名于元和、长庆间,为同时诗家所推重。才雄学富,用意声律,格调虽高,而神情稍减,然其平远深细处,堪称高手。《全唐诗》录存其诗一卷。

长 城 闻 笛

孤城笛满林,断续共霜砧。
夜月降羌泪,秋风老将心。
静过寒垒遍,暗入故关深。
惆怅梅花落,山川不可寻。

注释

〔长城〕历代多筑长城以为边塞,此泛指边塞。 〔霜砧〕指秋夜捣衣声。 〔降羌〕降服的羌人。笛原出古羌族,因闻笛而带出羌,非必与羌人对峙。 〔梅花落〕古笛曲。李白《与史郎中钦听黄鹤楼上吹笛》:"黄鹤楼中吹玉笛,江城五月落梅花。"

解读

　　此以"长城闻笛"为题而写下的一首五律。通篇八句,句句都扣题而写"闻笛":从"满林"至与"霜砧"交织在一起的"断续"飘来,从降服的羌人落泪,写到边地老将闻笛后的感触,从笛声"静过寒垒"到"暗入故关"的状况,以至最后的"惆怅"与"不可寻",几乎写尽了笛声的悠扬悲凉。杨巨源七律骨力铿锵,五律也如此劲健有情,无怪乎胡应麟在《诗薮》曾赞赏道:"此君中唐格调最高。"

韩 愈

韩愈(768—824),字退之,河阳(今河南孟州)人。贞元进士,《全唐诗》说他"少孤,刻苦为学,精通六经百家"。因敢于上书直言,数次被贬。曾任监察御史、刑部侍郎、吏部侍郎等职。谥文,世又称韩文公。他是唐代的大散文家、哲学家,与柳宗元并称韩柳。诗也有名,以古诗的成就为高,与孟郊并称"韩孟"。近体非其所长,气势有余而情韵不足。有《韩昌黎集》。

左迁至蓝关示侄孙湘

一封朝奏九重天,夕贬潮州路八千。
欲为圣明除弊事,肯将衰朽惜残年。
云横秦岭家何在?雪拥蓝关马不前。
知汝远来应有意,好收吾骨瘴江边。

注释

〔左迁〕贬官。 〔蓝关〕蓝田关,即峣关,在陕西蓝田东南九十里。 〔侄孙湘〕韩湘,字北渚,韩愈之侄韩老成长子。长庆三年进士及第,官大理丞。 〔朝奏〕奏疏。 〔九重天〕指皇帝的深宫。 〔潮州〕唐属岭南道,治所在今广东潮州。 〔肯〕

岂肯。　〔残年〕老年,当时韩愈五十二岁。　〔秦岭〕横亘于关中南部的山脉,主峰为终南山。　〔瘴江〕指岭南有瘴气的江河。

解读

元和十四年(819),韩愈因上书朝廷,谏迎佛骨于宫中,触怒了笃信佛教的唐宪宗,结果由刑部侍郎而被贬为潮州刺史,赶出京城。韩愈自知前途凶多吉少,在南行途中有感而写下此诗。起联写获罪缘由,"朝奏夕贬",极言得罪之速。次联写其上奏的动机与愿望,想要为朝廷清除弊政,岂肯只顾自己残余的生命?三联写贬谪途中的惨状,末联转入韩湘,交代后事,扣题。诗中既有悲愤之感,又有委屈之情,是韩愈最有名的一首七律。

李 绅

李绅(772—846),字公垂,无锡(今属江苏)人。元和元年(806)进士,曾任翰林学士、御史中丞、宣武军节度使、淮南节度使等职。他虽位至宰相,但始终关心民生疾苦,与白居易、元稹等同倡新乐府。《悯农二首》当时就传播人口。《全唐诗》录存其诗四卷。

悯农二首

春种一粒粟,秋收万颗子。
四海无闲田,农夫犹饿死。

锄禾日当午,汗滴禾下土。
谁知盘中餐,粒粒皆辛苦。

注释
〔闲田〕荒废不种的闲置之田。

解读
作者虽曾做过宰相,但对农民的辛苦和贫困相当同情,特别是"安史之乱"以后,朝政腐败,苛捐杂税繁多,农民生活更加痛苦,作者有感于此,写下《悯农二首》。前一首先是赞美农民的耕作,能把"春种一粒粟",化为"秋收万颗子",但尽管有此收成,四海之内也无闲田,农民耕耘收割,到头来还是饿死,谴责了统治者对农民的残酷剥削。后一首极写农民稼穑之苦,真所谓粒粒禾粒,颗颗汗珠,每粒禾粒都是浸着农民的汗水播下土的。末两句希望天下之人都能珍惜粮食,因为每一粒粮食都是农民用汗水浇灌出来的,来之不易。这两首诗都深得风人之旨。

刘禹锡

刘禹锡(772—842),字梦得,彭城(今江苏徐州)人。因自称是汉代中山王刘胜的后裔,晚年又曾兼任太子宾客,故世称刘中山或刘宾客。贞元进士,又中博学宏辞科。早年与柳宗元参加永贞革新,人称"刘柳",后长期被贬南方,曾任连州刺史、夔州刺史、苏州刺史等。晚年在洛阳与白居易唱和,人称"刘白"。其诗精练流畅,七言律绝的名篇尤多,又善于向民歌学习,《竹枝词》等清新明快。有《刘宾客文集》。

游玄都观绝句

紫陌红尘拂面来,无人不道看花回。

玄都观里桃千树,尽是刘郎去后栽!

注释

〔玄都观〕在今西安南门外,是当时长安城里的一个大道观。 〔紫陌〕指京城里的街道。 〔红尘〕即尘埃。 〔拂面〕扑面。 〔花〕指桃花,当时玄都观里种着许多桃花。 〔刘郎〕作者自称。 〔去后〕被贬出京城后。刘禹锡在805年,与柳宗元等人曾参加过以王叔文为首的永贞政治革新集团,不久失败,王叔文被赐死,刘禹锡和柳宗元等均被降职,赶出京城。

解读

805年"永贞革新"失败后,作者被贬朗州司马,十年后才奉命召回京都长安。当时朝政已被新贵把持,作者十分愤慨,于是借游玄都观看花一事进行讽刺。诗中以"玄都观"暗指朝廷,以桃花暗指"永贞革新"失败后新上台的官僚权贵。诗中语意双关的讽刺手法,使得势一时的满朝权贵极为震惊,于是没过几天,作者又被排挤出京,改贬连州刺史。

再游玄都观

百亩庭中半是苔,桃花净尽菜花开。
种桃道士归何处?前度刘郎今又来!

注释

〔百亩庭〕指玄都观庭院的面积。 〔苔〕青苔。 〔桃花〕表面写桃花,实际暗指当年迫害王叔文集团成员的官僚们。前两句暗喻了人事的变迁。 〔种桃道士〕借指当年迫害王叔文、贬黜刘禹锡等人的当权者。

解读

刘禹锡在外度过了十余年的贬谪生活后,828年又重新回到长安。当时那些过去迫害过他的满朝权贵已经死的死、垮的垮,成了过眼烟云;重游玄都观时,里面曾红极一时的桃花已荡然无存,唯有兔葵、燕麦动摇于春风之中。作者抚今追昔,感慨万千,于是借重游玄都观一事抒发了心中的感慨。诗中仍然把桃花比作当年的官僚权贵,对他们进行了挖苦和嘲笑。

竹 枝 词

杨柳青青江水平,闻郎江上唱歌声。
东边日出西边雨,道是无晴却有晴。

注释
〔竹枝词〕是刘禹锡在郎州(今湖南常德)学习民歌而写成的新体诗。 〔晴〕这里除指天气外,还暗寓着爱情的"情"。

解读
这是一首描写男女爱情的七绝。它描写了一个青年女子在"杨柳青青江水平"的晴明天气里,听到情郎的唱歌声后所产生的内心活动。后两句表面写天气变化,实际上是暗写两人之间的爱情。这种以"晴"寓"情"的双关修辞手法,对于表现女子那种含羞不露的内在感情,是十分合适的。全诗清新活泼,明朗健康,很有民歌的本色。

石 头 城

山围故国周遭在,潮打空城寂寞回。
淮水东边旧时月,夜深还过女墙来!

注释

〔石头城〕即金陵城,今江苏南京。 〔故国〕即古城,石头城。 〔周遭〕周匝、环绕的意思。 〔潮打〕指江潮拍打。石头城北临长江,故说潮打。 〔空城〕也指石头城,极言其现在荒凉一空。 〔淮水〕即横贯石头城的秦淮河。 〔旧时〕这里是指汉魏六朝。 〔女墙〕即城垛,城墙上凹凸形的短墙。

解读

用七绝的形式进行怀古抒情,刘禹锡在唐代诗人中可以说是第一流的,只有晚唐的杜牧、李商隐诸人可以与他相比。作者826年任和州刺史,隔江而望金陵,想象汉魏六朝时的国都和豪华胜地如今已成一座"空城",十分感慨,写下此诗。诗中只写了山、水、明月和城墙等荒凉的景色,但与过去的"六代豪华"恰成对照。潮水拍打空城,虽有巨响,却显得分外寂寞,写景之中深寓着作者对六朝兴亡和人事变迁的感叹。清人沈德潜推此诗为唐人七绝压卷之作之一。

乌 衣 巷

朱雀桥边野草花,乌衣巷口夕阳斜。
旧时王谢堂前燕,飞入寻常百姓家。

注释

〔乌衣巷〕在今江苏南京东南,是东晋以来有名的贵族住宅区。　〔朱雀桥〕在乌衣巷附近,是六朝时都城朱雀门外的大桥,在当时是车马填塞的交通要道。　〔王谢〕指东晋以王导、谢安为首的两大世族。他们当时都聚居在乌衣巷。　〔寻常〕平常,普通。

解读

这首七绝写作的时间、内容与《石头城》一首完全相同,表现手法也基本相同,都是写景抒情,以今日的荒凉沉寂与过去的繁盛豪华相对照,来抒发作者心中的感慨。所不同的是,上首写的是山、水、明月和城墙,这首写的是野草、夕阳和燕子。过去车水马龙的朱雀桥边,如今只是一片野草野花;曾经笙歌曼舞的乌衣巷口,如今只剩一抹残阳;旧时王谢的华厦高楼,如今已成了普通老百姓的住房。此情此景,不仅沉寂可味,而且寄慨极深。

和乐天《春词》

新妆宜面下朱楼,深锁春光一院愁。

行到中庭数花朵,蜻蜓飞上玉搔头。

注释

〔新妆宜面〕指新搽在脸上的脂粉与脸色很相称。宜,相宜,合适。　〔朱楼〕红楼。常指富家女子的居处。　〔深锁春光〕即春光深锁的意思。　〔玉搔头〕玉制成的簪类首饰。

解读

白居易写了一首七绝《春词》,这是刘禹锡的和作,内容也是描写红楼女子的春怨,但比白居易的更委婉曲折。白居易诗的末两句"斜倚阑干背鹦鹉,思量何事不回头",还看得出些怨意,而这首末两句则说此女无聊之余,就到庭院中间去数花朵解闷,对花不是在看,而是在"数",可见此女已闲散愁苦到何等地步!想不到蜻蜓不知此女心中的幽怨,偏爱新妆,飞上头来。这样描写就显得比较隐晦。全诗围绕一个"愁"字,不直写怨意,但怨意更深。假如从诗贵含蓄这一点上来说,此诗当在白居易的《春词》之上。

蜀先主庙

天地英雄气,千秋尚凛然。
势分三足鼎,业复五铢钱。
得相能开国,生儿不象贤。
凄凉蜀故妓,来舞魏宫前。

注释

〔蜀先主庙〕蜀汉先主刘备的祀庙。庙在夔州,今重庆奉节白帝城。 〔天地英雄〕刘备依曹操时,曹曾对刘说:"今天下英雄,唯使君与操耳!"〔三足鼎〕指魏、蜀、吴如鼎足三分,即后世所称三国。 〔五铢钱〕汉武帝时所铸钱币。王莽篡汉后废弃不用。复五铢钱,意即恢复汉之帝业。 〔"得相"句〕谓先主刘备得开国宰相诸葛亮。 〔生儿〕指刘禅。 〔不象贤〕意为刘备之子不贤明,不能继承父业。

解读

刘禹锡生前曾任夔州刺史,此诗当是他在任期间经过或拜谒蜀先主庙后所写下的一首五律。从蜀先主刘备开国之初所建的功业,直至其子刘禅被房蜀亡,全都简括在内,且字字精当有力,掷地有声。就连纪昀在《瀛奎律髓刊误》中也认为此诗"句句精拔……后四句沉着之至,不病其直"。

松滋渡望峡中

渡头轻雨洒寒梅,云际溶溶雪水来。
梦渚草长迷楚望,夷陵土黑有秦灰。
巴人泪应猿声落,蜀客船从鸟道回。
十二碧峰何处所?永安宫外是荒台。

注释

〔松滋渡〕渡在唐江陵府松滋县,今湖北松滋之西。 〔峡中〕指峡州夷陵西陵峡。 〔梦渚〕梦泽之渚。 〔楚望〕指楚国山川。 〔夷陵〕春秋楚先王之墓,故名。唐为县名,属峡州,在今湖北宜昌。 〔秦灰〕秦人战火之灰。 〔"巴人"句〕巴东有歌谣"巴东三峡巫峡长,猿鸣三声泪沾裳"。 〔蜀客〕客于蜀者。此为自指,作者曾任夔州刺史。也可指他人。 〔鸟道〕高峻险仄的山路,只有飞鸟往还。 〔十二碧峰〕指巫山十二峰。〔永安宫〕在唐夔州奉节县。 〔荒台〕指巫山神女阳台。

解读

这是刘禹锡著名的七律之一,是作者路过松滋渡时遥望峡中有感而作。首联写松滋渡的气候。次联写景,极为荒凉,却又有怀古意。三联写远景,"蜀客船从鸟道回",极言长江上游水势之高。末联写更远之景,十二碧峰究竟在何处?所见唯一荒台而已。通篇写景,尽从"望"字着笔,由近渐远,却充满着吊古之情,在写景中又深蕴着历史兴废之感。峡中山川地势的高峻险要,尽显纸上。

西塞山怀古

王濬楼船下益州,金陵王气黯然收。
千寻铁索沉江底,一片降幡出石头。
人世几回伤往事,山形依旧枕寒流。
今逢四海为家日,故垒萧萧芦荻秋。

注释

〔西塞山〕在今湖北大冶东,是长江中流的险要地带,三国东吴的江防要塞。 〔王濬〕西晋时任益州刺史,受命伐吴,率兵乘楼船战舰从成都出发,沿长江而下,大破吴军。 〔金陵〕今江苏南京。战国时属楚,称金陵,三国东吴建都于此,改称建业。 〔王气〕比喻东吴政权。 〔黯然〕失去光彩。 〔收〕指东吴的灭亡。 〔千寻铁索〕当时吴军为了阻挡晋朝的水军,将铁索横截江上,使船不能行。寻,八尺。 〔沉江底〕晋军用木筏载燃料把铁索烧断,使之沉入江底,遂破吴军。 〔降幡〕投降的白旗。幡,旗。 〔石头〕即石头城,三国时孙权所建,代指东吴首都。 〔伤〕悼念,感叹。 〔往事〕过去历史上的兴亡事件,指东晋、齐、梁、陈等朝代的更迭。 〔山形〕指西塞山。〔寒流〕指长江。 〔四海为家〕指全国统一。此时藩镇割据状态大致消除。 〔故垒〕指西塞山上还残留着的吴兵的堡垒。〔萧萧〕风吹声。

解读

长庆四年(824),作者由夔州刺史调任和州刺史,乘舟由长江东下,道经西塞山,有感而写此诗。诗的前面四句是对伐吴史事的形象化的客观描写,第五句转折,进入议论,最后两句由古及今,表达了诗人对当今时局的担忧。薛雪《一瓢诗话》说:"《西塞山怀古》一律,似议非议,笔着纸上,神来天际,洵是此老一生杰作。"何焯云:"气势笔力,匹敌《黄鹤楼》诗,千载绝作也。"

酬乐天扬州初逢席上见赠

巴山楚水凄凉地,二十三年弃置身。
怀旧空吟闻笛赋,到乡翻似烂柯人。
沉舟侧畔千帆过,病树前头万木春。
今日听君歌一曲,暂凭杯酒长精神。

注释

〔乐天〕白居易的字。 〔扬州〕今江苏扬州。 〔巴山楚水〕刘禹锡在二十多年的贬官生活中,先后做过朗州、连州、和州、夔州等地的地方官。夔州古属巴国,朗州古属楚地。这里举"巴山""楚水"以概指贬谪过的地方。 〔二十三年〕作者从被贬官到回京,前后二十三年。 〔闻笛赋〕指向秀怀念被害友人的《思旧赋》,因文中有"听鸣笛之慷慨"之句,故谓。实际上借此怀念已故的柳宗元等友人。 〔烂柯人〕据《述异记》载,王质入山砍柴,观仙人下棋至终,发觉手中斧柄已烂。回到家里,才知已过百年,同辈人都已死尽。

解读

刘禹锡因参与永贞革新失败被贬出京,长达二十余年。唐宝历二年(826),他罢和州刺史任返洛阳,这时白居易也从苏州归洛阳,二人在扬州相逢。白居易在筵席上写诗相赠,这首诗就是酬答白诗的。因为是答诗,所以处处与白诗形成呼应。前两句分别从地方之远僻和时间的久长回顾自己的贬谪生活,是接着白诗中"二十三年折太多"说的。第二联分别用向秀写《闻笛赋》和王质烂柯两个典故,传达出故旧凋零、恍如隔世的复杂心理,让读者感受到作者感慨之深。"沉舟"一联是针对白诗中"举眼风光长寂寞"之句说的,既有呼应,又有翻新,表现出豁达的襟怀。这一联因富有哲理性,至今仍常被人用来说明新事物必将取代旧事物这一客观规律。尾联振起,表示要振作起来,重新投入生活中去,表现出诗人坚韧不拔的性格特征。

白居易

　　白居易(772—846),字乐天,原籍太原(今属山西),祖上迁居下邽(今陕西渭南),出生于新郑(今属河南)。少经离乱,避难越中,历尽困苦。贞元进士,为秘书省校书郎。宪宗朝为翰林学士,授左拾遗。上疏请捕刺杀宰相武元衡凶手,贬为江州司马。后历任忠州、杭州、苏州诸州刺史。文宗朝任太子宾客分司东都、太子少傅分司东都,定居洛阳,以刑部尚书致仕。晚居香山寺,号香山居士。他与元稹、张籍等人倡导新乐府,致力于讽谕诗,反映民生疾苦。与元稹并称"元白"。晚年则与刘禹锡唱和,人称"刘白"。而其闲适抒情之作,也博得当世与后人的喜爱与传诵。平易通俗,深入浅出,是其诗歌的最大特点。他在长篇歌行、五七言律诗、五七言绝句方面都有相当高的成就。有《白香山集》。

赋得古原草送别

离离原上草,一岁一枯荣。
野火烧不尽,春风吹又生。
远芳侵古道,晴翠接荒城。
又送王孙去,萋萋满别情。

注　释

〔赋得〕凡按事先规定、限定的题目作诗,照例要在诗题前加"赋得"二字。本篇是诗人应试前的习作,"古原草"是预拟的题目,所以冠以"赋得"二字。"送别"是这首诗的副题。　〔离离〕草木繁盛纷杂的样子。　〔岁〕一年。　〔枯荣〕指草在秋天枯黄,春天茂盛。　〔远芳〕伸向远处的野草。　〔侵〕侵占,这里指长满、遮没的意思。　〔古道〕古老的驿路。　〔王孙〕贵族子弟,后来常以"王孙"来指代出门远游的人。　〔萋萋〕形容青草长得茂盛的样子。

解　读

这是作者早期写的一首咏物送别的五律名篇。诗人通过对古原野草的着意描绘,曲折地表达了依恋不舍的离情别意。"赋得"体属命题作诗,所写内容往往有表里两层意思,即咏物是表,写意为里。此诗由表及里,先紧扣"原上草"写其秋枯春荣,周而复始。次句用两个"一"字,强调刻画出其生生不息、循环无尽的生命力。三四名句,以示野草生命力的顽强。第三联用"远芳""晴翠"进一步渲染春草欣欣向荣,并用"古道""荒城"反衬春草的生意盎然,更使"古原草"描写得富有时空感,并为下两句埋下伏笔。最后一联,从正面把题中送别的意思补足。整首诗结构紧凑,格调清新,一气呵成,反映了作者立志高远的积极进取精神。其中"野火烧不尽,春风吹又生"一联,尤为名诗人顾况激赏,遂使白居易诗名大振。

观　刈　麦

田家少闲月，五月人倍忙。
夜来南风起，小麦覆陇黄。
妇姑荷箪食，童稚携壶浆。
相随饷田去，丁壮在南冈。
足蒸暑土气，背灼炎天光。
力尽不知热，但惜夏日长。
复有贫妇人，抱子在其旁。
右手秉遗穗，左臂悬敝筐。
听其相顾言，闻者为悲伤。
家田输税尽，拾此充饥肠。
今我何功德，曾不事农桑。
吏禄三百石，岁晏有余粮。
念此私自愧，尽日不能忘。

注释

〔刈(yì)〕割。　〔箪(dān)食〕指食物。箪为装饭用的圆竹筒。　〔壶浆〕壶里装的饮料。浆指水浆。　〔饷(xiǎng)田〕送饭到田头。　〔秉遗穗〕拿起丢在田里的麦穗。　〔"吏禄"句〕唐制：从九品，禄米每月三十石。白居易任盩厔县尉时，从九品下。这里说的三百石,是一年禄米的约数。

解读

这是一首五言古诗,是作者在元和二年(807)任盩厔县尉时,因见农民收割辛苦而写下的。开篇四句点明时令,正是五月麦收的农忙季节。随之写到"妇姑""童稚",可谓全家妇幼老少一起出动。接着写赤日炎炎之下,农民暑气蒸足,天光灼背,格外辛苦。然后宕开一笔,写到了一个怀抱幼孩的"贫妇人",通过对她的重点描写和对话,写尽了农民水深火热中的痛苦生活,同时也鞭挞了官府税收的繁重和对农民生活带来的沉重负担。末尾六句是诗人的自责。白居易写民生疾苦诗常用此法,以引起当官的惭愧与责任。全诗结构自然,诗脉清晰,语言也比较简洁明白,但又与他所写的《新乐府》风格不一样。《新乐府》诗中的语言更浅近通俗一些,此则更古朴一些。

长　恨　歌

汉皇重色思倾国,御宇多年求不得。
杨家有女初长成,养在深闺人未识。
天生丽质难自弃,一朝选在君王侧。
回眸一笑百媚生,六宫粉黛无颜色。
春寒赐浴华清池,温泉水滑洗凝脂。
侍儿扶起娇无力,始是新承恩泽时。

云鬓花颜金步摇,芙蓉帐暖度春宵。
春宵苦短日高起,从此君王不早朝。
承欢侍宴无闲暇,春从春游夜专夜。
后宫佳丽三千人,三千宠爱在一身。
金屋妆成娇侍夜,玉楼宴罢醉和春。
姊妹弟兄皆列土,可怜光彩生门户。
遂令天下父母心,不重生男重生女。
骊宫高处入青云,仙乐风飘处处闻。
缓歌慢舞凝丝竹,尽日君王看不足。
渔阳鼙鼓动地来,惊破霓裳羽衣曲。
九重城阙烟尘生,千乘万骑西南行。
翠华摇摇行复止,西出都门百余里。
六军不发无奈何,宛转蛾眉马前死。
花钿委地无人收,翠翘金雀玉搔头。
君王掩面救不得,回看血泪相和流。
黄埃散漫风萧索,云栈萦纡登剑阁。
峨眉山下少人行,旌旗无光日色薄。
蜀江水碧蜀山青,圣主朝朝暮暮情。
行宫见月伤心色,夜雨闻铃肠断声。
天旋地转回龙驭,到此踌躇不能去。
马嵬坡下泥土中,不见玉颜空死处。

春风桃李花开日，秋雨梧桐叶落时。

君臣相顾尽沾衣,东望都门信马归。
归来池苑皆依旧,太液芙蓉未央柳。
芙蓉如面柳如眉,对此如何不泪垂。
春风桃李花开日,秋雨梧桐叶落时。
西宫南苑多秋草,落叶满阶红不扫。
梨园弟子白发新,椒房阿监青娥老。
夕殿萤飞思悄然,孤灯挑尽未成眠。
迟迟钟鼓初长夜,耿耿星河欲曙天。
鸳鸯瓦冷霜华重,翡翠衾寒谁与共。
悠悠生死别经年,魂魄不曾来入梦。
临邛道士鸿都客,能以精诚致魂魄。
为感君王辗转思,遂教方士殷勤觅。
排空驭气奔如电,升天入地求之遍。
上穷碧落下黄泉,两处茫茫皆不见。
忽闻海上有仙山,山在虚无缥缈间。
楼阁玲珑五云起,其中绰约多仙子。
中有一人字太真,雪肤花貌参差是。
金阙西厢叩玉扃,转教小玉报双成。
闻道汉家天子使,九华帐里梦魂惊。
揽衣推枕起徘徊,珠箔银屏迤逦开。
云鬓半偏新睡觉,花冠不整下堂来。

风吹仙袂飘飘举,犹似霓裳羽衣舞。
玉容寂寞泪阑干,梨花一枝春带雨。
含情凝睇谢君王,一别音容两渺茫。
昭阳殿里恩爱绝,蓬莱宫中日月长。
回头下望人寰处,不见长安见尘雾。
唯将旧物表深情,钿合金钗寄将去。
钗留一股合一扇,钗擘黄金合分钿。
但教心似金钿坚,天上人间会相见。
临别殷勤重寄词,词中有誓两心知。
七月七日长生殿,夜半无人私语时。
在天愿作比翼鸟,在地愿为连理枝。
天长地久有时尽,此恨绵绵无绝期。

注 释

〔汉皇〕本指汉武帝。这里借以指唐玄宗。 〔倾国〕本来是夸张形容美色的迷人,后来一般都用作美女的代称。 〔御宇〕御临宇内,即统治天下的意思。 〔杨家有女〕指杨贵妃。她本是蜀州司户杨玄琰的女儿,幼时养在叔父杨玄珪家,小名玉环。杨玉环开始被册封为寿王(唐玄宗的儿子李瑁)妃。数年后,唐玄宗让她出为道士,改名太真,住太真宫,天宝四载(745)封为贵妃。 〔六宫粉黛〕指宫内所有妃嫔。 〔无颜色〕意谓相形之下,失去了她们的美色。 〔华清池〕在今陕西临潼东南骊山北麓。其地有温泉,唐开元中,建温泉宫,天宝时,改名华清宫。　〔凝脂〕指白嫩而润滑的皮肤。　〔侍儿〕宫女。　〔金步摇〕首饰,钗的一种。　〔金屋〕《汉武故事》:"帝为胶东王,数岁,长公主抱置膝上,问曰:'儿欲得妇否?'曰:'欲得。'……指其女阿娇:'好否?'笑对曰:'好,若得阿娇作妇,当作金屋贮之。'"此指唐玄宗与杨贵妃的寝室。　〔"姊妹"句〕指杨贵妃得宠后,杨家的人都成了权贵。　〔可怜〕可爱。　〔骊宫〕即华清宫,因为在骊山之上,故称。　〔看不足〕看不厌。　〔"渔阳"句〕指安禄山反叛于渔阳。渔阳,秦郡名。唐渔阳郡是范阳节度使所辖八郡之一,这里沿用古称,泛指范阳地带。　〔霓裳羽衣曲〕舞曲名。本名《婆罗门》,是西域乐舞的一种。开元中,西凉节度杨敬述依曲创声,才流入中国。　〔九重城阙〕指京城。京城为皇宫所在,皇宫门有九重。　〔翠华〕指皇帝的车驾。　〔"西出"句〕百余里,指马嵬驿。马嵬故址在陕西兴平西北二十三里,距长安为百余里。　〔六军〕指护卫皇帝的羽林军。　〔蛾眉〕美貌的女子。这里指杨贵妃。《长恨歌传》:"潼关不守,翠华南幸,出咸阳,道次马嵬亭。六军徘徊,持戟不进。从官郎吏伏上(玄宗)马前,请诛晁错(借指杨国忠)以谢天下。国忠奉氂缨盘水死于道周。左右之意未快。上问之,当时敢言者请以贵妃塞(搪抵)天下怨。上知不免,而不忍见其死,反袂掩面,使牵之而去。仓皇展转,竟死于尺组之下。"　〔"花钿"二句〕意谓花钿、翠翘、金雀、玉搔头都委地无人收。花钿,即金钿,镶嵌金花的首饰。翠翘、金雀,都是钗名。玉搔头,即玉簪。　〔云栈〕高入云霄的栈道。　〔萦纡〕回环曲折。　〔剑阁〕即剑门关,今四川剑阁北面。　〔峨眉山〕在今四川峨眉山市境内。由长安到成都,并不经过峨眉山,这里是泛指蜀中的山。　〔日色薄〕日光黯淡。〔行宫〕皇帝出行时住的地方。　〔"夜雨"句〕郑处诲《明皇杂录》:"明皇既幸蜀,西南行,初入斜谷,属霖雨涉旬,于栈道雨中闻铃音,隔山相应。上既悼念贵妃,采其声为雨淋铃曲以寄恨焉。"此句暗咏其事。　〔"天旋"句〕唐肃宗至德二载(757)十月,郭子仪军收复长安,肃宗派太子太师韦见素迎玄宗于蜀郡。同年十二月,玄宗还京。天旋日转,指大局转变。龙驭,皇帝的车驾。　〔此〕指杨贵妃自缢处。　〔马嵬坡〕即马嵬驿,杨贵妃埋尸处。　〔信马归〕意谓无心鞭马,任马前行。　〔太液、未央〕泛指唐代宫廷池苑。太液,汉建章宫北池名。未央,汉宫名。汉朝开国时丞相萧何所营建。　〔"西宫"句〕西宫,太极宫。南苑,兴庆宫。玄宗还京后,初居兴庆宫,因邻近大街,时常和外界接触,肃宗左右的人唯恐其有复辟的野心,将他迁入太极宫的甘露殿,加以变相的软禁。　〔梨园弟子〕指玄宗过去所训练的一批艺人。　〔椒房〕后妃所住的宫殿。用椒和泥涂壁,取其香暖,兼有多子之意。　〔阿监〕宫中女官。　〔青娥〕青春的美好容颜。　〔"孤灯"句〕古代宫廷及豪门贵族,夜间燃烛,不点油灯。这里用以形容玄宗晚年生活环境的凄苦。　〔耿耿〕微明貌。　〔鸳鸯瓦〕两片嵌合在一起的瓦,简称鸳瓦。　〔翡翠衾〕即翡翠被,上面饰有翡翠的羽毛。　〔"临邛(qióng)"句〕意谓临邛的道士来到京城作客。临邛,县名,唐属剑南道,今四川邛崃。鸿都，后汉首都洛阳宫门名，这里借指长安。　〔穷〕找遍之意。　〔碧落〕道家称天界之词，即天上。　〔五云起〕耸立在彩云之中。　〔绰约〕美好轻盈貌。　〔太真〕杨贵妃原名玉环，被度为女道士时叫太真，住内太真宫，这里用作仙号。〔参差(cēn cī)〕这里是仿佛的意思。　〔金阙〕金碧辉煌的神仙宫阙。　〔扃(jiōng)〕门户。　〔"转教"句〕意谓仙府重深，须经过辗转通报的手续。小玉和双成都是古代神话中的女子。这里都作为杨太真在仙山上的侍婢之名。　〔九华帐〕张华《博物志》："汉武帝好仙道，祭祀名山大泽，以求神仙之道。时西王母遣使乘白鹿告帝当来，乃供帐九华殿以待之。"此句意为杨贵妃从华丽的帐帷中惊醒了。　〔珠箔(bó)〕用珍珠穿成的帘箔。〔银屏〕镶嵌银丝花纹的屏风。　〔迤逦(yǐ lǐ)〕连延貌。　〔阑干〕纵横貌，形容流泪状。　〔含情凝睇(dì)〕流动的眼波里含有无限深情。睇，微视。　〔昭阳殿〕汉殿名，赵飞燕姊妹所居，这里借指贵妃生前的寝宫。　〔蓬莱宫〕泛指仙境。蓬莱是神话中海外三山之一。这里指杨贵妃成仙后所住之处。　〔旧物〕指杨贵妃生前和玄宗定情的信物。　〔钿合〕用珠宝镶嵌的一种首饰，用两片合成。一说是用珠宝镶嵌的金盒。　〔"钗擘"句〕钗擘黄金，即上句所说的"钗留一股"；合分钿，即上句所说的"合一扇"。上句的"一股""一扇"，指自己留下的一半，这里是寄给对方的一半。擘，用手分开。　〔长生殿〕这里可能是指华清宫内贵妃的寝殿。　〔"在天"二句〕是原先的海誓山盟。比翼鸟，雌雄相比而飞的鸟。连理枝，异本草木，枝或干连生在一起。

解读

唐玄宗与杨贵妃的故事,在民间流传很久。元和元年(806),三十五岁的白居易任盩厔县尉,一次与友人陈鸿、王质夫同游仙游寺,偶然又谈起唐玄宗与杨贵妃的故事,相与感叹。王质夫举杯向白居易敬酒说:"这是希代之事,必须以出世之才的人来加以润色,否则这故事就会与时消失,后人不知。乐天兄是深于诗、多于情的人,试为歌之,如何?"于是,白居易便写下了这首脍炙人口的长篇歌行。

诗从唐玄宗"重色"开始写起,引出杨贵妃,并极写杨贵妃入宫后的美丽与艳压群芳。随后诗人又以很大的篇幅,描绘了杨贵妃受到宠爱的种种特殊待遇,以及唐玄宗因过度宠爱贵妃而荒废了朝政。

疏离朝政与专宠后宫的直接后果,便是酿成了"安史之乱"的爆发。于是,从"渔阳鼙鼓动地来"开始,诗人又以浓笔重墨,叙述了唐玄宗率杨贵妃等仓皇逃离长安,以及在众军的要求下,不得不在马嵬坡忍痛割爱,被迫处死杨贵妃的详细过程。

杨贵妃去世以后,诗人又以较多的笔墨描写了唐玄宗返京对她的哀悼与思念(细算下来,以"归来池苑皆依旧"至"魂魄不曾来入梦",居然也有十八句之多),用我们现在的话来说,也就是失恋后的心理描写和失落之感。不过,白居易的描写都是以景衬情,用景物描写来烘托人物的内心世界,而不是干巴巴的心理描写。

从"临邛道士鸿都客"开始,诗人根据民间的传说,又加上自己的丰富想象,写了临邛方士受唐玄宗的委托,上天入地寻觅杨贵妃,结果竟然在海外虚无缥缈的仙山上找到了杨贵妃,并托物寄词,重申前誓。最后以"天长地久有时尽,此恨绵绵无绝期"作结,既点明诗题"长恨"之意,又给人不尽的感慨,可谓恰到好处。

关于这首诗的主题思想,历来有着不同见解。有些人认为这是一首爱情诗,专述唐玄宗与杨贵妃的爱情;有些人则认为这是一首讽谕诗,对唐玄宗专宠杨贵妃而造成的"安史之乱"有着深刻的讽刺意味。如果从白居易一贯的诗歌主张来说,此诗无疑是有讽刺成分的,并希望能给后世的君王带来一定的借鉴和启示作用,从中得到应有的历史教训。但从描写上来说,白居易对唐玄宗与杨贵妃的故事,又有着太多的感慨,甚至是不少的同情,所以,诗中对唐玄宗既有讽刺,又有同情。作者是用一种相当复杂的心情来写的。我们不能仅从爱情诗或讽刺诗来加以简单的界定。

这是一首抒情成分相当浓厚的长篇叙事诗,故事曲折委婉,有起伏,有波澜,语言相当清丽,又能够注意到人物的心理描写,因此在当时就得到流传,连作者自己也说:"一篇《长恨》有风情。"自白居易的《长恨歌》与《琵琶行》后,虽然又有韦庄的《秦妇吟》等,但艺术成就方面都难以企及。所以,《长恨歌》可以说是中国长篇叙事诗的一块丰碑。

琵 琶 行 并序

　　元和十年,予左迁九江郡司马。明年秋,送客湓浦口,闻舟中夜弹琵琶者,听其音,铮铮然有京都声。问其人,本长安倡女,尝学琵琶于穆、曹二善才,年长色衰,委身为贾人妇。遂命酒,使快弹数曲。曲罢悯然。自叙少小时欢乐事,今漂沦憔悴,转徙于江湖间。予出官二年,恬然自安;感斯人言,是夕始觉有迁谪意。因为长句,歌以赠之,凡六百一十二言,命曰《琵琶行》。

　　浔阳江头夜送客,枫叶荻花秋瑟瑟。
　　主人下马客在船,举酒欲饮无管弦。
　　醉不成欢惨将别,别时茫茫江浸月。
　　忽闻水上琵琶声,主人忘归客不发。
　　寻声暗问弹者谁,琵琶声停欲语迟。
　　移船相近邀相见,添酒回灯重开宴。
　　千呼万唤始出来,犹抱琵琶半遮面。
　　转轴拨弦三两声,未成曲调先有情。
　　弦弦掩抑声声思,似诉平生不得志。
　　低眉信手续续弹,说尽心中无限事。
　　轻拢慢捻抹复挑,初为霓裳后六幺。
　　大弦嘈嘈如急雨,小弦切切如私语。
　　嘈嘈切切错杂弹,大珠小珠落玉盘。

间关莺语花底滑,幽咽泉流冰下难。
冰泉冷涩弦凝绝,凝绝不通声暂歇。
别有幽愁暗恨生,此时无声胜有声。
银瓶乍破水浆迸,铁骑突出刀枪鸣。
曲终收拨当心画,四弦一声如裂帛。
东船西舫悄无言,惟见江心秋月白。
沉吟放拨插弦中,整顿衣裳起敛容。
自言本是京城女,家在虾蟆陵下住。
十三学得琵琶成,名属教坊第一部。
曲罢曾教善才服,妆成每被秋娘妒。
五陵年少争缠头,一曲红绡不知数。
钿头银篦击节碎,血色罗裙翻酒污。
今年欢笑复明年,秋月春风等闲度。
弟走从军阿姨死,暮去朝来颜色故。
门前冷落鞍马稀,老大嫁作商人妇。
商人重利轻别离,前月浮梁买茶去。
去来江口守空船,绕船月明江水寒。
夜深忽梦少年事,梦啼妆泪红阑干。
我闻琵琶已叹息,又闻此语重唧唧。
同是天涯沦落人,相逢何必曾相识!
我从去年辞帝京,谪居卧病浔阳城。

座中泣下谁最多？江州司马青衫湿！

浔阳地僻无音乐,终岁不闻丝竹声。
住近湓江地低湿,黄芦苦竹绕宅生。
其间旦暮闻何物?杜鹃啼血猿哀鸣。
春江花朝秋月夜,往往取酒还独倾。
岂无山歌与村笛?呕哑嘲哳难为听。
今夜闻君琵琶语,如听仙乐耳暂明。
莫辞更坐弹一曲,为君翻作琵琶行。
感我此言良久立,却坐促弦弦转急。
凄凄不似向前声,满座重闻皆掩泣。
座中泣下谁最多?江州司马青衫湿!

注释

〔行〕古诗的一种体裁。 〔元和十年〕815年。元和,唐宪宗年号。 〔左迁〕贬官的婉转说法。汉代尊右而卑左,故降官称左迁。 〔九江郡〕即诗中之浔阳、江州,治所在今江西九江。〔司马〕州刺史的副职。这时已成为安置贬斥之官的闲职。〔湓浦〕即湓水,今名龙开河,其水口之地叫湓浦口。 〔京都〕指长安。 〔倡女〕古代以歌舞曲艺为业的女人。 〔善才〕唐人对琵琶师的称呼。 〔委身〕以身付人之意,即出嫁。 〔贾(gǔ)人〕商人。 〔命酒〕命令摆酒席。 〔快〕痛快,尽情。〔悯然〕悲愁而令人怜悯的样子。 〔憔悴〕困苦貌。 〔转徙(xǐ)〕犹流浪。 〔出官〕由京官出为地方官。 〔恬(tián)然自安〕犹随遇而安。 〔斯人〕此人,指倡女。 〔谪(zhé)〕贬官。〔浔阳江〕长江的一段,在江西九江市北。 〔瑟瑟〕指风吹枫荻声。 〔欲语迟〕欲说而又迟疑。 〔回灯〕移灯。 〔轴〕琵琶上收紧弦线的把手。 〔三两声〕试弹几声。 〔弦弦掩抑〕指每根弦都发出低沉忧郁的声音。 〔信手〕随手,意谓很自然地。 〔续续〕连续。 〔拢〕抚弦。 〔捻〕揉弦。 〔抹〕顺手下拨。 〔挑〕反手回拨。 〔霓裳〕即《霓裳羽衣曲》。 〔六幺〕当时京城流行的歌曲。 〔大弦〕琵琶有四弦(或五弦),一条比一条细。大弦指最粗的弦。 〔嘈嘈〕声音沉重悠长。〔小弦〕指最细的弦。 〔切切〕幽细声。 〔间关〕状鸟鸣声。〔花底〕花下。 〔滑〕流啭。 〔"幽咽"句〕对音乐的比喻和形容。水下难,一作"冰下滩",或"冰下难"。 〔"银瓶"句〕写乐声暂歇之后,忽又迸发出高昂激越的声音。银瓶,汲水器。乍(zhà),忽然。迸,急溅。 〔铁骑〕穿铁甲的骑兵。 〔拨〕拨弦的用具。 〔当心画〕用拨当着琵琶槽的中心,用力一画。〔裂帛〕如将布帛撕裂,形容声音的脆厉。 〔舫(fǎng)〕小船。〔沉吟〕心境沉重的样子。 〔敛容〕脸现正色。 〔虾蟆陵〕在长安东南,曲江附近,当时歌女聚居之地。 〔名属教坊〕当是挂名教坊,临时入宫供奉。教坊,唐代宫内教练歌舞的机构。〔部〕队。 〔秋娘妒〕意为被同行所忌妒。秋娘,唐代歌伎的通称。 〔五陵〕指汉代五个皇帝的陵墓,后来成为阔人们居住的地方。 〔年少〕年轻人。 〔争缠头〕竞相赠她财物。缠头,当时歌舞伎演奏完毕,多以绫帛之类为赠,叫缠头彩。 〔"一曲"

句〕意谓一曲既罢,就得到好多的红绡。绡,丝织品。 〔"钿头"句〕意谓欢乐时便以首饰代替打节拍,以致被击碎了。钿头银篦,两端镶着金玉制花朵的银篦子。 〔"血色"句〕意谓戏笑时酒也打翻,酒渍污染了红色罗裙。 〔秋月春风〕指一年中的美景。 〔等闲度〕随便而过。 〔走〕前去。 〔阿姨〕当指姊妹。妻之姊妹、母之姊妹皆称姨。 〔颜色故〕姿色衰老。 〔浮梁〕今江西景德镇,当时为茶叶集散地。 〔去来〕指商人去浮梁以来。 〔"梦啼"句〕意谓梦中哭醒后,泪痕还夹着脂粉。 〔阑干〕纵横,遍流。 〔唧唧〕叹声。 〔丝竹〕弦乐器与管乐器,这里指高雅的音乐。 〔杜鹃〕子规鸟。其声凄厉动人。 〔独倾〕犹独酌。 〔呕(ōu)哑嘲哳(zhá)〕都是形容声音杂乱刺耳。 〔难为听〕难以听下去。 〔莫辞更坐〕意谓不要就去,仍请坐下。更,再。 〔君〕指琵琶女。 〔翻〕按曲调写成歌词。 〔良久〕好久。 〔却坐〕回头重新坐下。 〔促弦〕拧紧弦。 〔向前〕先前,刚才。 〔掩泣〕掩面而泣涕泪下。 〔青衫〕官员品级低下的袍服颜色。

解 读

唐宪宗元和十年(815),白居易因上书议政,陈词激切,受人谗毁,被贬为江州司马。当时作者遭受打击,思想苦闷,于是在被贬后的第二年,在一次偶遇琵琶女的情况下,写下这首长篇歌行。

诗中通过对一个沦落江湖的琵琶女的身世描写,抒发了作者自己在政治上遭受打击后的苦闷心情,发出了"同是天涯沦落人,相逢何必曾相识"的沉痛感叹。作者虽然只是抒发自己心中的失意之情,但客观上却也暴露了当时社会上歌女受欺凌、被玩弄的悲苦命运。

这虽是一首叙事诗,却具有相当浓厚的抒情成分。整个作品结构完整,层次清楚,引人入胜。特别是琵琶女演奏琵琶的一段,作者通过"急雨""私语""大珠小珠落玉盘"等一系列生动贴切的比喻和细致入微的动态来描绘,写得尤为精彩,具有强烈的艺术感染力,充分显示了作者在诗歌创作上的杰出才华。

卖 炭 翁

卖炭翁,伐薪烧炭南山中。
满面尘灰烟火色,两鬓苍苍十指黑。
卖炭得钱何所营?身上衣裳口中食。
可怜身上衣正单,心忧炭贱愿天寒。
夜来城外一尺雪,晓驾炭车辗冰辙。
牛困人饥日已高,市南门外泥中歇。
翩翩两骑来是谁?黄衣使者白衫儿。
手把文书口称敕,回车叱牛牵向北。
一车炭,千余斤,宫使驱将惜不得。
半匹红纱一丈绫,系向牛头充炭直。

注 释
〔卖炭翁〕伐薪烧炭为生的老头。 〔南山〕终南山,在陕西西安市南。　〔苍苍〕灰白,花白。　〔营〕谋求。　〔市南门外〕集市的南门外。唐代长安有东、西两大集市,都在城南。　〔黄衣使者〕指宦官,唐代品级高的宦官穿黄衣。　〔称敕(chì)〕称是皇帝的命令。　〔叱〕大声吆喝。　〔直〕通"值",价值。

解读

白居易为了反映民生疾苦,曾写过《新乐府》五十首,这是其中的第三十二首。在诗的标题下还特意注明:"苦宫市也。"所谓"宫市",即在唐德宗贞元元年(785),宦官们经常派人在京城的热闹街坊,没有任何凭证,凡看到中意的东西,就口称是皇帝需要,强行夺走,或随意付很少的钱,就索取到宫中享受,百姓苦不堪言。白居易写此诗,就以一个卖炭翁从伐薪烧炭的艰辛,到一大早就在冰天雪地中驾车来京城集市卖炭,结果"牛困人饥",一文钱也没得到,反被宦官们强行夺走的遭遇,强烈谴责了"宫市"对百姓的欺压剥削和不公。语言浅显流畅,叙事生动,以一件事便深刻揭示了"宫市"之弊,应该说是相当成功的。

钱塘湖春行

孤山寺北贾亭西,水面初平云脚低。
几处早莺争暖树,谁家新燕啄春泥。
乱花渐欲迷人眼,浅草才能没马蹄。
最爱湖东行不足,绿杨阴里白沙堤。

注释

〔钱塘湖〕即今杭州西湖。 〔孤山寺〕孤山在西湖中后湖与外湖之间,山上有孤山寺。 〔贾亭〕一名贾公亭。《唐语林》:"贞元(785—804)中,贾全为杭州(刺史),于西湖造亭,为贾公亭。"〔云脚〕雨前或雨后接近地面的云气。 〔白沙堤〕即白堤,又称断桥堤。在湖东一带,登此能总览全湖之胜。

解读

这是白居易任杭州刺史时所写下的一首七律,约作于长庆三年(823)春,专写西湖的春天景象。起联由孤山、贾亭转到湖面,以下四句全写所见所闻,充满生机和活力,"早莺""新燕""浅草"等,均说明是早春天气。此诗之佳,不在比兴,也不在寄托,也不必浓抹,而自以白描取胜。短短八句,清新自然,括尽钱塘湖春景,中四句写景笔法灵动,尤为入神。

邯郸至夜思亲

邯郸驿里逢冬至,抱膝灯前影伴身。
想得家中夜深坐,还应说着远游人。

注释

〔邯郸〕即今河北邯郸。 〔驿〕古代来往官员暂住、换马的地方。 〔冬至〕二十四节气之一。因古代逢冬至要休假,和过年很相似,故引起作者的思乡之情。

解读

冬至在古代是个大节日,皇帝接受群臣庆贺,民间互送酒食,穿新衣,如同过年一般。而作者此时却远离家乡,灯前抱膝,孤影伴身,何其凄凉,故生思乡之情。全诗开头两句写客游之状,后两句写想念中的家人之景,语虽浅,情则深,反映了旅游之人逢节时所常有的那种思乡心情和感觉。

宫　　词

泪尽罗巾梦不成,夜深前殿按歌声。
红颜未老恩先断,斜倚熏笼坐到明。

注释

〔红颜〕指女子的颜面。　〔恩〕指皇恩。　〔熏笼〕熏即熏炉,古代用来熏香和取暖的炉子。熏笼即指熏炉上所罩的笼子。

解读

这是一首描写宫妃失宠之苦的七绝。前两句以后宫"泪尽罗巾"与前殿歌声阵阵相对照,写宫妃失宠之苦,"泪尽罗巾",自然难以成眠,何况前殿歌舞阵阵,传入耳来,更难入梦。第三句以"红颜未老"与恩却先断相对照,再写宫妃失宠之苦。末句"斜倚"二字,正可看出宫妃失宠后那种失意懒散的样子。"坐到明"三字,既写宫妃愁苦时间之长,又与首句"梦不成"相对应。全诗虽不曾下一愁苦之字,但愁苦之情已尽在其中了。

柳宗元

柳宗元(773—819),字子厚,河东(今山西永济)人。《全唐诗》说他"少精警绝伦"。贞元进士。早年与刘禹锡参与王叔文政治革新,人称"刘柳"。任礼部员外郎,革新失败后贬永州司马。后因曾贬为柳州刺史,故有"柳柳州"之称。他是唐代的散文家和哲学家,与韩愈并称"韩柳"。诗也有名,长五言诗。诗风清淡,与韦应物并称"韦柳"。其实他的七言律绝中也有名篇。有《柳河东集》。

登柳州城楼寄漳、汀、封、连四州刺史

城上高楼接大荒,海天愁思正茫茫。
惊风乱飐芙蓉水,密雨斜侵薜荔墙。
岭树重遮千里目,江流曲似九回肠。
共来百越文身地,犹自音书滞一乡。

注释

〔柳州〕今广西柳州。 〔漳、汀、封、连〕漳,漳州,今属福建,时刺史为韩泰。汀,汀州,今福建长汀,时刺史为韩晔。封,封州,今广东封川,时刺史为陈谏。连,连州,今广东连州,时刺

史为刘禹锡。 〔刺史〕州的行政长官。 〔大荒〕旷远的广野。〔惊风〕犹狂风。 〔飐(zhǎn)〕吹动。 〔芙蓉〕指荷花。〔薜荔〕一种蔓生植物,也称木莲。 〔江〕柳江。 〔九回肠〕指愁肠百结。 〔百越〕即百粤,指当时五岭以南各少数民族地区。 〔文身〕身上刺花纹。古代南方少数民族有"文身断发"的习俗。 〔滞(zhì)〕阻塞。

解读

这是柳宗元初任柳州刺史时写下的一首七言律诗,时间是宪宗元和十年(815)。柳宗元在永贞元年(805)与刘禹锡、韩泰、陈谏、韩晔等参加王叔文的永贞革新。失败后被贬南方十年,直到该年才奉诏进京,结果仍未受到重用,重新发配到南蛮边远地区任刺史。当时诗人心里郁闷,登上柳州城楼,纵目四望,不禁想起同命运的四位友人,却又难以互通音信,所以写下了这首著名的诗篇。首联登楼远望,海天相连,愁思茫茫,一起便有百端交集感。以下四句也都为登楼所见景色,然景中有情,情景交乳,怨而不怒,酸楚凄凉,寓意深切而委婉,深得骚人之旨。柳宗元七律,当以此篇为第一。

别舍弟宗一

零落残魂倍黯然,双垂别泪越江边。
一身去国六千里,万死投荒十二年。
桂岭瘴来云似墨,洞庭春尽水如天。

欲知此后相思梦，长在荆门郢树烟。

注释

〔宗一〕是柳宗元的从弟。　〔零落残魂〕指受尽摧残打击、心灵空虚而无所着落的精神状态。　〔倍黯然〕江淹《别赋》："黯然销魂者，惟别而已矣。"迁谪他乡，客中送别，故倍觉黯然。〔越江〕即粤江，珠江的别名，这里指柳江，因柳江是西江的支流。　〔十二年〕柳宗元于永贞元年(805)谪贬为永州司马，来到岭南，到作此诗时，正好是十二个年头。　〔桂岭〕泛指柳州附近一带的山。今广西壮族自治区地带，古时简称为桂。〔瘴〕瘴气，指山林间因湿热蒸郁而形成一种能引起疾疫的空气。　〔洞庭〕即洞庭湖，今湖北境内。　〔荆门〕山名，在今湖北宜都西北。　〔荆门郢树〕指湖北，宗一所游处。郢，江陵，亦可作楚地代称。　〔烟〕写相距遥远、极目微茫的情景。

解读

此诗作于元和十二年(816)。当时柳宗元被贬为柳州刺史，其从弟宗一将离开柳州到湖北去，两人分手之际，柳宗元写下了这一著名的七律。一起便有不胜衰飒之感，"双垂别泪"，即兄弟两人双双都垂泪泣别于越江之边。第三句言柳州离京城长安之远，第四句言自己被贬南方，离长安与家乡河东时间之久。第五句就自身处地讲，第六句就舍弟将到之地讲。末联则就二人分别后的相思之情讲。通篇情真意切，刘长卿善作苦语，然遇此等七律，也难及矣。

江 雪

千山鸟飞绝,万径人踪灭。

孤舟蓑笠翁,独钓寒江雪。

注释

〔径〕小路。 〔蓑笠翁〕穿着蓑衣,戴着笠帽的渔翁。

解读

此诗约作于作者被贬永州期间。当时难得下了一场大雪,只见千山鸟儿飞尽,万径没有人的踪迹,唯独一只孤零的小船上,有一穿蓑衣、戴笠帽的渔翁在雪封的寒江边垂钓。全诗都是写景,浑成一气,然景中寓情。且"雪"在末尾点出,尤觉奇峭。由于作者当时政治上遭打击,心中抑郁不快,因此很可能借隐居在山水之间寒江独钓的渔翁,来寄托自己清高而孤傲的情感,抒发自己政治上失意的苦闷心情。

李 涉

　　李涉,洛阳(今属河南)人。自号清溪子。元和年间曾任太子通事舍人,后贬峡州司仓参军。居峡十年,遇赦,太和年间任太学博士。后因武昭事流配康州,浪游桂州(今广西桂林)一带。他生前就有诗名,曾夜宿江村而被绿林豪客所执,一听说他就是李涉,首领就把他松绑,并请他写一首诗,邀其饮酒吃肉,然后释放了他。《全唐诗》存其诗一百十四首,其中七绝就有九十八首,可见他是一位喜作七绝的诗人。

题鹤林寺僧舍

终日昏昏醉梦间,忽闻春尽强登山。
因过竹院逢僧话,又得浮生半日闲。

注释

〔鹤林寺〕唐代的寺庙,方位不详。 〔僧舍〕僧人的宿舍。通常都在寺院内。 〔强登山〕勉强登山。 〔逢僧话〕与僧人相逢交谈。

解读

　　这是诗人题写在鹤林寺僧舍上的一首诗。在唐代,诗人游览寺庙而题写上一首诗,是常有的事。有些诗并因此而得名。

因过竹院逢僧话,又得浮生半日闲。

李涉生前两次被贬,仕途坎坷,并不得志,常浪游江湖,故首句"终日昏昏醉梦间",可说是他落拓生活的真实写照。忽然听说春天将尽,才勉强从懒散中重抖精神,去攀爬山岩,登高远眺。后二句说他在登山途中路过竹院,恰巧遇上一个和尚,与他交谈,觉得自己浮生又获得半日闲暇。末句似佛家语,又似尘世语,有点自得其乐的样子,故后人也常在忙里偷闲、自得其乐时引用它。

元 稹

元稹(779—831),字微之,河南河内(今河南洛阳附近)人。八岁丧父,家贫,由其母教读。十五岁明经及第,授校书郎,后官监察御史,曾与宦官刘士元争厅,贬江陵府士曹参军。穆宗长庆初,以其《连昌宫词》等向穆宗进奏,大为赏识,即任知制诰,后又担任宰相。以武昌军节度使卒于任所。他早年与白居易倡新乐府,两人交谊甚深,世称"元白"。除反映民生疾苦外,他也写艳情诗,其悼亡诗也特别有名,如"曾经沧海难为水,除却巫山不是云",就是悼念他的亡妻韦丛的。有《元氏长庆集》。

闻乐天授江州司马

残灯无焰影幢幢,此夕闻君谪九江。
垂死病中惊坐起,暗风吹雨入寒窗。

注释
〔乐天〕白居易,字乐天。 〔授〕授职,任命。 〔江州〕今江西九江。 〔司马〕唐代的地方官名。 〔幢(chuáng)幢〕晃动不定的样子。 〔夕〕夜。 〔垂死〕临近死亡。

解读
815年,白居易因上疏议政,陈词激切,被唐宪宗贬为江州司马,当时作者被贬通州(今四川达州),当他听到白被贬的消息后,心情十分难过,立刻抱病写下这首诗寄给白。全诗即事写景,通过"残灯无焰""暗风吹雨"等一系列的描写和气氛烘托,充分表现了作者对友人被贬的哀伤不平和凄苦悲凉的心情。据载,白居易在江州将诗看完后,很受感动。

遣悲怀三首

谢公最小偏怜女,自嫁黔娄百事乖。
顾我无衣搜荩箧,泥他沽酒拔金钗。
野蔬充膳甘长藿,落叶添薪仰古槐。
今日俸钱过十万,与君营奠复营斋。

注释

〔"谢公"句〕东晋宰相谢安,最爱其侄女谢道韫。韦丛的父亲韦夏卿,官至太子少保,死后赠左仆射,也是宰相之位。韦丛为其幼女,故以谢道韫比之。偏怜女,最疼爱的女儿。 〔黔娄〕春秋时齐国贫士,其妻贤惠。作者幼孤贫,故以自喻。 〔乖〕不顺遂。 〔荩(jìn)箧〕草编的箱子。荩,草。 〔"泥他"句〕此句意为软求韦丛拔下头饰金钗去典当换酒喝。泥,软求。 〔"野蔬"句〕写韦丛能安于贫寒。甘,甘心。藿,豆叶。 〔"落叶"句〕写韦丛扫落叶以烧火。薪,柴。仰,依仗。 〔"今日"

句〕这时作者官位已很高,有哀伤其妻不能共享荣华意。俸钱,旧时官吏所得的薪金。 〔君〕指韦丛。 〔营奠〕办理祭品。〔斋〕原义为施饭与僧,此指延请僧人超度。

解 读

《遣悲怀》三首,是元稹为悼念其亡妻韦丛而写下的。韦丛字茂之,比元稹小四岁,是太子少保韦夏卿最疼爱的女儿。而元稹出身贫寒,韦夏卿也是爱其才而将女儿嫁给他的。所以韦丛下嫁后,等于跟着元稹过苦日子。而当元稹苦日子熬到头,官至宰相身份显贵以后,韦丛却不幸在元和四年(809)离开人世,年仅二十七岁。因此,元稹对她总有一种很深的歉疚感。正是这种歉疚感,使他写下了这三首千古绝唱的悼亡诗。此为第一首,前六句极言其夫妻初婚之时生活的艰辛和妻子的贤惠。末二句写今日的俸禄之多和对亡妻的悼念。全诗盛赞亡妻的美德,词非丽而情自深。

昔日戏言身后意,今朝都到眼前来。
衣裳已施行看尽,针线犹存未忍开。
尚想旧情怜婢仆,也曾因梦送钱财。
诚知此恨人人有,贫贱夫妻百事哀。

注 释

〔"昔日"句〕写过去夫妻间随口所说的玩笑话。 〔施〕施舍与人。　〔行看尽〕眼看不多了。行，快要的意思。　〔婢仆〕因元稹后来做了大官，家中用了不少婢女和仆人。

解读

这是第二首。起二句虽写"昔日"夫妻间的"戏言"，却真实有味，弥见夫妻生前情笃，且有悲凉意，非初婚的贫贱夫妻，难与言此二句之妙。次联写亡妻遗物，三联因亡妻而及婢仆，见元稹善心。末句跌出"贫贱夫妻百事哀"，当为全诗之主，令人生慨。

闲坐悲君亦自悲，百年都是几多时！
邓攸无子寻知命，潘岳悼亡犹费词。
同穴窅冥何所望？他生缘会更难期！
惟将终夜长开眼，报答平生未展眉。

注释

〔君〕指韦丛。　〔"百年"句〕意谓就算一生之多又有多少时间呢。　〔邓攸〕西晋人，字伯道，官河东太守，战乱中舍子保侄，后终无子，时人乃有"天道无知，使伯道无儿"之语。　〔寻知命〕即将到知命之年。作者于五十岁时，始由继室裴氏生一子，名道护。寻，随即。知命，指五十岁。　〔潘岳〕西晋诗人，字安仁，妻死，作《悼亡诗》三首，为世传诵。　〔犹费词〕意谓潘岳即使写了那么悲痛的诗，对死者也等于白说。实际是说自己。〔同穴〕指夫妻合葬。　〔窅(yǎo)冥〕深远渺茫意。　〔长开眼〕

意谓不能安睡。　〔未展眉〕即蹙眉,指韦丛生平一直过清苦生活。

解读

此为第三首,当以"自悲"为主,以下七句全由此二字生出。次联以邓攸、潘岳事为典故,实际上皆言自身,三联是想望与意愿,末联尤见悼亡意。蘅塘退士说:"古今悼亡诗充栋,终无能出其三章者,勿以浅近忽之。"元稹今存七律一百十余首,此三首最为有名,全是感情真挚、悼念深切所致。昔人有"元轻白俗"之讥,读此三章,何轻之有?

行　　宫

寥落古行宫,宫花寂寞红。
白头宫女在,闲坐说玄宗。

注释

〔行宫〕皇帝外出所住之处。　〔玄宗〕即唐玄宗李隆基。

解读

唐玄宗李隆基因沉迷杨贵妃,从励精图治到荒于朝政,最后引出"安史之乱",自己狼狈逃出京城,唐王朝由盛转衰。而今唐玄宗、杨贵妃都已去世,但当年的年轻宫女今尚健在,头发虽白,仍闲坐在古行宫里叙说着当年的玄宗旧事,并借此抒发了对唐王朝盛衰的感慨。

菊　花　　　　　元　稹

秋丛绕舍似陶家，遍绕篱边日渐斜。
不是花中偏爱菊，此花开尽更无花。

菊　花

秋丛绕舍似陶家,遍绕篱边日渐斜。
不是花中偏爱菊,此花开尽更无花。

注释

〔陶家〕指东晋诗人陶渊明家。陶渊明酷爱菊花,遍植家中。　〔此花〕指菊花。　〔更〕再。

解读

这是一首吟咏菊花的七绝。菊花不似牡丹富贵,也不像凤仙花那样娇嫩,她是傲霜之花,有着高洁和坚贞的品格,故历来就受到许多志士文人的喜爱。不独陶渊明有"采菊东篱下,悠然见南山"的名句,唐代也有不少赞美菊花的诗句。但元稹此诗不落俗套,只是就环绕家庭和篱边的菊花,即兴而咏,随意抒写,却自然通脱,与众不同,别成一家。特别是末两句,有议无议,道得人心中语。因为大多数花都在春天开放,只有像菊这类少数花是在秋天开放,装点着秋色,最后才慢慢凋谢。难怪元稹才发出了"此花开尽更无花"的感慨,实际上在感慨中已对菊花进行了高度的赞美。

崔 护

崔护,字殷功,博陵(今河北省定州)人。贞元十二年(796)进士。生活于贞元、元和年间,约与白居易等同时。历官至岭南节度使。《全唐诗》录存其诗六首。

题都城南庄

去年今日此门中,人面桃花相映红。
人面不知何处去,桃花依旧笑春风!

注释

〔都城〕即长安,今陕西西安。 〔人面〕指诗中女子的面容。 〔笑〕形容桃花开得欢。

解读

作者年青时曾寄居长安,有一年清明节独自到郊外去游玩,在南庄的一家院落中看到了一位美丽的姑娘,正站在桃树旁,他向姑娘讨水喝,姑娘把水给他,就倚在桃树下含情脉脉地看他喝水。作者对姑娘的热情接待很有好感。于是第二年的清明节,他又重来旧地,想来看看这位姑娘,然而姑娘不知到哪儿去了,只有桃花依旧迎风艳开。作者非常遗憾,回来以后就写了这首七绝。全诗音节流畅,叙事之中,充满了对那姑娘的怀念,是一首很好的爱情诗。

王 建

王建,字仲初,颍川(今河南许昌)人。大历进士。曾寓居魏州乡间。贞元中离家从军,北至幽州,南至荆州。曾任昭应县丞、渭南尉、陕州司马等职。他与张籍都以乐府诗著名,人称"张王"。严羽在《沧浪诗话》中就曾说:"大历后,刘梦得之绝句,张籍、王建之乐府,吾所深取耳。"其实,张、王的近体律诗和绝句也很有成就。王建的《宫词》百首流传尤广。有《王司马集》。

望 夫 石

望夫处,江悠悠。化为石,不回头。
山头日日风复雨,行人归来石应语。

注释

〔望夫石〕妻子盼望丈夫归来的石头。 〔"行人"句〕意谓如丈夫真的回来,这块望夫石会开口说话、倾诉离情的。行人,丈夫。

解读

在中国古代,许多地方都流传着男人久出不归,其妻登山眺望盼归的故事,因而不少地方都有"望夫山""望夫石"或"望夫台"的名称。王建此诗便是根据一个民间故事而写成的一首诗。

相传古代有一女子,因思念离家长久的丈夫,天天到江边的山上去眺望,结果化为一块石头,其形状似仍在眺望,永不回头,后人为其对爱情的忠贞所感,称其石为望夫石。全诗简洁而哀婉,宋人黄叔度以为此诗在古今咏望夫石的诗中,是最好的一首。

水 夫 谣

苦哉生长当驿边,官家使我牵驿船。
辛苦日多乐日少,水宿沙行如海鸟。
逆风上水万斛重,前驿迢迢后淼淼。
半夜缘堤雪和雨,受他驱遣还复去。
夜寒衣湿披短蓑,臆穿足裂忍痛何!
到明辛苦无处说,齐声腾踏牵船歌。
一间茅屋何所值,父母之乡去不得。
我愿此水作平田,长使水夫不怨天。

注释

〔"苦哉"二句〕古代陆路、水路均设有公家的驿站,照例就地征用民夫,所以生长在驿站边附近容易被征用,去给驿站的官船拉纤,故这里的水夫即纤夫。　〔"水宿"句〕意谓停船时,露睡在船头上;牵船时在沙滩上行走,犹如海鸟一般。　〔淼(miǎo)淼〕水盛大貌。一作"渺渺"。　〔"半夜"二句〕即"受他驱遣还复去,半夜缘堤雪和雨"的倒文。意谓在官府的驱遣下,刚服役回来,又被驱去,即使深更半夜,下雪下雨,也不得不在堤上爬着去牵船。缘,即沿,这里指沿着堤岸爬着牵船。还复去,来而复往。 〔蓑(suō)〕用草编织成的蓑衣,作为掩盖身子的雨具。 〔臆穿〕牵船的绳索套在胸前,故胸痛如穿。臆,胸口。〔忍痛何〕如何忍得住痛? 〔"齐声"句〕意谓一面走,一面唱歌,这样忍痛前进。腾踏,举步向前。 〔父母之乡〕世代居住的故乡。 〔不怨天〕这里的天,实际是指第二句所说的"官家"。因为怨恨而无可奈何,只得归之于天。

解 读

这是一首描写纤夫在官家压迫和役使下拉牵驿船所受痛苦的七言歌行。起二句写被迫征役去做纤夫的缘由。第三句"辛苦日多乐日少"为全诗主旨,故以下所写,全由"辛苦日多"四字引出,极言纤夫劳作之苦。从逆风而行,"前驿迢迢"到夜半雨雪,从胸痛如穿到脚裂难熬,无不写到。所以才有了末尾二句的感叹和怨言:如水作了平田,就没有驿船,如没有了驿船,也就不必再受拉纤之苦而向天叫怨了。纤夫是很辛苦的底层人群,王建在一千多年前就已关注到他们的痛苦生活,实在难得。由于诗题称"谣",所以王建故意用一种通俗浅白的语言来写。

新 嫁 娘 词

三日入厨下,洗手作羹汤。

未谙姑食性,先遣小姑尝。

注释

〔"三日"句〕中国古代风俗,新娘嫁后三日,要下厨房做羹汤以奉公婆。 〔谙〕熟悉。 〔姑食性〕婆婆的口味。〔遣〕使。

解读

作者很擅长于作乐府诗,此诗便有乐府遗意。作者截取了一个生活的片段,通过新娘婚后三日下厨做羹汤一事,抓住细节描写,刻画了一个聪明伶俐的新婚女子形象。诗的语言活泼生动,颇有民间歌谣的风味。

十五夜望月

中庭地白树栖鸦,冷露无声湿桂花。
今夜月明人尽望,不知秋思落谁家。

注释

〔十五夜〕中秋的晚上。 〔地白〕月光满地。 〔栖〕鸟类歇宿之称。 〔"今夜"二句〕意谓今天这个中秋节晚上的明月人人都在望,但不知秋思究竟是在哪一家?秋思,感秋的感情。

解读

作者在一次中秋节的晚上望月有怀,所以写了这首七绝寄

十五夜望月　　　　　王　建

中庭地白树栖鸦,冷露无声湿桂花。
今夜月明人尽望,不知秋思落谁家。

给朋友杜郎中。前二句极写晚上的幽静景象,月明地白本来会使乌鸦惊飞,而现在它已安栖树上,冷露又在沾湿桂花,这一切都说明夜已深了。后二句则是作者对着夜景而发出的感慨和想象。明明是作者自己在望月感秋,偏还问"不知秋思落谁家",给人以很多的联想。这种结句,和李白七绝的某些结句方法极为相近。

张　籍

张籍,字文昌,祖居苏州(今属江苏),后移居和州(今安徽和县)。因曾任太常寺太祝、水部员外郎、国子司业等职,故有张太祝、张水部或张司业之称。他与王建都以乐府诗闻名,注重民生疾苦。张戒《岁寒堂诗话》曾说:"张司业诗与元、白一律,专以道得人心中事为工。但白才多而意切,张思深而语精。"其五七言律诗的成就也相当突出,七绝中也不乏名篇,如《秋思》一绝就被清人潘德舆推为唐人七绝压卷之作之一。有《张司业集》传世。

节　妇　吟

君知妾有夫,赠妾双明珠。
感君缠绵意,系在红罗襦。
妾家高楼连苑起,良人执戟明光里。
知君用心如日月,事夫誓拟同生死。
还君明珠双泪垂,恨不相逢未嫁时。

注　释

〔节妇〕有节操的妇女。　〔"赠妾"句〕赠珠表示结爱之意。妾,旧时妇女对自己自称时的谦辞。按:古代延聘士人,先致金币,故用以为比。 〔罗襦〕丝织的短袄。 〔高楼连苑起〕连苑都矗立着高楼,形容宅第之华丽。苑,园囿。 〔良人〕古代妇女称丈夫之词。 〔执戟明光〕指供职朝廷,侍卫皇帝。明光,汉殿名,在未央宫之西。此借指唐宫。 〔用心如日月〕意谓光明磊落,并没有什么不可告人的动机。

解读

此诗一本题下注云:"寄东平李司空师道"。李师道是当时藩镇之一的卢淄青节度使,又冠以检校司空、同中书门下平章事的头衔,其势炙手可热。中唐以还,藩镇割据,用各种手段,勾结、拉拢文人和中央官吏。而一些不得意的文人和官吏也往往去依附他们,韩愈曾作《送董邵南序》一文婉转地加以劝阻。张籍是韩门大弟子,他的主张统一、反对藩镇分裂的立场与韩愈一致。这首诗便是为拒绝李师道的拉拢而写的名作。通篇以男女爱情关系作比,来表明自己的政治态度,对李师道的拉拢表示婉言谢绝。全诗虽用比兴手法,客观上却写出了一个忠贞不贰的节妇形象。即使从爱情诗的角度来看,也是一篇优秀之作。如有寄托,其意就更深婉了。末二句为名句,至今传诵。

蓟北旅思

日日望乡国,空歌白苎词。
长因送人处,忆得别家时。
失意还独语,多愁只自知。

客亭门外柳,折尽向南枝。

注释

〔蓟北〕唐幽州蓟城之北,属河北道,今天津蓟州区以北。〔旅思〕旅途中的思念。 〔乡国〕故乡。 〔白苎词〕乐府舞曲歌词。 〔客亭〕送客亭,又称驿亭,古代送迎旅客或使者的处所。

解读

这是诗人在蓟北旅途思乡而写下的一首五言律诗。起句便及旅思,有无限思乡之念。"日日"二字,已见望乡之切。《白苎词》是一种吴地歌舞,内容多盛赞舞者之美,教人青年时应及时行乐。张籍是吴地人,现一人旅行于蓟地,虽也知《白苎词》之意,但也只能"空歌"而已。次联是自然而又工整的流水对,也是名句,因为经常送别他人,所以也经常回忆起自己别家时的情景。三联写自己旅途中的愁绪与孤独感。唐人送人时有折柳相赠的习惯,末联写折柳送人南行。折尽向南之枝,含蓄无穷,令人回味。

秋　　思

洛阳城里见秋风,欲作家书意万重。

复恐匆匆说不尽,行人临发又开封。

注释

〔欲〕想。 〔家书〕家信。 〔临发〕捎信的行人临出发时。 〔开封〕指打开给家人的信封。

解读

作者曾在洛阳城里客居过一段时间。一次见城里秋风频起,不禁想起了家乡的亲友,作下此诗。全诗的主旨都在"意万重"三字上,"见秋风""欲作家书""复恐""说不尽"以及"行人临发又开封"等一系列动态,都是由于"意万重"的思想状态而产生的。通过细腻、生动、真切而又富有特征的动作描写来表现人的秋思之情,是此诗的最大特点。语言上也显得比较通俗流畅,自然生动。《射鹰楼诗话》赞其有"七绝之绝境"。

金昌绪

金昌绪,余杭(今属浙江)人。唐大中以前在世,约生活于中唐。唐顾陶编《唐诗类选》就选有此诗。今存诗仅一首。

春　　怨

打起黄莺儿,莫教枝上啼。
啼时惊妾梦,不得到辽西。

注释
〔妾〕古代妇女自称。　〔辽西〕辽河以西。

解读
这是一首描写闺怨的五言绝句。丈夫随军去辽西,与妻分手后,妻子在春季里思念丈夫,只能在梦中相见。可恨黄莺乱叫,闹了她的好梦。此诗以民歌语言出之,却清新可爱,活泼生动,令人百读不厌。

贾 岛

贾岛(779—843),字浪仙,一作阆仙,幽都(今北京)人。早年出家为僧,名无本。屡试进士不第。后为韩愈所赏识,携之入京。曾任遂州长江主簿,人称"贾长江"。其诗与孟郊并称"贾孟",有"贾寒孟瘦"之谓,又与姚合有"姚贾"并称。以刻苦推敲诗句闻名于世。其《题诗后》一绝云:"二句三年得,一吟双泪流。"可见其刻苦的程度。所作以五律为多,有《长江集》。

寻隐者不遇

松下问童子,言师采药去。
只在此山中,云深不知处。

解读

作者早年穷愁潦倒,无奈之下,落拓而为和尚,后在韩愈的劝说下才还俗。但他与和尚、隐居者常有来往。此诗写他一次去山中寻访一位隐居者,在松树下问一孩童,孩童只说师傅采药去了,肯定是在此山中,但云深雾多,终究在哪里却不知。此诗虽以问答的形式出现,却也饶有情味。其中未能遇见的"隐者",尤能供人想象。

题李凝幽居

闲居少邻并,草径入荒园。
鸟宿池边树,僧敲月下门。
过桥分野色,移石动云根。
暂去还来此,幽期不负言。

注释

〔李凝〕生平不详。 〔云根〕指石。《艺文类聚》卷一引《尚书大传》:"五岳皆触石而出云,肤寸而合,不崇朝而雨。"后因指石为云根。 〔幽期〕幽栖之约,意即偕隐幽居。

解读

此为题居之诗。起联似生硬,少韵味。三四名句。然五六两句也有佳处,并可传世。此诗唯中二联佳,起结平平,未见其妙。相传,贾岛曾赴举至长安,骑在驴上吟哦诗句,至第四句时抬手作推敲之势,不自觉中竟冲撞到京兆尹韩愈大驾前,左右欲拿下,韩愈阻止,问明原因后,便对贾岛说:"以'敲'字为好。"随后就与贾岛并辔而归,留连论诗,与贾岛结为布衣之交。

忆江上吴处士

闽国扬帆去,蟾蜍亏复圆。

秋风生渭水，落叶满长安。
此地聚会夕，当时雷雨寒。
兰桡殊未返，消息海云端。

注释

〔吴处士〕吴姓隐者，作者友人，事迹未详。 〔闽国〕指闽越国。今浙江、福建部分地区。 〔蟾蜍〕指月。相传，月中有蟾蜍。 〔生〕一作吹。 〔渭水〕即渭河，源出甘肃渭源鸟鼠山。 〔兰桡〕木兰桨，代指木兰舟。

解读

这是诗人忆念吴处士而写下的一首五律。首句写吴处士扬帆往"闽国"而去，次句写分别时间。三四名句，写景壮阔。

秋风生渭水，落叶满长安。

五六句回忆当年"聚会"之情景,末联翘首以盼。作者另有《忆吴处士》诗云:"半夜长安雨,灯前越客吟。孤舟行一月,万水与千岑。岛屿夏云起,汀洲芳草深。何当折松叶,拂石剡溪阴。"二诗都作于吴处士离长安舟行一个月之后,均写长安秋雨之夜饯别,及入闽越国之悬想。其舟行途径乃由剡溪溯流而上,即"拂石剡溪阴"。诗写思友之情,唯颔联"秋风生渭水,落叶满长安",气格遒劲,情景兼到,是为警句。

李 贺

李贺(790—816),字长吉,昌谷(今河南宜阳西)人。据说他七岁就会作诗,因避家讳,不能参加进士科考试。只得以诗为伴,抒发心声。终生只做过一个奉礼郎的小官。死时年仅二十七岁。他的诗瑰丽怪异,有"鬼才"之称,尤长乐府。杜牧、李商隐对他的诗都有极高的评价,在唐诗中可谓独树一帜。有《李长吉歌诗》传世。

雁门太守行

黑云压城城欲摧,甲光向日金鳞开。
角声满天秋色里,塞上燕脂凝夜紫。
半卷红旗临易水,霜重鼓寒声不起。
报君黄金台上意,提携玉龙为君死。

注释

〔雁门太守行〕是乐府《相和歌·瑟调曲》旧题。汉古辞有咏洛阳令王涣的一篇,但与雁门太守事无关,至六朝拟作都咏征戍之苦。雁门在今山西西北部。 〔"黑云"二句〕太阳透过黑云照在金甲上,像鱼鳞一样闪动着五光十色的异彩。 〔"塞上"

句〕长城附近多半是紫色的泥土,所以称为"紫塞"。这里说,傍晚时落日掩映,塞土有如燕脂凝成,紫色显得更浓艳。燕脂,同"胭脂"。 〔易水〕在今河北易县。 〔"霜重"句〕写北方严寒,战地艰苦,暗示战争失利。不起,打不响。 〔"报君"句〕谓报答君王平日对自己的重视。黄金台,故址在今河北易县东南,战国时燕昭王所筑。昭王曾置千金于台,以表示不惜用最高代价来延揽人才。 〔玉龙〕指剑。

解读

《雁门太守行》本是古乐府之一。古辞原备述洛阳令王涣德政之美,到了梁朝简文帝所作,始言边塞征战之苦。此诗祖承其意而略有变化。开篇言大敌压境,简直要把城池都要摧毁了,而城中守军则奋起阵以待。三四两句写双方战斗的激烈。五六两句言战事失利。最后两句则重新振起,写壮士主动请缨,愿赴国难,为国捐躯,建立功业。全诗凝重瑰奇,于郁抑中显悲壮,与盛唐边塞诗的写法大相径庭。

梦　　天

老兔寒蟾泣天色,云楼半开壁斜白。
玉轮轧露湿团光,鸾珮相逢桂香陌。
黄尘清水三山下,更变千年如走马。
遥望齐州九点烟,一泓海水杯中泻。

注释

〔"老兔"句〕兔和蟾,都是指月。泣天色,意谓秋月初出,光影凄清,有如兔和蟾在哭泣似的。民间把月中的黑影叫作蟾,也叫作兔。蟾,蟾蜍的简称。 〔云楼〕指层层舒卷的云片。〔壁斜白〕月光斜照。 〔"玉轮"句〕意谓月轮为冷露所沾湿,它的四周环绕着一重水气,已是深夜的时候了。轧,辗。因为称月为玉轮,所以说轧。因为是满轮月,所以说团光。 〔鸾珮〕雕着鸾凤的玉珮,这里指系着鸾珮的仙女。珮,同"佩"。 〔桂香陌〕月宫里的大路。传说月中有桂,所以一路上桂子飘香。〔"黄尘"二句〕三山指神仙家所说的海上三神山,即蓬莱、方丈、瀛洲。两句意为,在三神山下,海变陆,陆变海,人间千年在天上如跑马一样迅速而过。 〔"遥望"句〕意谓在天上遥望中国,九州小得就像"九点烟"。齐州,中州,即中国。九点烟,上古时说中国境内分为九州。 〔一泓〕一汪。末句意思是说大海小得就像一杯水的样子。

解读

这完全是诗人所想象的一首诗。所谓"梦天",就是诗人梦幻中仿佛飞升天上,进入月亮在俯视人间。晋代郭璞写有《游仙诗》,此诗由其变来,可视为游仙诗的一种。前四句皆写幻想中来到月宫(即月亮)内所看到的种种景象,后四句皆写从月宫和天上俯瞰人间的景象。通篇都是幻景幻象,充分显示了诗人丰富奇特的想象能力,可谓唐诗一绝。

致 酒 行

零落栖迟一杯酒,主人奉觞客长寿。
主父西游困不归,家人折断门前柳。
吾闻马周昔作新丰客,天荒地老无人识。
空将笺上两行书,直犯龙颜请恩泽。
我有迷魂招不得,雄鸡一声天下白。
少年心事当拏云,谁念幽寒坐呜呃。

注释

〔"零落"句〕意谓在飘零落拓的客游之中,大家聚会在一起,共进一杯酒。栖迟,游息。 〔奉觞〕举杯敬酒。奉,同"捧"。 〔长寿〕敬酒时的祝词,犹如现在之祝健康。 〔"主父"句〕主父偃,汉武帝时齐人,家贫,北游燕、赵、中山,无所遇。乃西至长安,客卫青门下。久不得进,困甚。后上书阙下,为武帝所信任,官至齐相。 〔"家人"句〕指家人盼望征人归来时间之久。门前柳枝尽折断,而人还未得归来。 〔"吾闻"四句〕马周,唐太宗时人。少孤,家贫,曾客新丰(在长安附近,今陕西临潼东面),受到逆旅主人的冷淡。至长安,客中郎将何常家。贞观五年(631),诏百官言朝政得失。马周代何常陈二十余事,都切中时弊。太宗大为激赏,诏直门下省,拜监察御史。后官至中书令,摄吏部尚书,进银青光禄大夫。事见《新唐书·马周传》。〔迷魂招不得〕指失意远游。《楚辞》有《招魂》篇。王逸注:"《招魂》者,宋玉之所作也……(屈原)魂魄放佚,厥命将落,故作《招魂》,欲以复其精神,延其年寿。"此反用其意。因心情抑郁,行止彷徨,故曰"迷魂"。 〔挐云〕比喻高昂的志趣。挐,牵引,抉取。 〔呜呃〕呜咽悲叹声。

解 读

李贺少有大志,二十一岁时在韩愈的鼓励下入京应进士第,后因避讳而未成,李贺受到挫折,一次在饮酒时感慨万千,写下了这首七言歌行。起二句点题"致酒",以下六句为主人劝慰之词。最后四句为贺答词。诗中援引汉代主父偃和初唐马周都能从贫困中走出,最后为君主所重用,得以施展抱负和才能的事,对照自身的怀才不遇,既宣泄了心中的牢骚和苦闷,同时也表露出睥睨古人的凌云壮志和气概。全诗结构严谨,有跌宕,从一些历史人物的穷通变化中,说明了人生遭遇的无常,并对自身的抱负充满希望。

金铜仙人辞汉歌 并序

魏明帝青龙元年八月,诏宫官牵车西取汉孝武捧露盘仙人,欲立置前殿。宫官既拆盘,仙人临载乃潸然泪下。唐诸王孙李长吉遂作《金铜仙人辞汉歌》。

茂陵刘郎秋风客,夜闻马嘶晓无迹。

画栏桂树悬秋香,三十六宫土花碧。

魏官牵车指千里,东关酸风射眸子。

空将汉月出宫门,忆君清泪如铅水。

衰兰送客咸阳道,天若有情天亦老。

携盘独出月荒凉,渭城已远波声小。

注 释

〔青龙元年〕即233年。 〔汉孝武〕即汉武帝。 〔捧露盘仙人〕此物在汉建章宫。 〔长吉〕李贺字长吉。 〔茂陵刘郎〕指汉武帝。武帝姓刘,葬茂陵,故称。 〔秋风客〕言人生终于一死。《古诗》:"人生天地间,忽如远行客。"这里说"秋风",因武帝曾作《秋风辞》,因秋风之起而感慨人生。故取其义。 〔"夜闻"句〕王琦《李长吉歌诗汇解》注:"谓其魂魄之灵或于晦夜巡游,仗马嘶鸣,宛然如在,至晓则隐匿不见矣。" 〔"画栏"二句〕写故宫荒凉景象。西汉时,长安有离宫别馆三十六所。离宫多依山建筑,时移世易,亭苑苔封,而画栏尚在;栏前桂树,秋来依旧飘香。因画栏高,故说"悬"。土花,指苔。 〔"东关"句〕铜人由西移东,故出东关。关,城门。酸风,秋冬的悲风。眸子,即瞳子,指眼。 〔空将〕空与。 〔君〕指汉。写铜人离开汉宫下泪的样子。 〔"衰兰"二句〕上句言铜人途中所见景物的荒凉。咸阳古道,唯秋风衰草而已。兰,指兰草,菊科植物,通体有香气,秋季开花。客,指铜人。咸阳道,即长安道。因铜人辞汉,故曰"衰兰送客"。下句用天的无情,衬托出人的有情,对此不能不为之伤感。 〔"渭城"句〕言铜人离开长安,愈去愈远。渭城,即咸阳故城,这里借指长安。波声,指渭水的声音。

解读

金铜仙人即是建章宫内的铜柱,在汉武帝时所建立,高二十丈,上有仙人掌、承露盘,故又把该铜柱称为铜仙人。这是西汉故都象征性的贵重宝物,现魏明帝下诏要将其拆迁徙离长安,这就意味着魏王朝代替了汉王朝,诗题中所谓"辞汉",正是此意。李贺以魏人迁移汉宫金铜仙人事为吟咏对象,写出了兴亡盛衰的感慨,其中也有可能别有寄托。诗人能把一个铜铸的仙人写得如此有感情,从铜仙人留恋故都而生出无限情思,翻空作奇,临载时居然会"潸然泪下",并想象出迁徙途中的种种情状,真是妙不可思,也最能见出诗人的杰出才华。

老夫采玉歌

采玉采玉须水碧,琢作步摇徒好色。
老夫饥寒龙为愁,蓝溪水气无清白。
夜雨冈头食蓁子,杜鹃口血老夫泪。
蓝溪之水厌生人,身死千年恨溪水。
斜山柏风雨如啸,泉脚挂绳青袅袅。
村寒白屋念娇婴,古台石磴悬肠草。

注释

〔水碧〕水晶一类的矿物,是玉的一种,又名碧玉或水玉,产深水中,十分难采。 〔"琢作"句〕意谓水碧雕琢成为步摇,徒然有美好的色泽,仅供贵妇人的装饰罢了。步摇,妇女发髻的饰物,用银丝穿宝玉作花枝形,插在头上,行走时,随着行步而颤动。〔"老夫"二句〕意谓由于官府不断地在蓝溪采玉,不但繁重的徭役使得老夫饥寒,连深潭里的龙也因为不能安身而发愁;蓝溪的水也被搅成一团混浊。蓝溪,在今陕西蓝田县西蓝田山下。蓝田山又名玉山,溪长三十里,是著名的产玉区。 〔蓁(zhēn)子〕形似梨而小,肉味像胡桃,可食。蓁,同"榛",树名。 〔"杜鹃"句〕是说老夫眼里流出的泪,正同杜鹃口中的血。相传杜鹃为蜀望帝冤魂化成,日夜哀号,口为流血。杜鹃嘴红,因为鸣声甚哀,所以人们说杜鹃啼血。 〔厌生人〕溺死了许多采玉的人。厌,同"餍",饱食的意思。 〔"泉脚"句〕写入溪采玉时的情况。绳子系在泉水下泻处的崖石上,绳索下面挂着采玉的人,远望只看到一缕袅袅的青色。袅袅,摇摆不定貌。 〔"村寒"二句〕说老人在绝少生还希望的当儿,瞥见了古台石磴上的悬肠草,因草名而想到在贫困的家里还有着没有成长的娇儿。白屋,贫民所住的屋。石磴,山路的石级。悬肠草,蔓生植物,一名思子蔓。

解读

李贺生前经常外出寻觅各种诗的题材。此诗便写了一位在深溪绝崖中替官家采玉的老人的辛酸劳作。也许正是李贺外出时所亲眼看到的一幕,故写下了这首七言歌行。起句叠用"采玉",有感叹意,也为了强调采玉的艰难,因为官家所要给贵妇人装饰的不是普通玉,而是深溪里的"水碧"。随后转入老夫采玉之状,从他的饥寒交迫、夜雨食蓁、眼中泪水、"泉脚挂绳"等描写,极言其采玉之苦,同时以"龙为愁""蓝溪之水厌生人"诸句,衬托出采玉的危险和丧命者之多,真所谓命悬一线。末尾又描写到了采玉老人在极端危险情况下的心理,炼意特为深苦。同样写民生疾苦,其措辞运句,与元、白的同类诗作绝不相同。

朱庆馀

朱庆馀,名可久,以字行。越州(今浙江绍兴)人,宝历二年(826)进士。曾任秘书省校书郎,是张籍所赏识的后辈诗人,曾"索庆馀新旧篇什,留二十六章,置之怀袖而推赞之"(《唐诗纪事》)。以绝句、律诗为工。《全唐诗》录存其诗二卷。

闺意献张水部

洞房昨夜停红烛,待晓堂前拜舅姑。
妆罢低声问夫婿,画眉深浅入时无?

注释

〔闺意〕以闺房情事为意。 〔张水部〕即张籍,水部是官名。 〔洞房〕这里指新婚卧室。 〔停〕停留。让它燃烧,不吹灭。 〔待晓〕等到天亮。 〔舅姑〕丈夫的父母。 〔夫婿〕指丈夫。 〔"画眉"句〕意谓眉毛描画的浓淡合时吗?画眉,描画眉毛。古代常以画眉来指夫妇间的"闺房之乐"。入时无,是否合时,带有是否够时髦的意思。

解读

此诗约作于824年至828年之间。当时张籍任水部员外郎,是一个有名望的诗人。作者那时想应进士科考试,又怕不能选中,于是先写了此诗呈献给张籍,问问他的意见。此诗就借闺房情事为意,描写了这件事和当时的心情。诗中把自己比作新娘,把张籍比作新郎,把主考官比作舅姑,把自己所写的诗文比作新娘的梳妆画眉,通篇都用比兴手法,写得十分委婉含蓄。

张　祜

张祜,字承吉,清河(今属河北)人。约生活于唐元和、长庆年间,令狐楚、杜牧都很欣赏他的才华。他也以诗知名于当时,并写有许多乐府长歌。名篇以绝句为多,风格比较绮丽委婉。有《张处士诗集》。

宫　　词

故国三千里,深宫二十年。
一声《何满子》,双泪落君前。

注释
〔故国〕指宫女的故乡。　〔何满子〕本为歌者名,后成为歌曲名。

解读
这是一首描写宫女哀怨的五绝。首句写宫女入宫,离开故乡路途之遥远;次句写其关闭深宫二十年,极言其入宫时间之长久。《何满子》是一首很凄凉动人的歌曲,宫女才唱第一声,双泪便止不住流下,足见宫人自身的孤寂伤心。

杜 牧

杜牧(803—852),字牧之,京兆万年(今陕西西安)人。宰相杜佑之孙。大和进士,曾任湖州诸地刺史,又曾官司勋员外郎,故有杜司勋之称,又称杜樊川。他是唐代的散文家,又是晚唐的一位重要诗人,与李商隐齐名,世称"小李杜"。他以七绝、七律为胜。七绝内容比较广泛,怀古咏史、送别伤感、宫怨边词、行旅感怀、写景咏物,无所不有,风格也比较多样,常能于拗折峭健之中,露风华流美之致,恰与李商隐委婉精美、蕴藉深折的七绝风格互相媲美,代表了晚唐七绝的最高成就。有《樊川集》。

过 华 清 宫

长安回望绣成堆,山顶千门次第开。
一骑红尘妃子笑,无人知是荔枝来!

注释

〔过〕经过。 〔华清宫〕唐玄宗和杨贵妃游乐的地方。在今陕西临潼南。 〔长安〕即今陕西西安。 〔山顶〕指骊山顶。〔千门〕极言华清宫宫门之多。 〔次第〕一个接一个。 〔一骑红尘〕一个骑马的差官飞奔而来,后面扬起了尘土。 〔妃子〕指杨贵妃。 〔荔枝〕指差官专给杨贵妃送来的新鲜荔枝。

过华清宫　　　　杜　牧

长安回望绣成堆，山顶千门次第开。
一骑红尘妃子笑，无人知是荔枝来！

解读

这是一首讽刺唐玄宗和杨贵妃奢侈生活的七绝。因作者题为《过华清宫》,所以起句说"长安回望",而后面的"绣成堆""山顶千门"等,都是回望华清宫的情景,极写华清宫的富丽豪华。因杨贵妃喜食荔枝,后两句便借唐玄宗为博得杨贵妃一笑,不恤人命,千里飞送荔枝这一事情,揭露了当时统治集团的腐朽生活。全诗都是即事写景,却隐喻了作者对唐王朝统治者极大的讽刺和嘲笑。

清　明

清明时节雨纷纷,路上行人欲断魂。
借问酒家何处有,牧童遥指杏花村。

注释

〔清明〕即清明节,中国古代的一个传统节日。　〔欲〕简直。

解读

杜牧性情旷达,很喜欢游览山水,此诗写他一次清明节时的游玩情景。作者遇雨,衣鞋尽湿,行倦兴败,神魂散乱,故想入酒家暂歇而问路旁牧童。全诗清新生动,风情宛然,明谢榛《四溟诗话》说"此诗宛然入画",正见杜牧写景笔力之妙。

山　　行

远上寒山石径斜，白云生处有人家。
停车坐爱枫林晚，霜叶红于二月花。

注释
〔山行〕在山里行走。　〔寒山〕深秋时的山。　〔径〕小路。　〔坐爱〕因为喜欢。　〔霜叶〕经了霜的枫叶。

解读
杜牧写春色的七绝绚丽多彩，写秋色的七绝更是清新俊逸，精妙无比，此诗便是其中的一首。前两句写远望，以"远上"和"白云生处"写山之高，以"石径斜"写山路的迂回曲折，而"有人家"三字，又给幽深寂静的"寒山"添得一些生意。后两句写近观，说经霜打过的枫树叶子比二月里的鲜花还要红。仅此"霜叶"一句，既可看出作者的近观之细，也可见其描写之入神。

江南春绝句

千里莺啼绿映红，水村山郭酒旗风。
南朝四百八十寺，多少楼台烟雨中！

山　行　　　　杜　牧

远上寒山石径斜，白云生处有人家。
停车坐爱枫林晚，霜叶红于二月花。

注释

〔山郭〕靠山的外城墙。 〔酒旗风〕是说酒旗在风中招展。酒旗,酒店门外高挂的布招牌,中写一"酒"字,以招揽顾客。〔南朝〕我国历史上东晋以后宋、齐、梁、陈四个朝代的总称。因都把京城设在长江南面的建康(今南京),故称南朝。 〔寺〕佛寺。南朝皇帝和贵族都信佛教,所以大造佛寺。 〔楼台〕指寺院的建筑。

解读

这是一首描写江南春天景色的七绝。全诗概括力极强,一句一景。首句写遍野的莺啼,到处是耀眼的红花绿叶,有声音,有色彩,次句转到了那一面面村郭酒肆中随风飘动的酒旗,末两句又写了烟雨迷蒙中的楼台殿宇。全诗抓住了最富有江南春色的景物,组构成一幅色彩绚丽、春意盎然的美丽画面。

寄扬州韩绰判官

青山隐隐水迢迢,秋尽江南草木凋。
二十四桥明月夜,玉人何处教吹箫?

注释

〔韩绰判官〕韩绰是人名,判官是官名,此人生平不详。〔隐隐〕隐隐约约。 〔迢迢〕遥远貌。 〔江南〕长江南面,此是作者离开扬州后的所居之处。 〔草木凋〕一作"草未凋"。

凋,即凋零。　〔二十四桥〕当时扬州繁华,城南北十五里一百十步,东西七里三十步,共有桥二十四座。　〔玉人〕即美人,指扬州的歌伎。

解读

833年至835年,作者曾在扬州任淮南节度府掌书记,韩绰当时可能是任淮南节度府判官,两人是同僚,常于夜间在扬州城里游玩闲荡,饮酒作乐。后来作者曾离开扬州到江南去过一段时间,因见江南秋老,不禁想起了与韩绰同在扬州游乐的那些日子,于是就写了这首七绝寄给他。诗中前两句写江南秋尽的景色,后两句是遥想和询问韩绰在与作者分别以后独住扬州的情况。

泊　秦　淮

烟笼寒水月笼沙,夜泊秦淮近酒家。
商女不知亡国恨,隔江犹唱后庭花!

注释

〔"烟笼"句〕意谓迷蒙的水雾和月色笼罩在秦淮河的寒水与岸边的沙滩上。秦淮,即横贯于金陵(今江苏南京)的秦淮河。〔商女〕卖唱的女子。　〔江〕即秦淮河。　〔后庭花〕即《玉树后庭花》,是南朝陈后主陈叔宝所作的歌曲。因他沉迷声色,政治腐败,后来亡国,故后人就把《后庭花》作为亡国之音。陈的京城为金陵城,作者所以感慨。

解读

晚唐时期内乱外患十分严重。杜牧忧国伤时,常为唐王朝的衰败命运而惋惜哀叹,此诗就是作者夜泊秦淮河边时,抒写的客中感受。首句写景,连用两个"笼"字,便渲染了一幅迷茫冷落的水上夜景。接下来写作者夜泊秦淮,睡在船舱中,望着水汽迷蒙和月色笼罩的秦淮河,听着酒楼里传来的一阵阵《后庭花》歌声,不禁忧心忡忡,悲愤交加,发出了末两句的沉痛感叹。作者完全是借南朝陈后主纵情声色、终至亡国的史实,谴责了当时荒淫腐朽的唐王朝统治集团。此诗即事抒怀,文字精练而含意深远,令人一唱三叹。沈德潜推其为唐人七绝压卷之作之一。

将赴吴兴登乐游原一绝

清时有味是无能,闲爱孤云静爱僧。
欲把一麾江海去,乐游原上望昭陵。

注释

〔吴兴〕即今浙江湖州。 〔乐游原〕故址在今陕西西安南,是当时长安城里的人经常登高游览的地方。 〔清时〕指太平时候。 〔有味〕有兴味,这里是指闲逸的兴味。 〔欲〕将要。〔把〕持,拿。 〔麾(huī)〕这里作旌麾解,一麾即一面旌旗。〔江海〕即吴兴,今浙江湖州。因它在长安的东南方向,靠近江海,故有此称。 〔昭陵〕唐太宗的陵墓。

解读

此诗是850年秋,作者出任湖州刺史,将要离长安时所作。不少人常以在太平时候能过安逸生活为幸和有味,而作者虽身居官职,生活舒适,却以此为羞耻和无能,所以前两句正是作者对自己在长安一段生活的惭愧和自责。而今作者将要去吴兴任职,在临行之际,他不去望皇帝宫阙,而偏去望唐太宗的陵墓,则充分表现了他对晚唐王朝的不满和对唐太宗及其初唐贞观之治的向往怀念。

秋　夕

银烛秋光冷画屏,轻罗小扇扑流萤。

瑶阶夜色凉如水,卧看牵牛织女星。

注释

〔银烛〕白蜡烛。 〔画屏〕即屏风,室内挡风或作为障蔽的用具。 〔轻罗小扇〕轻薄的丝织品制成的小扇。 〔扑〕扑打。〔流萤〕飞动的萤火虫。 〔瑶阶〕即玉阶。 〔牵牛织女〕银河两边的两个星座。我国古代有牛郎织女的神话,传说他们每年阴历七月初七的晚上相会一次。

瑶阶夜色凉如水，卧看牵牛织女星。

解读

这是一首描写宫怨的七绝。作者用"银烛""秋光""冷""凉如水"等一些词汇，极写宫中环境的寂寞冷落；用"轻罗小扇扑流萤""卧看牵牛织女星"等动态描摹，则又极写宫女们在宫中的无聊懒散情绪。特别是最后一句，给人们提供了非常丰富的想象：牛郎织女每年七夕还能相会一次，而那些宫女们却幽闭深宫，永无欢乐之时，其幽怨之情将会如何？四句纯属写景，未写一个"怨"字，但怨情极深。

赤　　壁

折戟沉沙铁未销，自将磨洗认前朝。

东风不与周郎便，铜雀春深锁二乔。

注释

〔赤壁〕山名，在今湖北蒲圻西北，相传是三国时孙权、曹操大战的地方。　〔折戟〕折断的戟。戟，古代的兵器。　〔销〕销蚀，腐烂。　〔将〕拿起。　〔前朝〕指三国前后。　〔不与〕不给。　〔周郎〕周瑜，三国时吴国的大将。　〔铜雀〕即铜雀台，故址在今河北临漳，是曹操晚年作乐的地方。　〔二乔〕指东吴的美女大乔和小乔。大乔是孙策的妻子，小乔是周瑜的妻子。

解读

以七绝形式咏史，晚唐大兴，杜牧便是其中最杰出的代表之一。842年至844年，作者任黄州刺史。黄州城外有赤壁，杜牧一次出外游玩，就借用相同地名吊古抒情，写下此诗。前两句只是写作者在江边沙滩上散步游览的情景，而那些埋在沙滩还未腐烂的"断戟"，竟使作者不胜感慨，联想到了历史上的赤壁大战，周瑜凭借东风战胜曹操的侥幸成功，感叹际遇对人生命运的重要。此诗从眼前景联系到历史上的重大事件来进行抒情立论，音节响亮，很有气概。

九日齐山登高

江涵秋影雁初飞,与客携壶上翠微。
尘世难逢开口笑,菊花须插满头归。
但将酩酊酬佳节,不用登临恨落晖。
古往今来只如此,牛山何必独沾衣。

注释

〔九日〕农历九月九日,重阳节。古俗此日登高饮菊花酒,可以消灾。 〔齐山〕在池州秋浦之南,今安徽贵池城南六里。〔翠微〕代指齐山。 〔插满头〕古代重阳节有登高、头插菊花的习俗。 〔牛山〕在今山东淄博。《晏子春秋》载,齐景公游牛山北望其国,流涕曰:"若何滂滂去此而死乎!" 〔沾衣〕泪湿衣裳。

解读

这是杜牧在任池州刺史时所作的一首七律。唐代逢重阳节,有登高饮酒的习俗,在登高望远时,也多有悲叹岁月流逝,或感慨人生短暂之词。但杜牧性格豪爽,在此诗中却表达了一种乐观豁达、及时行乐的人生态度,句法也相当灵活,将写景与抒怀熔于一炉,有议论而不见议论之弊,潇洒的诗句与潇洒的人生态度极相吻合。

温庭筠

温庭筠(?—866),字飞卿,原名岐。太原祁(今山西祁县)人。年轻时才思敏捷,但行为放荡佻侻,出入歌楼妓院,又得罪权贵,屡试进士不第,或与此有关。常为人代笔,以文为货。曾任隋县尉和方城尉,终官国子助教。其诗与李商隐并称"温李",实风格不同,温不及李。又能词,与韦庄并称"温韦"。有《温飞卿诗集》。

苏 武 庙

苏武魂销汉使前,古祠高树两茫然。
云边雁断胡天月,陇上羊归塞草烟。
回日楼台非甲帐,去时冠剑是丁年。
茂陵不见封侯印,空向秋波哭逝川。

注释

〔苏武〕西汉民族英雄。其庙位于苏武山之西,山在今甘肃民勤东南。 〔汉使〕汉昭帝派遣到匈奴的使者。 〔"云边"句〕苏武月夜望乡的情景。 〔"陇上"句〕写苏武牧羊的情景。〔"回日"句〕楼台非甲帐,言汉武帝时代的繁华景象都已成为过去。暗示武帝已死。〔丁年〕犹言壮年。〔茂陵〕汉武帝葬处。此指武帝。〔哭逝川〕意谓感伤已经逝去的年华。

解读

苏武是中国历史上著名的民族英雄,公元前100年,汉武帝派他出使匈奴,被匈奴扣留逼降。苏武不肯屈服,被流放到北海(今贝加尔湖)荒无人烟的地方牧羊,历尽艰辛。直到汉昭帝时与匈奴和亲,有汉使到匈奴,经交涉,才把苏武带回国,前后长达十九年时间。有关苏武忠贞爱国的故事流传很广,这是诗人可能因路过苏武庙有感而写下的一首七律。一起便有百感交集意,而"魂销"二字尤其强烈。次句写祠庙,三、四句写苏武在匈奴的悲惨生活与望归心情。后四句写归汉,五、六句写归来的感慨和容颜的变化,七、八句写苏武的心情。通篇凄恻动人,为晚唐七律名篇。

过 陈 琳 墓

曾于青史见遗文,今日飘蓬过此坟。
词客有灵应识我,霸才无主始怜君。
石麟埋没藏春草,铜雀荒凉对暮云。
莫怪临风倍惆怅,欲将书剑学从军。

注释

〔陈琳〕汉末文学家,广陵人。先事袁绍,后归曹操。其墓在今江苏邳州。〔飘蓬〕指漂泊无定的行踪。〔词客〕指陈琳,也隐喻自己。意谓陈是词客,而自己也以文学擅长,故云"应识我"。〔"霸才"句〕意谓正由于自己有霸才而无主,才体会到陈琳沦落不遇的悲哀,故云"始怜君"。霸才,辅佐统治者成就霸业的人才。〔石麟〕墓道前的石麒麟。〔铜雀〕铜雀台,曹操所建,故址在今河北临漳。

解读

这是诗人路过陈琳之墓,缅怀古人而写下的一首七律。起联写曾在历史书中读到陈琳的文章,不料今日却飘蓬而过他的坟墓。次联从陈琳身世联想到自己,有异代同心之感。三联从陈琳墓地的石麟,又联想到铜雀台西面的曹操之墓。末联先写在陈琳墓前的临风惆怅之状,后则表示应与陈琳一样,携带书剑去从军建立功名。此诗"飘蓬"二字最见身世,念悼古人之七律,除杜甫《蜀相》,很少有能超过此篇者。壮志未酬,寄慨无限。极写墓地之荒凉,于悲怆中见情怀。

商山早行

晨起动征铎,客行悲故乡。
鸡声茅店月,人迹板桥霜。
槲叶落山路,枳花明驿墙。
因思杜陵梦,凫雁满回塘。

注　释

〔商山〕在今陕西商州东南。　〔动征铎(duó)〕指响起了催促行人起身赶路的铃铎声。　〔槲(hú)〕树的名称。　〔枳(zhǐ)〕枳棘,一种野生植物。　〔驿墙〕驿站的墙。　〔杜陵〕在长安城南,作者在长安时曾在那里寓居。　〔凫(fú)〕野鸭。〔回塘〕曲折的池塘。

解　读

这是诗人离开长安时所写的一首五言律诗。唐文宗开成四年(839),温庭筠曾在长安应试,不第而归。此诗当作于该年秋。"晨起"二字点明时辰,紧扣诗题中的"早行"。次句转入对故乡的思念。作者为太原祁县人,长年飘寓在外,此次落第,心情不佳,尤思故里,故晨起而归。三句写天边残月高挂,荒村野店的公鸡就已鸣叫起来,唤客起程。四句写板桥上的白霜尚未消除,留下了行人的足印脚迹,完全是一幅宛然入画的早行景象。五、六句写道中所见,末二句则又表现了对长安寓居生活的思念。此诗既出色地描写了早行的孤寂景色,又含蓄地表达了作者早行的复杂心情。其中三四句写景精练而尤为传神,经欧阳修夸赞后早已成为名句。

李商隐

李商隐(813—858),字义山,号玉谿生,又号樊南生,怀州河内(今河南沁阳)人,寄籍荥阳(今属河南)。少习骈文,游于幕府,又学道于济源玉阳山。开成二年(837)进士及第,曾任秘书省校书郎,调弘农尉。会昌二年(842)登书判拔萃科,授秘书省正字。宣宗朝为桂管观察使幕掌书记。还京,补盩厔(今周至)尉,摄京兆参军。又出佐徐州幕,为判官。入朝为大学博士,复佐柳仲郢东川幕。仲郢入朝,奏为盐铁推官,病卒。一生在"牛李党争"夹缝中求生存,备受排挤,怀才不遇,潦倒终身。他去世后,诗人崔珏曾写《哭李商隐》二首,其中叹道:"虚负凌云万丈才,一生襟抱未尝开。"其诗多抨击时政,不满藩镇割据与宦官专权。他的诗以律诗与绝句见长,《无题》诸作,构思精巧,色彩绮丽,意境深邃,音节和谐,尤负盛名。与杜牧有"小李杜"之称。为晚唐杰出诗人。有《李义山诗集》。

安 定 城 楼

迢递高城百尺楼,绿杨枝外尽汀洲。
贾生年少虚垂涕,王粲春来更远游。
永忆江湖归白发,欲回天地入扁舟。

不知腐鼠成滋味，猜意鹓雏竟未休。

注释

〔安定〕安定郡，即泾州，唐泾原节度使治所。在今甘肃泾川北。　〔迢递〕高峻貌。　〔汀洲〕水边平地为汀，此处指泾水岸边沙地和水中洲渚。　〔"贾生"句〕贾生，即西汉文学家贾谊。《汉书·贾谊传》："谊数上疏陈政事，多所欲匡建。其大略曰：'臣窃唯事势可为痛哭者一，可为流涕者二，可为太息者六。'"　〔王粲〕建安文学家，曾写过《登楼赋》。　〔"永忆"二句〕暗用范蠡泛舟五湖事。　〔"不知"二句〕《庄子·秋水》：惠施相梁，庄子往见之，或谓庄子将取而代之，庄子曰："南方有鸟，其名为鹓(yuàn)雏，子知之乎？夫鹓雏，发于南海而飞于北海，非梧桐不止，非练实不食，非醴泉不饮。于是鸱得腐鼠，鹓雏过之，仰而视之曰：'吓！'今子欲以子之梁国而吓我耶？"猜意，猜疑。鹓雏，凤一类的神鸟。

解读

开成三年(838)，李商隐试博学宏词而落选，客游泾州，寄居在泾原节度使王茂元的幕中。一次登上安定城楼，触景伤情，写下此诗。起句极言城楼之高，次句写登楼所见景致。第三句联想起了贾谊年轻时上疏陈弊流涕之事，第四句联想起了王粲及其《登楼赋》。五、六两句又联想起了春秋时范蠡功成，然后乘舟归隐江湖的事，意思是：我李商隐也一直希望着像范蠡一样白头归隐江湖，但我总想做一番挽回天地的大事业再"入扁舟"而去。然而,由于当时诗人已与王茂元之女结婚,与王茂元不和的"牛党"人士对李商隐猜忌起来,处处设阻,从此,李商隐卷入"牛李党争",政治上一直失意,故有七八两句的用典,意思是说你们这班如鸱之人,得了腐鼠便以为美味,还以为我鹓雏会来与你们争食,岂不荒唐?表达了诗人想望施展抱负的宽阔胸襟,以及又被小人猜忌的苦闷心情。据说王安石晚年很赞赏李商隐的诗,每诵至"永忆"一联,便以为"虽老杜无以过也"。

锦 瑟

锦瑟无端五十弦,一弦一柱思华年。
庄生晓梦迷蝴蝶,望帝春心托杜鹃。
沧海月明珠有泪,蓝田日暖玉生烟。
此情可待成追忆,只是当时已惘然。

注 释

〔锦瑟〕绘有锦文的瑟。 〔五十弦〕《世本》:"瑟,庖牺作,五十弦。"又《汉书·郊祀志》:"泰帝使素女鼓五十弦瑟,悲,帝禁不止,故破其瑟为二十五弦。"故瑟的弦数有多种。 〔"庄生"句〕《庄子·齐物论》:"昔者庄周梦为蝴蝶,栩栩然蝴蝶也。"作者《偶成转韵七十二句赠四同舍》诗有句云:"怜我秋斋梦蝴蝶。"知其以梦蝶自喻。 〔"望帝"句〕周末蜀王杜宇,称帝,号曰望帝。后禅位于开明,自隐于西山。相传化为鸟,名杜鹃。　〔沧海句〕晋张华《博物志·异人》:"南海外有鲛人,水居如鱼,不废织绩,其眼能泣珠。"或说意本"沧海遗珠",出《新唐书·狄仁杰传》。　〔"蓝田"句〕唐司空图《与极浦谈诗书》引戴叔伦(容州)语:"诗家之景,如蓝田日暖,良玉生烟,可望而不可置于眉睫之前也。"今陕西蓝田县有蓝田山,山中产玉,也称玉山。　〔惘然〕惘怅的样子。

解 读

对于此诗的解释,历来就有许多分歧与争议,或说是悼亡,或说是咏瑟,或说锦瑟乃令狐楚家婢女的名字,或说是寄托着自身的政治怀抱,莫衷一是。而以悼亡与感念生平二说为多。诗以锦瑟起兴,引出对华年往事的追思。中间四句连用四个典故,以隐喻象征的手法从不同侧面来写自己的身世之感,扑朔迷离,令人测之无端。每次读罢,都给人一种惘怅迷茫的感觉。

马　　嵬

海外徒闻更九州,他生未卜此生休。
空闻虎旅传宵柝,无复鸡人报晓筹。
此日六军同驻马,当时七夕笑牵牛。
如何四纪为天子,不及卢家有莫愁。

注释

〔马嵬〕即今陕西兴平马嵬坡,是杨贵妃身死处。 〔徒闻〕空闻。 〔九州〕古称中国有九州,此以九州之外所称九州指海外仙山。 〔他生未卜〕《长恨歌传》:"上凭肩而立,因仰天感牛女事,密相誓心,愿世世为夫妇。" 〔虎旅〕指唐玄宗赴蜀的卫军。 〔宵柝〕指夜间报更的刁斗声。 〔鸡人〕古时宫中报晓之人。 〔"此日"句〕指天宝十五载(756)六月十四日随行卫军之哗变。随行卫军声称不杀杨贵妃,则驻马不再前行。六军,此指玄宗卫军。 〔七夕笑牵牛〕白居易《长恨歌》:"七月七日长生殿,夜半无人私语时。"牵牛,牛郎星。俗传七夕牛郎织女渡天河相会。 〔四纪〕四十八年。一纪十二年。 〔莫愁〕古美女,为卢家妇。南朝乐府《河中之水歌》:"河中之水向东流,洛阳女儿名莫愁。……十五嫁为卢家妇,十六生儿字阿侯。"此借喻平民之家。

解读

安史之乱,唐玄宗等仓皇出逃,在随军官兵的强烈要求下,唐玄宗被迫在马嵬坡处死了杨贵妃。诗人以此为题,对唐玄宗沉湎于对杨贵妃的宠爱以致酿祸进行了尖锐的讽刺。前六句皆写李杨当年热恋及马嵬哗变,交叉写来,生动有味。末以平民女子卢家少妇与天子贵妃相对比,对唐玄宗的所作所为进行了深刻的谴责。有不尽之意,给后人以无限警醒,不得以轻薄视之。

无 题

相见时难别亦难,东风无力百花残。
春蚕到死丝方尽,蜡炬成灰泪始干。
晓镜但愁云鬓改,夜吟应觉月光寒。
蓬山此去无多路,青鸟殷勤为探看。

注释

〔丝方尽〕方停止吐丝。 〔蜡炬〕蜡烛。 〔云鬓〕头发浓密如云。 〔蓬山〕传说中的海外仙山。 〔青鸟〕神话中西王母饲养的鸟,能传递信息。

解读

所谓"无题",即因各种原因而不便标明题目。李商隐诗中有不少这样的"无题",且多以七律的形式出现。这是其中脍炙人口的一首。首句写离别之苦,次句写环境的恶劣,三四句以"春蚕"吐丝与"蜡炬成灰"来比喻相思相恋之情的坚贞与执着,五六句转入对别后相思境况的设想。尾联则写在双方会期无望的情况下,只得寄希望于青鸟传书,代为看望和安慰对方。此诗缠绵悱恻,感情真挚动人,语言清丽,音调和谐,"春蚕"一联可以言情,亦可喻道,为历代传诵的名句。

无题二首(其一)

昨夜星辰昨夜风,画楼西畔桂堂东。

身无彩凤双飞翼,心有灵犀一点通。

隔座送钩春酒暖,分曹射覆蜡灯红。

嗟余听鼓应官去,走马兰台类转蓬。

注释

〔画楼、桂堂〕都是比喻富贵人家楼堂的华丽。 〔灵犀〕旧说犀牛有神异,角中有白纹如线,直通两头。此句表示心灵相通。 〔送钩〕也称藏钩。古代腊日的一种游戏,分二曹以较胜负。把钩互相传送后,藏于一人手中,令人猜。 〔分曹〕犹分组。 〔射覆〕在覆器下放着东西令人猜。分曹、射覆未必是实指,只是借喻宴会时的热闹。 〔鼓〕指更鼓。 〔应官〕犹上班、上任。 〔兰台〕即秘书省,掌管图书秘籍。李商隐曾任秘书省正字。这句从字面看,是说自己听到更鼓之声,随即骑马到兰台上班,类似蓬草之飞转。

解读

原诗题为《无题二首》,此为第一首。关于这首七律的主旨,有人认为是写艳情,也有人认为是别有寄托。如就诗本身的描写而言,首联二句为时间、地点;次联谓身虽无彩凤之双翼,但心已相通,三联写宴饮游戏,都是现场情景,末联写天明离去,应官上马到兰台,类似蓬草飞转,隐含着自伤飘零,全诗似乎就写了这么一个过程。所以纪昀认为这不过是"观妓之作,不得以寓意曲解义山"(《瀛奎律髓刊误》)。就连处处与纪昀发难的张采田也说:"疑在王茂元家观其家妓而作,后篇已说明矣。'隔座'二句点明家妓。盖因亲串,故晦其题耳。"(《李义山诗辨正》)故此诗当为艳情,有自伤意。因设色秾丽,音节顿挫,情韵并茂,深得后人喜爱。

无 题 四 首(其一)

来是空言去绝踪,月斜楼上五更钟。
梦为远别啼难唤,书被催成墨未浓。
蜡照半笼金翡翠,麝熏微度绣芙蓉。
刘郎已恨蓬山远,更隔蓬山一万重。

注 释

〔"来是"二句〕从虚幻的梦境中醒来后,又偏逢月斜楼上,钟报五更。 〔"梦为"句〕意谓梦为远别而啼泣,却叫唤不出声音,此梦中常有情景。 〔"书被"句〕指梦醒后急于写信。〔半笼〕半映。指烛光隐约,不能全照床上被褥。笼,笼罩。〔金翡翠〕指饰以金翠的被子。 〔麝(shè)熏〕古代富家妇女的衣服常用香料来熏。麝,本动物名,即香獐,其体内的分泌物可作香料,这里即指香气。　〔度〕透过。　〔绣芙蓉〕指绣花的帐子。《长恨歌》:"芙蓉帐暖度春宵。"　〔刘郎〕相传东汉时刘晨、阮肇一同入山采药,遇二女子,邀至家,留半年乃还乡。后人也以此典来比喻"艳遇",或说"刘郎"指汉武帝刘彻派方士入海求蓬莱仙境事,也通。　〔蓬山〕蓬莱山,指仙境。

解读

这是《无题四首》中的第一首。开篇说情人远别,一去便绝踪,渺无消息,而此时恰好月斜楼上,钟报五更,暗示其思念时间之久。次联写梦中远别,为伤离而啼哭起来,却难以呼唤;梦醒之后,墨尚未浓,便赶快写起了情书。三联写房间内的景物和气氛,烘托渲染,有浓缛之致,可想见夜眠梦醒之状。末联言刘郎已恨蓬山之远,而我的追求比蓬山更远"一万重",故七八句尤为深痛哀绝。诗人毕生之追求无着,皆于末联发之。

无 题 四 首(其二)

飒飒东风细雨来,芙蓉塘外有轻雷。
金蟾啮锁烧香入,玉虎牵丝汲井回。
贾氏窥帘韩掾少,宓妃留枕魏王才。
春心莫共花争发,一寸相思一寸灰。

注释

〔轻雷〕隐隐雷声。 〔金蟾〕蟾形铜香炉。 〔啮(niè)锁〕咬着香炉的鼻钮。 〔玉虎〕玉石雕饰的虎状汲水辘轳。 〔牵丝〕牵引井中汲水的绳索。 〔"贾氏"句〕《世说新语·惑溺》:"韩寿美姿容,贾充辟以为掾(yuàn)。充每聚会,贾女于青琐中看,见寿,悦之。"后贾充遂以女给韩为妻。 〔宓(fú)妃〕传说上古伏羲氏的女儿名叫宓妃,后溺死于洛水,成为洛神。这里借指三国时曹丕的皇后甄氏。 〔留枕魏王才〕魏王指曹植。因他颇有才华,与甄氏互相爱慕。曹植在甄氏死后,曾梦见她把枕头留给他纪念。 〔春心〕指相思之情。

解读

这是《无题四首》中之第二首。首联写风声雨声和芙蓉塘外的轻雷之声,是起兴,也有期待和企盼。次联承上,言金蟾啮锁,烧香而入,玉虎牵丝,汲井而回,皆有象征与比附义,暗喻春心与春情之无不透入和回旋往复,在被隔绝的环境中,仍有时时被牵引之情思。三联以贾氏窥帘,或爱少俊,宓妃留枕,或慕才华,表明男女之爱炽烈而不可抑止。末联则转入自身"春心",虽能随花而发,却每寸相思,都成每寸灰烬,极写自己的追求无望。其深痛处,与上诗"刘郎已恨蓬山远,更隔蓬山一万重"相同。

隋　　宫

乘兴南游不戒严,九重谁省谏书函?

春风举国裁宫锦,半作障泥半作帆。

注释

〔隋宫〕指隋炀帝在江都(今江苏扬州)造的行宫。 〔南游〕指隋炀帝南下游江都。 〔不戒严〕古时皇帝出行,各地边防要实行戒严,而隋炀帝则不加戒备,指他不问国事。 〔九重〕指皇帝所居的深宫。 〔省〕省察,审察。 〔谏书函〕即函封的谏劝皇帝的书信。谏,谏劝,直言规劝。 〔举〕全。 〔宫锦〕供皇宫使用的高级锦缎。 〔障泥〕即马鞯,垫在马鞍下面垂在两旁用来挡泥土的。

解读

隋炀帝是历史上一个有名的暴君,在位十四年,常出外冶游,不问国事。616年,又大兴人力,南游江都,谏劝的人都被杀害,两年后,隋就灭亡。作者有慨于此,写下此诗。首写"乘兴",正见其随心所欲,无所顾忌。春天里,本该是春耕生产的大忙季节,但全国却都在忙于裁制宫锦,以供隋炀帝游玩享乐。作者通过举一事以概其余的手法,揭露了隋炀帝耗费人力物力以供自己享受的奢侈丑恶行径,并进行了尖刻的讽刺。

隋　　宫

紫泉宫殿锁烟霞,欲取芜城作帝家。
玉玺不缘归日角,锦帆应是到天涯。

于今腐草无萤火,终古垂杨有暮鸦。

地下若逢陈后主,岂宜重问后庭花。

注释

〔隋宫〕此指隋炀帝江都离宫,故址在今江苏扬州。 〔紫泉〕紫渊,避唐高祖李渊讳,改紫泉。水名,在长安北。此代指长安。 〔芜城〕江都别称。 〔玉玺〕皇帝印章。 〔日角〕前额骨起,其状如日,为帝王之相。此指李渊。据说李渊有"日角龙庭"之相。或说指唐太宗李世民。《旧唐书·太宗本纪》载:太宗年四岁,有书生相之曰:龙凤之姿,天日之表。 〔锦帆〕指隋炀帝龙舟。 〔腐草无萤火〕《礼记·月令》:季夏之月,"腐草为萤"。萤火,炀帝在江都有放萤院。《隋书·炀帝纪》:"大业十二年,上于景华宫征求萤火,得数斛,夜出游山放之,光遍岩谷。"〔陈后主〕即陈叔宝,南朝陈的亡国之君。 〔后庭花〕即《玉树后庭花》,为陈后主所喜欢的歌舞。后人视为亡国之音。

解读

自605年至616年,短短十二年,隋炀帝曾三次监造龙舟,冶游江都,并在此另起造宫殿,耗尽民财,终至亡国,李商隐有感于此,写成《隋宫》。全诗句句围绕隋宫事典,句句有议论,却又句句有据,又句句以诗笔出之,有景有情,寓褒贬于感叹之中。而这种感叹又隐隐地蕴涵着对晚唐王朝的担忧。清人杨逢春《唐诗绎》说:"此诗全以议论驱驾事实……运以纵横排宕之气,无一笔呆写,无一句实砌,斯为咏史怀古之极。"

313

晚　　晴

深居俯夹城，春去夏犹清。
天意怜幽草，人间重晚晴。
并添高阁迥，微注小窗明。
越鸟巢干后，归飞体更轻。

注释

〔夹城〕两重城墙，中有通道。此指外城与内城的地方。〔夏犹清〕春末夏初天气清和。后以"清和"指四月。　〔迥〕远。〔注〕指射入光线。　〔越鸟〕汉古诗："胡马依北风，越鸟巢南枝。"借喻游子。

解读

这是诗人见黄昏雨后放晴有感而写下的一首五言律诗。起联写时间地点，因深居在夹城之内，故对春雨过后的初夏天气，尤其感到清和舒适。次联因见草而联想到人间。日夕放晴的美好景色，此时在诗人看来尤觉珍贵，所以才使诗人发出了"人间重晚晴"的由衷感慨，并由此产生了多种含意而为今人所用。以下四句顺"晚晴"二字，全写"晚晴"景象。五六句写得细腻，七八句言外似别有意味。

贾　　生

宣室求贤访逐臣,贾生才调更无伦。
可怜夜半虚前席,不问苍生问鬼神!

注释

〔贾生〕即贾谊,西汉著名政论家。　〔宣室〕汉未央宫前殿的正室,汉文帝召见贾谊的地方。　〔访〕征询,召问。　〔逐臣〕贬逐之臣,即贾谊。因他曾被贬为长沙王太傅,故有此称。〔才调〕才气,才华。　〔无伦〕无与伦比。　〔可怜〕可惜。〔虚〕空。这里是空自、徒然的意思。　〔前席〕即在座席上向前移动。因西汉时仍保持先秦人席地而坐,即两膝踞席,臀部靠在脚跟上的习惯。这里是说汉文帝听得入神了,故将双膝在席上前移,靠近贾谊。　〔苍生〕指老百姓。

解读

此诗作于848年。当时唐王朝内乱外患严重,人民生活痛苦,而晚唐的几个皇帝却不任用贤才,不顾人民死活,沉迷于服药求仙和如何长寿。作者有慨于此,故借历史上汉文帝召见贾生问鬼求神一事进行了讽刺。作者在诗中采取了欲抑先扬的手法,也就是明明想讽刺汉文帝,却偏偏先表扬他求贤,与贾谊谈到半夜,听得十分入神,在末尾用"不问苍生问鬼神"一句,将前面的好事统统推翻,跌出真意,从而对汉文帝虽能访贤却不能尽其才进行了强烈的讽刺,并为贾谊的怀才不遇而深感惋惜和痛心。

夜 雨 寄 北

君问归期未有期,巴山夜雨涨秋池。
何当共剪西窗烛,却话巴山夜雨时。

注释

〔寄北〕寄给北方的家人。作者此时在巴蜀一带。 〔君〕即指家人。 〔巴山〕泛指四川东面一带的山。 〔秋池〕泛指秋天的池塘,池水。 〔何当〕即何日、哪一天的意思。 〔剪西窗烛〕古代点烛为灯,蜡烛点久了,烛芯会结成穗形的烛花,使烛光昏暗,若用剪刀把烛花剪掉,烛灯会重新明亮。这里有剪烛长谈的意思。 〔却话〕重说,再说。末两句说,不知何时我与你能在西窗之下,共剪烛花,使灯光亮堂,来诉说我今夜在巴山雨声中想念你的情景。

解读

这是作者客居巴蜀一带时寄给长安家人的一首七绝。冯浩、张采田都认为此诗作于848年秋。前二句写客居之状,通过问答和客居环境的描写,反映了作者客居异地的孤寂心情和对家人的深切思念。后二句是作者的想象,遥想他日若能在家相逢,今日巴山夜雨的情景都将成为在西窗下剪烛长谈的话题了。

通过后面这一转折,不仅写出了作者与家人情谊的深长,也排遣了作者客居异地的孤寂,使全诗多少带有一些明快和将来重逢之欢的气氛,而不至于完全陷于消沉。朱鹤龄说此诗"即景见情,清空微妙,玉溪集中第一流也",冯浩说它"语浅情浓",纪昀则说"此诗含蓄不露,又似一气说完,故为高唱",都对此诗作了很高的评价。

嫦　　娥

云母屏风烛影深,长河渐落晓星沉。
嫦娥应悔偷灵药,碧海青天夜夜心。

注释

〔嫦娥〕古代神话中的月中仙人。传说她原是后羿的妻子,因偷吃了后羿从西王母处得到的不死药后奔往月宫,成了月中仙人。　〔"云母"句〕全句说,被烛光映照在云母屏风上的蜡烛影子越来越阴暗了。云母,一种矿物,颜色透明。云母屏风即用云母镶制成的屏风。　〔"长河"句〕这句是写后半夜里天快亮时的景象。长河,即银河。渐落,指银河逐渐向西倾斜而至消失。

解读

对于此诗的说法较多,有的说是讽刺女道士,有的说是悼亡,有的说是自忏。从诗中所抒写的孤寂心情来看,自伤身世的可能性大些。首句写室内之景,以烛影之深来暗示独思时间之长;第二句写室外天空之景,"长河渐落"和晓星隐沉,也是暗写时间之长。后两句转写到望月及所产生的感慨和悔恨。"应悔""夜夜心"等都包含作者对自己生平中事与愿违结局的痛心。嫦娥偷药,本望成仙,结果反使自己长期孤守月宫,这种情况与作者本来想在政治上有所进取,结果反导致自己长期羁泊流落的不幸遭遇是极为相似的。

乐 游 原

向晚意不适,驱车登古原。
夕阳无限好,只是近黄昏。

注释

〔乐游原〕在长安城南,可登高望远。 〔不适〕不悦,不快。

解读

作者一次在傍晚时感到心意不快,便驾车登上乐游原游览,但见古原黄昏,夕阳辉映,无限美好,发出了由衷的感叹。末两句在写景的同时,或许也含有一种迟暮之感和沉沦之痛。由于诗人生当晚唐,政事日衰,可能也隐喻着诗人对时政的一种感叹。纪昀《玉溪生诗说》评道:"百感茫茫,一时交集,谓之悲身世,可;谓之忧时事,亦可。"

许　浑

许浑(?—约858),字用晦,一作仲晦,润州丹阳(今属江苏)人。文宗大和六年(832)进士及第,先后任当涂、太平令,因病免。大中年间入为监察御史,因病乞归,后复出仕,任润州司马。历虞部员外郎,转睦、郢二州刺史。晚年归丹阳丁卯桥村舍闲居。其诗皆近体,五七律尤多,句法圆熟工稳,声调平仄自成一格,即所谓"丁卯体"。诗多写"水",故有"许浑千首湿"之讥。自编诗集为《丁卯集》。今有罗时进《丁卯集笺证》。

秋日赴阙题潼关驿楼

红叶晚萧萧,长亭酒一瓢。
残云归太华,疏雨过中条。
树色随山迥,河声入海遥。
帝乡明日到,犹自梦渔樵。

注释

〔阙〕宫殿门楼。代指长安。　〔潼关驿楼〕故址在今陕西潼关。　〔长亭〕秦汉驿路置亭,供行人休息,亦用以饯别。五里为短亭,十里为长亭。　〔太华〕即西岳华山。　〔中条〕又名雷首山,在今山西永济之南。　〔帝乡〕指唐都长安。　〔渔樵〕渔夫与樵子。古人作为隐者的代称。

解读

许浑曾任太平县令,因病免职,后起用为润州司马,此诗应是其赴任润州司马前,将到长安时在潼关驿楼而题写下的一首五律。起句漂亮,点明时令。次句写在长亭休息饮酒情景。中二联写华山残云,中条疏雨,树色随山,河声入海,气势雄壮,晚唐五律不可多得者。末联转入自身:明天就要到长安选官了,但心里还在想着自己的隐居生活。写景抒怀,通篇完妥。《唐宋诗举要》引吴汝纶评语:"高华雄浑,丁卯压卷之作。"

咸阳城东楼

一上高城万里愁,蒹葭杨柳似汀洲。

溪云初起日沉阁,山雨欲来风满楼。

鸟下绿芜秦苑夕,蝉鸣黄叶汉宫秋。

行人莫问当年事,故国东来渭水流。

注释

〔咸阳城〕秦之都城,故址在今陕西咸阳窑店。　〔蒹葭(jiān jiā)〕即芦苇。　〔汀洲〕水中小洲。　〔"溪云"句〕作者自注:"南近磻溪,西对慈福寺。"溪,指磻溪。阁,指慈福寺阁。

咸阳城东楼 　　　　许　浑

一上高城万里愁,蒹葭杨柳似汀洲。
溪云初起日沉阁,山雨欲来风满楼。
鸟下绿芜秦苑夕,蝉鸣黄叶汉宫秋。
行人莫问当年事,故国东来渭水流。

〔秦苑〕秦有宜春苑。此泛指咸阳秦宫。 〔汉宫〕指长安汉之宫殿。借汉喻唐。 〔渭水〕渭河,流经咸阳。

解读

此诗又名《咸阳城西楼晚眺》,是诗人登咸阳城楼有感而写下的一首七律。起句"一上高城",便生万里愁思,何故?因关中本为秦汉发祥之地,盛极一时,而此时所见,则是鸟下绿芜,蝉鸣黄叶,更兼日暮欲雨,云起风来,凄凉惨淡之景,令人不忍复问当年盛事。客中吊古,不免有怀故土兼葭,而生万里之愁。全诗笔力挺拔劲健,婉转有致,自是上乘之作。其中"山雨欲来风满楼"一句,至今仍被广泛运用。

马 戴

马戴,字虞臣。《唐才子传》作华州(今陕西华县)人,一作曲阳(今江苏东海)人。家贫,会昌四年(844)进士。大中初年赴太原幕府掌书记,以直言被斥,贬为朗州龙阳尉。咸通末年佐大同军幕,官终太学博士。以五言律诗最为擅长。纪昀就曾说:"晚唐诗人马戴,骨格最高。"又说:"马戴在晚唐诗人之中,五言最为矫矫。"(《瀛奎律髓刊误》)《全唐诗》录存其诗二卷。

灞 上 秋 居

灞原风雨定,晚见雁行频。
落叶他乡树,寒灯独夜人。
空园白露滴,孤壁野僧邻。
寄卧郊扉久,何年致此身?

注 释

〔灞上〕古地名,即霸上,在今陕西西安市东,因地处霸水西高原上得名。 〔"落叶"句〕意谓却不是故乡树上落下的叶子。 〔独夜〕孤独之夜。 〔郊扉〕犹郊居。扉,本指门。 〔致此身〕意即以此身为国君尽力。致,尽。

解 读

　　此是马戴赴京求仕不成,寄居灞上感秋而写下的一首五言律诗。首联言灞原上秋风秋雨初定,暮晚时分,但见雁群成行,频频南行。马戴乃曲阳人,因见雁群南飞而起思乡之情。落叶而在他乡,寒灯而在独夜,中间二联皆写其寄居处境的孤独与贫寒。末联是其求仕不成的感叹之词,与以上六句比起来,显然逊色。

陈 陶

陈陶,字嵩伯,鄱阳(今属江西)人,又作岭南(今广东、广西一带)或剑浦(今福建南平)人,自称"三教布衣"。大中年间曾游学长安,后隐居南昌西山。今有《陈嵩伯诗集》传世。

陇 西 行

誓扫匈奴不顾身,五千貂锦丧胡尘。
可怜无定河边骨,犹是春闺梦里人!

注释

〔陇西〕在今甘肃陇山以西的地方。 〔扫〕扫荡,扫灭。〔匈奴〕原是我国古代一个少数民族的名称,这里泛指侵犯唐王朝的古代北方民族中的统治者。 〔貂锦〕即指将士。因他们都头戴貂皮帽,身穿锦袍,故称。 〔丧〕丧身,死于。 〔胡〕是古代汉族对北方民族的通称。胡尘即指北方的战场。 〔无定河〕源出于内蒙古,经陕西流入黄河。

解读

这是一首描写闺妇思夫的七绝。首句写将士们的忠勇报国,第二句写将士丧亡之多。边疆战况如此,但那些独守在家的年轻妇人们却不知亲人已成河边枯骨,依然在梦中日夜思念着他们,希望他们能早日平安归来。王世贞《全唐诗说》云:"'可怜无定河边骨,犹是春闺梦里人。'用意工妙至此,可谓绝唱矣。"

罗 隐

罗隐(833—910),本名横,字昭谏,新城(今浙江富阳)人。与杜荀鹤同时。屡试进士不第,便改名隐。后入镇海军节度使钱镠幕,任节度判官、谏议大夫等职。他的诗以近体为多,也以此得名。散文则以小品文为世所称。有《罗昭谏集》。

蜂

不论平地与山尖,无限风光尽被占。
采得百花成蜜后,为谁辛苦为谁甜?

注释
〔尽被占〕尽被蜜蜂所占。 〔成蜜后〕酿成蜜后。

解读
这是一首吟咏蜜蜂的七绝。前二句极写蜜蜂的众多与繁忙,不论是平地还是山尖,凡是有草丛花木的地方,统统都被它所占领,都有它在采花酿蜜。看着蜜蜂这种终日繁忙劳碌的样子,作者不禁从心底里感叹和发问道:即使它们采得百花酿成蜜后,又到底为的谁呢?这实际上不只是对蜜蜂的感叹,也是对人世间一切繁忙劳碌现象的感叹。此诗篇制虽短,蕴量却很丰富,语言也显得比较通俗浅近。

韦 庄

韦庄(约836—910),字端己,京兆杜陵(今陕西西安)人。青少年时曾寓居下邽、鄠县,东出潼关,客虢州。僖宗乾符末入京应举落第,广明初黄巢攻破长安,逃往洛阳。后至镇海节度使幕为幕僚。北上投凤翔僖宗行在,道阻未果,因南游金陵,客居婺州。昭宗乾宁初入长安应试,进士及第,授校书郎。曾奉使入蜀,回朝后任左、右补阙。天复初又入蜀为西川节度使王建掌书记。及王建称帝,为前蜀宰相。其诗多写世乱年荒之景,吊古伤今,意绪低沉,多哀叹之音。又能词,与温庭筠并称"温韦"。是晚唐五代的重要诗人与词人。有《浣花集》。

河清县河亭

由来多感莫凭高,竟日衷肠似有刀。
人事任成陵与谷,大河东去自滔滔。

注释

〔河清县〕在今河南孟州西南。 〔竟日〕终日。 〔衷肠〕内肠。 〔陵与谷〕本指山陵与山谷,这里是借指人事发生极大的变化。 〔大河〕指黄河。

解 读

作者生活的时代,唐末农民起义风起云涌,全国军阀互相混战,唐王朝已分崩离析,到处是兵荒马乱,真所谓"百川沸腾,山冢崒崩。高岸为谷,深谷为陵"(《诗经·十月之交》)。作者对这一切十分感慨,写下此诗。从诗中"由来多感莫凭高""竟日衷肠似有刀"等句子来看,作者对唐王朝的衰败命运是万分痛心和惋惜的。在这样的历史潮流面前,作者也不得不听任人事的巨变,承认这一切就像大河东去的浪涛一样。全诗虽然充满了对唐王朝衰亡的哀叹,但也反映了唐末时期的动荡与变化。

台　　城

江雨霏霏江草齐,六朝如梦鸟空啼。
无情最是台城柳,依旧烟笼十里堤。

注 释

〔台城〕原是南京古城墙的一部分,这里即指金陵城。〔六朝〕历史上东吴、东晋和南朝的宋、齐、梁、陈六个朝代,京城都设在金陵。　〔"无情"句〕意思是说,对六朝兴亡毫无感触,因而显得最无情的是台城的柳树,依旧绿蒙蒙地笼罩在十里长堤上。

解 读

这是一首凭吊古迹的七绝。其主旨和内容与刘禹锡的《石头城》一样,都是感慨六朝的兴亡,为唐王朝的命运担忧和哀叹。在表现手法上也完全相似,都是用写景来抒情的。所不同的是,刘写的是山、水、明月和城墙,韦写的是江雨、江草、鸟雀、杨柳和长堤;刘粗犷些,韦细腻些;刘沉寂荒凉,韦迷蒙如画。二者各有所至,然细加品味,以感情的深沉、词气的苍凉来看,刘在韦之上。

韩　偓

韩偓(842—923?)，字致尧，一作致光，小字冬郎，京兆万年(今陕西西安)人。昭宗龙纪初进士及第，入河中节度使幕，召为左拾遗，累迁左谏议大夫。以平宫廷政变有功，升翰林学士，迁中书舍人。随驾至凤翔，授兵部侍郎、翰林学士承旨。天复三年(903)得罪朱温，迭贬濮州司马、荣懿尉、邓州司马。弃官南下，入闽依王审知，定居南安。他十岁能诗，雏凤清声，为李商隐所赞赏。诗或写宫廷生活，或写山水景色，常寓有唐代盛衰之感。所传《香奁集》多写闺情，绮丽侧艳。又有《翰林集》传世。

已　　凉

碧阑干外绣帘垂，猩色屏风画折枝。
八尺龙须方锦褥，已凉天气未寒时。

注 释
〔猩色〕如猩猩之血的颜色。　〔龙须〕龙须草织成的席子。〔锦褥〕织锦被褥。

解 读
这是一首描写闺思的七绝。而作者从标题到全诗的外表，却都是已凉天气和室内外的景物描写，碧阑干外绣帘闭垂，猩色的屏风上画着折枝,暗示着当年夫妻离别折路边柳枝相送的情景;八尺大席上仍铺着龙须草席和织锦被褥,又暗示着闺中女子独守空房,孤寂中企盼丈夫早日归来同床共眠的美好愿望。尽管诗中纯属写景,看似不着一点情思,言外却又充满着闺阁女子的万种思念之情,这正是全诗含蓄而又深妙的地方。

高 蟾

高蟾,河朔(今河北一带)人。乾符进士,曾官御史中丞,与郑谷是朋友。《唐才子传》说他"诗体则气势雄伟,态度谐远,如狂风猛雨之来,物物竦动",这话似有点过誉。《全唐诗》存其诗一卷,以近体诗为多。从他的二十二首七绝来看,几乎全是感叹哀伤之音。有趣的是,他每首七绝的开头两句都用对句,这在唐代诗人中是不多的。

金 陵 晚 望

曾伴浮云悲晚翠,犹陪落日泛秋声。
世间无限丹青手,一片伤心画不成。

注释
〔金陵〕即今江苏南京。 〔泛〕浮,浮行。这里是说落日在秋声里浮行和移动着。 〔丹青手〕即画家。

解读
这是一首望景感怀的七绝。前两句写景,句中的"曾伴""犹陪"都是作者自指,通过"浮云""晚翠""落日""秋声"等一系列自然景物的描写,极显金陵的荒凉萧条。后两句是作者望景后的感叹,意为金陵的荒凉景色可以画出,但是一个人心中的一片悲伤之情却是画不出来的。诗中借景抒情,充满了对晚唐王朝衰败命运的惋惜与忧愁。

杜荀鹤

杜荀鹤(846—904),字彦之,自号九华山人。池州石埭(今属安徽)人。出身寒微,中年始中进士,仍未授官,乃返乡闲居。曾以诗颂扬朱温,后朱温取唐建梁,任以翰林学士,知制诰。他以"诗旨未能忘救物"(《自叙》)自期,故而对晚唐的混乱黑暗,以及人民由此而深受的苦痛,颇多反映。其诗以律诗和绝句见长,语言通俗浅近,变俗为雅。但《春宫怨》一首却以委婉深折成为名篇,流传至今。有《唐风集》。

春　宫　怨

早被婵娟误,欲妆临镜慵。
承恩不在貌,教妾若为容?
风暖鸟声碎,日高花影重。
年年越溪女,相忆采芙蓉。

注释

〔"早被"二句〕意谓当初因貌美而选入宫中,结果却得不到宠爱,因此连妆镜也懒得照了。婵娟,形态美好貌。　〔"教妾"句〕又教我怎样饰容取宠呢?　〔"风暖"句〕天寒鸟多噤,风暖则啼声繁碎。 〔日高〕指正午。 〔重〕浓密。 〔"年年"二句〕意思是说,倒是当时的越溪女伴,还在深情地怀念着她,与她一起分享着当年的同采芙蓉之乐。这是从越溪女伴这一边说,使怨情宛转而出,所以纪昀说:"结句妙于对面着笔,便有多少微婉。"越溪女,这里指西施在浣纱溪时的女伴。芙蓉,指荷花。

解读

此诗欧阳修《六一诗话》说是周朴作,胡仔《苕溪渔隐丛话》卷二十三断为杜荀鹤作,并云:"故谚云:杜诗三百首,惟在一联中,'风暖鸟声碎,日高花影重'是也。"此诗从表面看,是写一位美丽宫妃失宠后的幽怨心情,反映了当时社会以色事人的悲哀与宫廷幽闭生活的苦闷,但从实际看,其深层的内涵,还包括了诗人对怀才不遇的慨叹,有自叹无人赏识之意。如清人黄生在《唐诗摘抄》中就曾说:"此感士不遇赋也……借入宫之女为喻,反不若溪中女伴采莲自适,亦喻不求闻达之士无名场得失之累也。"

山 中 寡 妇

夫因兵死守蓬茅,麻苎衣衫鬓发焦。
桑柘废来犹纳税,田园荒后尚征苗。
时挑野菜和根煮,旋斫生柴带叶烧。
任是深山更深处,也应无计避征徭。

注释

〔兵死〕兵战中死亡。 〔蓬茅〕蓬门茅屋,指贫者所居。〔麻苎(zhù)〕即苴麻,这里指粗麻布。 〔桑柘(zhè)〕树名,即黄桑,叶可饲蚕。 〔征苗〕征收青苗钱。大历元年(766),诏天下苗一亩税钱十五,以给百官俸。苗方青即征收,谓之青苗钱。〔旋〕临时意。 〔征徭〕赋税与徭役。

解读

晚唐内乱外患严重,百姓生活痛苦不堪,聂夷中等不少诗人都极关注民生疾苦,杜荀鹤也是其中之一。此诗即写在深山沟里生活贫困的寡妇。首句言其孤寡,次句言其衣衫褴褛的憔悴状,三、四两句极言官方征税之多,五、六两句极言百姓伙食及生计之艰辛,最后更说明了苛政猛于虎,苛捐杂税给百姓的沉重负担,令人有无限感叹意。前人或嫌此诗粗浅,然自风人之遗,不得以粗浅废之。

郑 谷

郑谷(851?—910?),字守愚,袁州宜春(今属江西)人。广明初,避地西蜀。光启三年(887)进士,曾任京兆参军、右拾遗、右补阙,迁都官郎中,人称郑都官。乾宁末,从唐昭宗避难华州,寓居云台道舍,自编诗集名《云台编》。以《鹧鸪》诗得名,时号"郑鹧鸪"。其诗清婉明白,语言洗练,浅而近俗,在北宋初年影响很大。司空图曾誉为"一代风骚主"。

鹧 鸪

暖戏烟芜锦翼齐,品流应得近山鸡。
雨昏青草湖边过,花落黄陵庙里啼。
游子乍闻征袖湿,佳人才唱翠眉低。
相呼相应湘江阔,苦竹丛深春日西。

注释

〔鹧鸪〕鸟名。 〔暖戏烟芜〕古人说鹧鸪"遇暖则相对而啼"。 〔锦翼〕美丽的翅膀。 〔山鸡〕古名鸐雉,形似雉。传说爱其羽毛,常照水而舞。 〔青草湖〕古与洞庭分为两湖,今合而为一。 〔黄陵庙〕在今湖南湘阴之北。 〔乍闻〕初闻。

〔苦竹〕指竹子杆矮而节长,味苦而不中食。

解　读

晚唐咏物诗大兴,佳作迭出,郑谷的《鹧鸪》诗是其中最著名的诗篇之一。首句写其习性与外貌之美丽。次句认为其"品流"即整体风格应该与"山鸡"相接近,也就是类似"山鸡"的意思。次联描述它们的居处生活和鸣叫之声,引出三联的"游子乍闻"与"佳人才唱"。游子闻声而泪下,佳人美女才唱《山鹧鸪》一词,便翠眉低蹙,极写此声之哀怨,并借此暗喻天涯游子的思乡之情与高楼女子的思夫之情。末联仍以鹧鸪的鸣叫声作结,扣题。通篇都写鹧鸪,唯五六句以鹧鸪叫声稍加发挥,宕开一笔,却使题意更深一层。

淮上与友人别

扬子江头杨柳春,杨花愁杀渡江人。

数声风笛离亭晚,君向潇湘我向秦。

注　释

〔淮上〕指淮河流域,今安徽北部等广大地区。　〔风笛〕风中传来的笛声。　〔离亭〕古人在驿亭送别,故有"离亭"之称。〔潇湘〕潇水与湘水,都是湖南境内的河流。这里泛指南方。〔秦〕陕西的简称。这里泛指北方。

解读

这是一首送别的七绝。前两句写送别之景,以扬子江头的杨柳春色和杨花飞舞的环境气氛,来烘托作者与友人分别时的难舍心情,第三句又以风中的笛声和离亭的暮春景色来进一步渲染环境的凄凉。而就在这样的环境中,作者与友人一个向南,一个向北,背道而行了。全诗除了"愁杀"二字露怨意外,其他都不直写离情之苦,只以写景来进行烘托。《震泽长语》说:"'君向潇湘我向秦',不言怅别之意,溢于言外。"这正是此诗在写法上的特点。

秦韬玉

秦韬玉,字仲明,一作中明,京兆(今陕西西安)人。乾符间入宦官田令孜神策军幕。广明初,随僖宗入蜀。中和二年(882)特赐进士及第,为神策军判官,任工部侍郎。其诗叙事抒情,深刻切直,或写权贵误国,或抒矛盾心理,反映了身为幕僚而不满于幕僚的苦闷。《全唐诗》录存其诗一卷。

贫　　女

蓬门未识绮罗香,拟托良媒益自伤。
谁爱风流高格调,共怜时世俭梳妆。
敢将十指夸针巧,不把双眉斗画长。
苦恨年年压金线,为他人作嫁衣裳。

注释

〔蓬门〕草编的门。代指贫者居处。　〔绮罗香〕华丽珍贵的衣饰打扮。　〔俭梳妆〕指时世妆。发髻梳得很高,盛行于唐天宝末年。俭,通"险",高。　〔针巧〕一作"纤巧"。　〔压金线〕指刺绣的手法。压,即按指。

解读

此诗题为"贫女",故自始至终,都为贫女写照,极写贫家女子的悲伤和贤惠,却又出嫁难成。从表面看,似写贫女,实际上却是写"贫士",为那些有抱负、出身寒门而又怀才不遇的贫士鸣不平。因此,诗中句句写贫女自伤,其实也有寄托,句句又为寒士自伤,为出身于社会下层的天下才人抒写了感慨。

无名氏

唐朝诗歌繁荣,作者也极为众多,上自天子、皇妃,下至牧童、歌伎,都会作诗。其中失传、无名可考的,《全唐诗》专以"无名氏"一栏辑录之。其中七绝有四十四首,从内容看,范围很广,其中有文人学士的作品,也有不少劳动人民的创作,风格也比较多样。这里选收二首。

金 缕 衣

劝君莫惜金缕衣,劝君须惜少年时。
有花堪折直须折,莫待无花空折枝。

注释

〔金缕衣〕诗题说法不一,《全唐诗》题为《杂诗》,无名氏所作,《唐诗别裁集》题为《金缕词》,《唐人万首绝句选》等题为《金缕曲》,《唐诗三百首》题为《金缕衣》。因此诗以《金缕衣》之题为人传诵,故用此题。它是古代的一首歌曲,传说杜秋娘善唱此歌。 〔"劝君"句〕有两种理解:一说是劝君不要深惜金缕衣,金缕衣虽贵,总有破旧之日;一说是劝君不要去常听《金缕衣》一类歌曲,以致消磨时光。二者皆可通。 〔堪〕可,可以。 〔直须〕应当,应。

解读

关于此诗的理解有两种,一说是提倡及时行乐,一说是劝人爱惜光阴。前两句是劝勉之词,后两句是用花来作比,用花的盛开来比喻少年时候的可贵,指出有花可折就应不失时机地折下来,正像少年时候既然如此可贵就该倍加努力珍惜,不要错过大好时光的道理一样。此诗采用反复吟咏和回环往复的手法,虽明白如话,但也含意宛转,耐人寻味,在当时颇为流传。

杨 柳 枝

清江一曲柳千条,二十年前旧板桥。
曾与美人桥上别,恨无消息到今朝。

注释

〔一曲〕河流弯曲的地方。 〔今朝〕今天。

解读

这是一首描写爱情的七绝。又作刘禹锡作。首句写景,见柳而伤情,勾起对二十年前往事的回忆。昔日虽曾与美人板桥相会,但毕竟时间短促,一别而无消息,遗恨至今。全诗从眼前景写到对往事的回忆,又从往事的回忆写到眼前景,其手法与王昌龄的《浣纱女》极为相似。胡应麟《诗薮》说:"晚唐绝,'清江一曲柳千条',真是神品。然置之王(昌龄)、李(白)二集,便觉气短。"这话主要是从声调和气韵上来说的,但很中肯。

西方名家随笔系列	**瓦尔登湖**	
	[美] 亨利·戴维·梭罗 / 著　潘庆舲 / 译	
	蒙田随笔	
	[法] 米歇尔·德·蒙田 / 著　朱子仪 / 译	
	一个孤独漫步者的遐想	
	[法] 让-雅克·卢梭 / 著　袁筱一 / 译	
	培根论人生	
	[英] 弗朗西斯·培根 / 著　张和声　程郁 / 译	
中国古典诗词系列	**诗经赏读**	
	钱　杭 / 编著	
	唐诗赏读	
	孙琴安 / 编著	
	宋诗赏读	
	赵山林　潘裕民 / 编著	
	宋词赏读	
	陈如江 / 编著	

随身读经典